卷·3

威名千里

天下炎黃

無極——著

人物簡介

天榜極品四大高手

扎木合

炎黃第一高手，徒有善名卻極其邪惡，後敗於許正陽之手，死於非命。

神妙

大林寺主持，炎黃第二高手，武功極高但品性卻一般，塵根未斷，終因害死許正陽兩位妻子而使大林寺步入萬劫無復之境。

蒼雲

炎黃第三高手，獨居東海，自創一門，武功之強已無人可比，後在勝許正陽與梁興二人後，感悟天道而去。

摩天

崑崙老道，炎黃天榜高手排行第四，為人陰險詭詐，卻死於許正陽之手。

人物簡介

五大極至風雲人物

許正陽

炎黃大陸殺戮最重的人，武功謀略天下無人可及，行事不依常規，多情又無情，野心極大，為鳳凰戰神之後人，被炎黃大陸的人稱之為噬血修羅。

梁興

許正陽此生最好的兄弟，同出一師，天下間唯一可以與許正陽爭鋒的絕頂高手，為許正陽統一炎黃大陸的最重要的幫手。

清林秀風

墨菲帝國的長公主，擁有絕世的美麗和智慧，更有著男兒般的壯志與雄心，許正陽此生最強大的敵人。

高飛

明月國六皇子，野心極大，兩次謀奪皇位卻都因遇許正陽而前功盡棄。其人才智過人，卻少了許正陽的運氣，雖是許正陽的敵人，卻極得許正陽欣賞。

南宮月

南宮飛雲之女，清麗絕倫，許正陽初戀之人，但因家族恩怨與許正陽有緣無份，最終出家為尼，其武功獨樹一幟，後為天下第三高手。

人物簡介

各國權臣榜

高權

飛天帝國的名將，卻是毀滅鳳凰軍團的主要負責人，後為許正陽擊成殘廢。

南宮飛雲

明月國第一上將，也是早期唯一的萬戶侯，崑崙弟子，多謀善用兵，但注定與許正陽成為對手，終死於沙場。

向寧

昔年鳳凰軍團的倖存者，明月國的一方王侯，擁兵數十萬，極忠心許正陽，南征北戰幾無敗績。

翁同

飛天太師，權欲極重，糊塗無能，一心排擠飛天重臣。

陸卓遠

拜神威帝國的名將，拜神威兵馬的大元帥，朝中支柱，被譽為有其存在一天，就不能有人用兵勝過拜神威，後死於清林秀風的詭計之下。

人物簡介

魔皇戰將榜

向南行、向北行、向東行、向西行

向家四虎，向寧的四個兒子，後為魔皇許正陽部下四名最為得力的戰將，各因軍功封王列侯。

黃夢傑

一代名將，文治武功足以定國安邦，更是魔皇手下水師最厲害的上將，本是飛天黃氏家族的人，但卻因被飛天滅門而改投於魔皇手下，高秋雨的表哥。

巫馬天勇

許正陽手下最得力的高手之一，有百萬大軍中取上將首級之能，魔皇的開國功臣之一。

子車侗

閃族之主，勇武過人，對夜叉梁興極其信服，率十數萬閃族鐵騎隨其征戰天下，立下無數功勞。

人物簡介

魔皇戰將榜

錢悅、傅翎

魔皇許正陽旗下的兩員虎將，足智多謀，凡魔皇所交任務，幾乎無失手記錄。

冷鏈

魔皇部下第一謀士，智深如海，膽識過人。

陳可卿

極為肥胖，忠肝義膽，對魔皇極其忠心，心智極深，極得許正陽所喜。

鍾離師

鍾離世家的新一代接班人，高才、多智，忠於許正陽，魔皇帝國的國師。

人物簡介

極品女人

高秋雨

高權之女，武功卓絕，聰慧過人，擁有美麗無雙的容貌，更有巾幗不讓鬚眉的豪氣，熟知兵法戰策，後為許正陽之妻，成為許正陽得力助手。

梅惜月

青衣樓主，艷冠天下，智深如海，許正陽最敬重的妻子，魔皇後宮之主，更是魔皇許正陽一統天下的最大功臣之一。

顏少卿

明月太子妃，其子後在許正陽的扶持下登基，榮登為皇太后，嬌艷無比，心智過人，卻深情至性。

鍾離華

鍾離師堂妹，鍾離世家的天之驕女，魔皇正妻之一，武功卓絕，膽識過人，美麗無雙，是能領百萬雄兵的天生將才，極得許正陽寵愛。

其他重要人物

天一、天風

亢龍山的高手，許正陽師叔，專為許正陽訓練殺手和衛隊，更為魔皇培養最恐怖的殺手和奸細。

蛇魔道人

許正陽之師，卻英年早逝，昔年武功天下無人可比，獨挑崑崙一派。

翁大江

翁同之子，心計狠毒，極其醜陋，無容人之量，典型世家子弟。

高占

明月國君，其人極有魄力，知人善用，力排眾議，讓許正陽與梁興建立起修羅和夜叉軍團。更收二人為義子，使其擁有無可比擬的榮耀。

鍾離宏

鍾離世家的長老，武功卓絕，一腔熱忱，對許正陽極其看好。

姬昂

飛天國君，其人昏庸無能，殘害忠良，淫亂朝綱，使飛天帝國在其手中走向衰落。

第一章　血染天京

一個滿臉血污的人被架了上來，身上捆得像個粽子，一道又一道的牛皮索交織穿結在他的身上。一雙悲痛和羞愧不已的目光，那般斷人肝腸地投在了我的身上。雙頰的肥肉因爲羞愧而不停地顫抖，一身原本華貴的衣服已經破爛不堪，露出他的肌膚，而那肌膚更已經是交錯著無數的傷痕。

金大富！我的心中不由得一緊，失聲地喊出聲：「大富！」

「主公，屬下無能，被賊人跟上了，害得主公也被牽連，大富萬死莫能贖罪！」金大富的那張胖臉上露出了一種羞愧的神色。

「大富！」我看到他狼狽的樣子，心中十分難受。

其實是我連累了他，此刻，我相信我這幾日的不安是爲何而來。想必我的行蹤早已經被發現，他們之所以遲遲沒有發動，一定是那些人要找到和我聯繫的人。如果不是我約見金大富，那麼他一定不會有事，可是……我不知道該如何去安慰他，但是心中卻有一種愧疚。

大袖一揮，德親王仔細注意著我神色的變化，雖然我已經儘量的掩飾，儘量的隱忍，但是由我的神情，顫抖的唇角，帶血的眸子，以及緊握的雙手上，老奸巨猾的德親王已探知了太多，明白了太多……。

「許正陽，常言道：薑是老的辣，你才多大的道行，就妄想與我作對。你現在應該已經明白我們之間的差距有多大了！姓許的，如果你想讓你的屬下活下來，那麼就趕快將雙目剜去，自廢武功，本王或許會發個慈悲；如果你執意要和本王抗衡，那麼，本王就先將你這狗腿子廢了，即使你今日能夠逃出飛天，卻也落個漠視屬下的名聲，嘿嘿，本王看你如何面對天下的英豪！」

我抬起頭，看著臉上帶著無比得意的德親王和月竹。原本清澈的眼睛閃泛著血淋淋的煞光，濃眉如支刃般豎起，嘴唇彎成一個冷森的半弧，平靜的說道：

「德親王、月竹賤婢，我要讓你們用你們的生命為我的兄弟來償還！」

德親王和月竹還沒有回答，一旁的金大富已經哽咽著悲烈的大呼：

「主公，你放開手幹，不要管我。屬下寧願死得光彩，死得豪壯，屬下要對得起你……對得起樓主的厚愛……」

他身邊的軍士發力扳拗著他的雙臂，更用力摑打他的雙頰，劈劈啪啪的擊肉聲襯和著手掌揚飛時濺起的血液，那情景十分的慘厲！沒有想到，金大富依然頑強地抬起頭，用模糊不清的聲音喊道：

「放開手幹，主公！人生在世，無非百年。既然踏身江湖，這百斤的臭肉遲早要歸於塵土。主公，不要擔心，大富二十年後，又是一條好漢。到時大富依然會跟在主公和樓主的身後。大富生生世世都是主公和樓主的人！今日大富已經拼得一死，但望主公有朝一日，能爲大富報今日之仇。」

看著渾身是血的金大富，我不禁痛苦地喊道：「大富……」

似乎是聽到了我的喊聲，金大富彷彿突然生出神力，他一頭將身旁的軍士撞開。雖然身上被束縛著，但是他依然奮力的向我滾來。每一次翻滾，泥地便印上了一灘灘刺目的血痕。滾著，他口中悲厲的尖號：

「金大富生生世世都是青衣樓的弟子，主公！大富沒有丟青衣樓的臉。告訴樓主，大富永遠都會守護著青衣樓！」

他肥胖的身形很快的就被一湧而上的軍士阻擋住，他們全握著兵刃，刃口劈打著金大富。

「主公！爲屬下報仇……」金大富含糊不清的話語斷續的傳到了我的耳中，「大富！」我悲愴的喊道。就是這個我並不看好的弟子，就是這個我感到有些厭惡的掌舵，卻在這關鍵的時候，表現出了一種令人難以言表的忠義，我的眼中霎時間被一層霧水籠罩。

我沒有再猶豫，身形在窗口上一閃，所有的人耳中迴響起一聲響徹雲霄的悲嘯。一個冰冷的聲音在他們的耳邊響起：「今天所有的人要爲我的好兄弟償命！」那聲音中沒有半分的感情，彷彿就像萬年玄冰般的寒冷，令所有的人感到一種從心底發出的寒冷。

「放箭！」沒有想到我會突然出手，也沒有想到那個看上去庸碌的金大富會如此的剛烈，德親王和月竹都不禁露出了一絲恐懼之色。德親王大聲地喊道，只見萬箭齊發，但是卻射向了一片虛無之中，我的身形早已經不見蹤跡。

彷彿幽靈一般，我突然出現在正在發愣的御林軍當中，雙目盡赤，面孔已經變得扭曲的猶如要擇人而噬的厲鬼，周身上下散發著一種強大的殺氣，那殺氣彷彿要將天地吞噬。此刻我心中只有一個想法，將這些人全部殺死，爲金大富報仇！

我冷冷的喝道：「天地交泰！」三大散手中威力最爲宏大的一式隨之而發。只見我穩立於人群中，對那些向我招呼的刀劍視若不見。左手煞白散發著絲絲的寒意，走輕靈坎水之式，右手朱紅，宛如是九天的烈陽，走雄渾離火之威。冰火相交，好似是天神震怒，天地間平地響起一聲炸雷。接著就是漫天的塵霧，方圓十五丈之內籠罩在一片血霧之中。一股乍冷乍熱的氣流在天地間流動，那氣流將四周的眾人推動的向後踉蹌著東倒西歪，而且那噬人肺腑的寒熱氣流，讓所有的人感到一種難言的窒息。

塵霧散去，我的身影出現在眾人的眼中。此刻，我全身被一層血色所掩蓋，一身的白衣也成了赤紅，臉上在不知何時罩上了冰冷的白金面具，那面具上的修羅圖案令人感到莫名的心寒。在我的四周，是無數殘缺不全的屍體，空氣中瀰漫著濃重的血腥之氣，夾雜著那陣陣的哀號。在這一刻，我已經恢復到了我修羅的本性，心中有一種莫名的衝動，好像要將天地吞噬。

「誅神！」我冷冷的一喝，背後的誅神雙刀彷彿是聽到了我的命令，在我噬天真氣的催動下，飛射出鞘，在空中劃出一道詭異的弧線，落在了我的手中，「今日你們都要爲我的兄弟陪葬！」我冷冷地說道，語調中沒有一點人的氣息。我要殺！我要給我的兄弟一個交代！

連眼皮子也不撩一下，我的身形快得有如一道閃電——倏東倏西，忽上忽下，不可捉摸的縱橫飛掠，就在身形的移動中，一條條的人影已打著旋轉彈向空中，一個個牯牛似的軀體像滾地葫蘆似的團團翻摔，慘號連連，血噴如泉！什麼是混沌中的主宰，我就是混沌中的主宰……沒有人可以阻擋我的身形，因爲他們根本就無法捕捉到我的身形，天地之間我就是神！

殘兵斷劍漫天散落，再加上人體的撞擊，那漫漫的長夜突然被一種沖天的殺機所籠罩。我強大的真氣將整條長街覆蓋，馳騁在人群中，誅神歡快的歌唱著。好久了，好久它已經沒有品嘗的如此暢快，在我真氣的催動下，它帶著噬人骨髓的寒氣，不停地吞噬著一條條生命，我似乎又回到了兩年前的那場屠殺，只是不再有任何的恐懼，彷彿穿梭在人群中的一個幽靈，身形所過之處，帶起的是漫天的血霧和栽倒在地上的屍首。

什麼是死亡？什麼是恐懼？這一刻已經清楚的寫在那些士兵的臉上，或許他們曾經不可一世，或許他們對殺戮早已麻木，但是當死亡離他們如此的接近之時，他們真的感到了內心裏產生的恐懼，那恐懼清楚地寫在他們的臉上。當我看到他們臉上的驚懼，我好快意。

看著在人群中縱橫馳騁的我宛如一道不可琢磨的幽靈穿梭著，德親王和月竹也面面相覷。雖然對於我的武功早有耳聞，但是沒有想到調集了三千御林軍依然無法奈何我。月竹雖然見到了我是如何的殘殺崑崙七子，但是在她認爲，那並不十分出奇。在三千訓練有素的御林軍的圍攻之下，我絕對無法逃出，但是現在，她根本沒有看出我有任何勞累的跡象，反而是那些御林軍漸漸的無法阻擋我的攻勢，士氣在不知不覺中消失。

她看了看身邊的德親王，發現德親王也露出了驚懼之色，此時也在悄悄地向她看來，兩個人互相交換了一下眼色，都心領神會的向後慢慢地退卻。

雖然我沉浸在拼殺中，但是氣機早已經將二人鎖住，感覺到了他們的退意，我心中不由得大急，雙刀一擺，大喝一聲：

「德親王、賤婢！你們的將士還在拼殺，難道你們就想要臨陣退縮嗎？」

原本就有些退縮的御林軍聞聽我的喊聲，都不由得向中軍看去。趁此空檔，我雙臂平伸，在原地急轉，霎時，平地中出現了一道粗若丈餘的旋風，那旋風急速旋轉，瞬間將我身邊的眾人吞沒，旋風所過之處，留下了遍地的殘肢斷臂，七旋同斬！

一個清朗的聲音響起：「德親王，還記得這七旋同斬否？」

如何不記得這恐怖的旋風，正是這旋風在開元城吞噬了無數軍士的生命，那旋風早已經成爲了他的噩夢，而今這旋風再次出現在他們面前，德親王早已經是渾身發冷。

就在他發愣的時候，旋風突然在他身前百米處消失，我身形陡現，「德親王，還是把你的命拿來爲我的兄弟陪葬吧！」接著，我的身形暴起，在空中一個大旋轉，躲過向我伸出的兵刃，也就在這個美妙的旋轉中，天空中再次閃現出兩輪殘月，沒有任何的聲息，在殘月的照耀下，我身前的數十人長號著，紛紛地倒在了地上。

我將目標牢牢的鎖在正在驚慌中的德親王身上，我的身形突而化爲一道淡渺的光影，只是一閃之下，已凌空來到了德親王身前那五六個正在驚慌失措、倉惶尋找我蹤跡的敵人頭頂，而不待他們看清我的身形，兩道細長銀光已帶著刺耳的尖嘯翻閃飛捲。

那種閃翻飛捲的速度是駭人的，僅只在人們的瞳仁中印入電光石火般的一抹不規則的光閃！五道身影凌空飛起，沒有任何的慘叫，當他們身形落下時，只是在地上抽搐了兩下，就沒有半點的動靜了，咽喉處出現了一道細細的血痕。

「德親王！是你我親熱的時候了！」我冰冷的聲音還在空中迴響，德親王的身體突然憑空的飛起，他發出令人毛骨悚然的慘叫，那叫聲令所有的人感到不寒而慄。

一個臃腫的身體落下，激起漫天粉塵，將四周的人嗆得直咳。塵煙落地，只見德親王七竅流血，但是周身沒有半點的傷痕，他仰面朝天，雙眼彷彿死魚般翻白，臉上極度的痛苦之色。

就在我將他帶起的瞬間，我用真氣將他體內的經脈全數震斷，而且以玄冰之勁在他的內腑中流轉，什麼叫做肝腸寸斷，我想在他臨死之前，一定有了十分深刻的瞭解！

我身形凝空凌立，宛如九天的殺神，散發著令人心怵的殺意，所有的人在我凌厲的眼神注視之下，不由得向後退縮。月竹，我搜尋著她的身形，但是卻沒有發現她的蹤跡，不知道在什麼時候，她又一次逃走。

我心中的殺意無法平息，厲聲的高喝：「月竹，即使妳是逃到天涯海角，我也要將妳找到！」說完，我仰天厲嘯，夫子，看到了嗎？你的仇我已經爲你報了。

天京城此時已經是亂成了一片，看著不斷向這邊湧來的飛天士兵，如果我再不走，那就真的走不了了。我心中十分的失落，沒有想到就差了一天，我就可以完成我的計劃了，如果不是月竹和德親王發現了我的行蹤，我就真的達到了我的目的。不過，謀事在人，成事在天，我雖然有些不甘心，但是我卻知道什麼是勢不由人的道理。我長嘆一聲，一跺腳，身形拔地而起，好似鬼魅一般，兩個起落之間就消失在蒼茫的夜色之中。

我離開了天京，在二十里外遙望天京。此時天京燈火通明，城頭上也亮起了風燈，隱約間，我可以聽見從天京方向傳來的嘈雜聲和人喊馬嘶聲，天京今夜恐怕是一個難眠之夜了！我心中有些愧疚，不知道黃氏家族是否會有麻煩？他們對我那麼的親熱，黃夢傑更是待我如兄弟一般。還有高秋雨，不知道當她知道我就是她的傷父仇人時，會是怎樣的心情？想起高秋雨，我就有些難受，由於事發突然，竟然連告別都沒有，實在是……哎！想到下次再見，我們可能就是對壘沙場的敵對兩方，我不禁有些黯然神傷，不由得仰天長嘆一聲。

「施主，何故在此長嘆？」一個極爲清雅潤致，幾乎不帶一絲人間煙火氣味的嗓音在我身後響起。

我心中一顫，聽聲音，他們應該是在我身後二十丈以外，以我的功力，居然被人侵入二十丈內卻沒有發現，這已經顯示了來人的高絕功力。而且在這深夜中來這荒野之地，也不知道是敵是友？

我故做鎮靜，一副悠閒的神態，慢慢的轉首望去。在我身後二十丈外的一座小山坡上，站著一位身形瘦長，身著灰色僧服的的老和尚。他狀如閒鶴，氣如蒼松，手中念數著一串沉甸甸的烏金念珠，那念珠晶亮，顯然是他經常地玩弄，在月光下，散發出一種詭異的光芒，讓人感到一種莫名的心寒。

我感到一種莫名的恐慌湧上心頭，這老和尚雖然一副悠閒的神態，但是在這深更半夜，來此荒郊野外，絕非偶然，這老和尚一定不是等閒之輩！我暗中戒備，抬腳向前邁出一步，體內真氣隨之運轉全身，我們的距離一下子縮短了十丈，我雙手抱拳，拱手施禮，「大師深夜在此，真是好興致，小子見今夜月朗星稀，當真是絕好景色，一時動了遊興，來此荒野閒遊，沒有想到能夠遇到大師，真是好運氣！」

「呵呵！施主當真是好興致！老衲是專程在此等待一位朋友，沒有想到在此能夠得遇施主，真是有緣！」老和尚清雅地說道。

但是當我那一步跨出，我清楚的看到他的眼中神光一閃，好深厚的功力！我心中更加的忐忑，不想逗留在此，當下我揚聲說道：「既然大師在等朋友，那麼小子就不打攪大師的雅興了，小子先行告退！」說完我拔腳就想離開。

「施主留步！」老和尚見我要走，連忙說道：「其實老衲與那位朋友從未謀面，與其在此枯等，不如與施主論論佛緣，也不枉今夜與施主的偶遇！」

「只是小子另有急事，恐怕無法在此長駐，大師好意，小子恐怕難以從命！」我實在是不想再糾纏下去，連忙推辭。

「久聞修羅武功高強，膽大無比！老衲本想論交，沒有想到施主卻推三阻四，實在是令老衲失望呀！」老和尚突然開口。

他的話令我心中一亂，沒有想到我的行蹤早已經被人識破，這老和尚看來是在這裏專門等候我的。我停下腳步，扭頭看著那老和尚，他還是一副清雅的神態，絲毫感覺不到任何的火氣。

「大師既然已經看破在下的行蹤，如果在下再隱瞞，就有些顯得矯情。嘿嘿，在下修羅許正陽，未請教大師法號？」我索性坦白我的身分，倒要看看這老和尚能將我如何？

「阿彌陀佛！老衲大林寺戒律院長老天智！」老和尚見我已經承認了身分，也宣一聲佛號，起手一禮。

天智！我心中不由得一驚，沒有想到居然碰到了這個老傢伙。

大林寺乃是當今武林中的第一大派，武功源遠流長。藏經閣中七十二種絕學，融合天下絕技，常人能習得一種，就已經可以在江湖中稱霸。而鎮寺絕學萬佛降魔掌，更是神奧無比，只是近千年來，只有寥寥數人參透箇中真意。就算是這樣，大林寺弟子憑藉著七十二種絕學已經是無敵天下，眾多門人，其實力讓人無法猜測。就連崑崙三子等人縱橫天下時，也不敢招惹大林門人。特別是曾祖好友，當年住持神樹大師，更是以般若合盤掌在西域星宿海輪戰天下高手，盡敗天榜名人，被稱爲天下第一高手，我叔父向寧就是出身於他的門下。

雖然大林寺貴爲飛天的護國寺，歷代住持都身居飛天國師，但對於大林寺，我始終心存一種敬意。而這天智可以說是大林寺當代的頂尖高手，與羅漢堂天信、藏經閣天仁，菩提樓天勇並稱大林四僧。武功僅在當代住持神妙大師之下，而神妙大師則是在天榜中被列在第二位的絕世高手。

我感到了一種不安，當下神色一正，非常謙恭地說道：「原來是天智長老當面，許正陽失禮！看來大師今日是專程來這裏等候在下的，不知大師想如何？」

「許施主當真是快人快語，老衲等蟨處荒蕪絕嶺，悠悠歲月中，只知吟素奉佛，想不到尊駕竟會知曉老衲等人之名。不過對施主，老衲向來是十分的佩服，可惜施主是飛天的大敵，不然老衲必與施主結下一段善緣！」

天智看到我臉上露出不耐之色，當下說道：「老衲此行，其實乃是受我大林寺住持神妙大師的派遣，前來請施主前往我大林寺一敘！」

「這個恐怕在下恕難從命，許某要儘快趕回。不如下次，許某一定前往大林寺拜見神妙大師，不知大師意下如何？」我面露爲難之色推托道。白癡才會去你大林寺，恐怕去了就出不來，要去，也是我帶著人馬前去。

「這樣嗎？恐怕老衲難以向我寺住持交代，施主還是隨老衲前往，不然，老衲恐怕要撕破臉皮強行邀請了！」天智向前跨出一步，突然間，我感到了一種強大的氣勢將我籠罩，此時的天智先前那種悠閒一掃而光，取而代之的是一種威猛之態。

我冷冷一笑，「難道大師是想用強？不知大師憑單人之力能否將在下留住？」

「阿彌陀佛！施主乃是當世高人，早已經達到了天人合一之境，單憑老衲一人恐怕實難將施主留下！所以，老衲已經爲施主準備了一些小把戲，恐怕實在難以入施主法眼！」天智神色不變，十分沉穩地回答。

我心中一沉，看來今日絕難善了，但是不知道天智所說的小把戲是什麼？於是我不由冷笑道：「不知大師的小把戲是何種把戲？也好讓在下見識一番！」

天智微笑不語，沒有回答。突然，我聽到一個輕沉的聲音在我背後響起來，「施主爲何只看眼前人，不見身後僧？」

我臉色不由一變，什麼時候我的身後又來了人？我竟然完全無法感覺到。我緩緩的轉過身來，在我身後二十丈外，不知何時又出現了三個老和尚。今天我真是栽到家了，單看這三個老和尚能夠躲過我的耳目，無聲無息潛入我身後二十丈外，就知道這些人絕對不是普通人物。

我強按下心中的震驚，臉色不變，朗聲問道：「原來又是群毆，在下早就應該想到。嘿嘿，還沒有請教幾位大師法號，也好讓許某見識一下！」

幾個老和尚聞聽我的話，臉上先是微微一赧，接著神色大變，身後當先一個身材魁梧、面色紅潤的老和尚垂目道：「老衲天信！」

「老衲天仁！」中間那位頭如色斗，聲若洪鐘的老僧說道。

身材肥胖，滿面鬍鬚，獅鼻海口的老和尚向前大跨一步，洪聲說道：「老衲天勇！」深沉而肅穆的聲音迴蕩在寒冷的夜空中，散播在蒼茫的大地上。大家都不說話，空氣裏不僅生冷，而且還瀰漫著一股劍拔弩張的緊張氣氛。

我心中雖然已經料到了嚴重的局勢，但是沒有想到居然是大林四僧一齊出動，看來大林寺是要決心將我留住。雖然心中有些慌亂，但是我依然是一副氣定神閒的平靜之色。深深的吸了一口氣，穩住慌亂的心情，我微微一笑，「沒有想到許某居然有這麼大的面子，竟然勞動大林四僧一齊出動，實在是令許某心中得意的很吶，哈哈哈！」

四僧同時移動，瞬間將我圍在正中，那神態是如此的靜默，步履更是沉穩，隱隱流露出強大的氣勢，四僧將我合圍後，都是閉目垂眉，面孔上卻散發著一層湛然的神采，雖在黑夜之中，仍然可以體會出這湛然神采的超脫與肅穆。我感到四股龐大的氣機連成一片，好似一張無形的網將我牢牢的網住。

「四位大師是要群毆嗎？」我看著眼前這四位神色肅穆，一臉莊嚴的老和尚，冷冷的說道。

四僧面色沉凝，沒有半點的表情，但是眼中卻流露出一絲愧疚，雖然那絲愧疚只是一閃而過，依然沒有逃過我的眼睛，我心中不由得一喜。

「施主乃是當世有數的高人，老衲等也是迫不得已，還請施主原諒！我大林寺乃是飛天的護國寺，而施主乃是我飛天的敵人，忠義和道義兩途，老衲只有選擇忠義！」天智有些慚愧地解釋道。

我深吸一口氣，暗中運轉真氣，將自己調整到最佳的狀態，緩緩地說道：「許某並不需要解釋，只是我終於瞭解了什麼是所謂名門大派的作風！」我說到最後，將「名門大派」四字說得十分的重。

天仁聞聽微微一嘆，冷冷地說道：「施主武功天下無雙，就連崑崙的摩天道長也死在施主手中，想來一定是手下不會太弱，大林四僧不過是出世之人，如何能和施主並論？況且，這是非公理難以評論，還是讓我們手下論真章，是非黑白自然一目瞭然！」

「既然如此，我們就不必多說廢話，讓我們開始吧！」吧字剛出口，我向前大跨一步，遙遙鎖住天勇的氣機。我一直在觀察，在這大林四僧中，就屬這天勇最弱，他將是我逃逸的關鍵。

感受到了我的氣機波動，四僧同宣佛號，聲音不一，聲調各異，天信清柔，天智朗越，天仁雄渾，天勇沉啞，可是四人的聲音合起來，卻有如暮鼓晨鐘，震盪蒼穹。我聞聽四僧宣佛，不禁生出異樣的感受，真氣流轉似乎受到了束縛，氣機也不禁一亂。

天智大師以他低沉嘶啞，但又字字清晰、擲地有聲的聲音道：「施主莫要動無名肝火，其實住持大師也無惡意，若施主能放棄成見，隨老衲到大林寺一行，和神妙大師一談，今日你我也能息止干戈，豈不是皆大歡喜？」

我微微一笑，從容道：「難得大師肯出手指點，許某怎可錯過這千載一時的良機，大林寺武學名揚天下，在下也早想見識一番，只是文鬥，武鬥，還請大師二選其一。」

一直沒有出聲的天信大師此時插口道：「大道無門，虛空絕路，施主只要能從我們這四佛陣中脫出身去，我們自然不會再加阻攔。」

我聞聽一愣，天信的話暗含玄機，如何才算是脫出四佛陣？既然他們存心阻攔，那麼勢必要出全力將我留下，這流血一戰自是難免，沒有想到他們又將問題扔回給我。

此刻，四僧仍是將我合圍，天空中突然飄下雪花，氣氛更覺玄異。我突然感到面臨如此難以抉擇的困境，戰，我無必勝把握；逃，已經沒有可能，因為四僧已經將我全部的退路封死，如此兩難境地，自我出道至今，還是首次遇到。

我心下一橫，雙手虛空結太極，左手陰，右手陽，「既然如此，那麼，還請四位大師原諒許某不敬之過。」說完，一股強絕真氣頓時勃然而發，死死地鎖住四僧中最弱的天勇。

四僧表面一點不為所動，但我的眼睛卻察覺到他們頸背汗毛豎動，顯然他們沒有想到我居然在如此短的時間裏就發現了四佛陣的薄弱環節，兵法有云：避其鋒芒，攻其必救！

天仁用雄渾鏗鏘的聲音道：「善哉！善哉！許施主竟有如此眼力，實在是令老衲吃驚，看來傳言果然不假。許施主是決心一戰了？」

看來此戰還有希望，首先是他們並不瞭解我的底細，而我卻十分的瞭解他們，畢竟向寧出身大林寺，對於大林寺的絕學我多少有些瞭解。知己知彼，方能百戰不殆，這其中的道理我還是明白的。

我淡然一笑，徐徐道：「傳言多有誇張，大師不試過，又如何知道許某到底如何？今日能與大師一戰，想必能讓許某獲益良多！」

天智大師低宣佛號，柔聲道：「心迷法華轉，心悟轉法華。許施主果然是當世高人，修爲如此高深，難怪面對如此困境，竟然面不改色，看來我們這四佛陣想將施主困住，當真是有些托大了！」

天仁大師忽然道：「許施主可以出招了！」

此話一出，頓時空氣中瀰漫著一種緊張的氣氛。

我心中一緊，四僧神態安詳自得，完全感覺不到半點的殺意，荒野寂靜，蒼穹無聲，一派肅穆莊嚴，配合他們靜如淵嶽、莫測高深的氣勢，一股凜然不可侵犯的威嚴將我的氣機完全的抑制，我雖然已經看到四佛陣的破綻，但是卻不知該如何出手。因爲四僧氣機渾然一體，實有不戰而屈人之兵的氣概，圓滿無瑕，無隙可尋。

朝這麼一個「佛陣」出招，任我武功高絕，自信滿滿，仍然有一種飛蛾撲火，自取滅亡的恐懼。氣機一亂，我感到了有些氣餒，心中突然升起一種想要逃跑的念頭，哪知念頭剛起，我就覺得四僧氣機一緊，我的氣場也有一種被壓迫的感覺。當真是名滿天下的大林四僧，端的是不容小覷，天仁大師只是輕輕的說出兩個字，就又重新穩占上風，又把我再次逼到進退不得的劣境。

我對這種壓抑的感覺感到十分難受，調動全身的真氣，向前跨出極其玄奧的一步，同時身體在一個極小的空間中微微擺動，並仰天發出一陣長嘯，試圖擺脫這種壓抑，嘯聲震盪蒼穹。

「阿彌陀佛！」就在我嘯聲剛起，四僧高宣佛號，一切都是那麼自然而然，但是又與我的長嘯聲格格不入。我頓時發覺我的嘯聲好像是被一張無形的網緊緊束縛，讓我的嘯聲難以持續，我不由得倏地收止笑聲。四僧也同時收聲，讓我感到好不輕鬆。

我有些駭然道：「大林四僧果然名不虛傳，不知這是否就是大林寺七十二絕藝中的獅子吼？果然是佛門絕學，許正陽甘拜下風。」

四僧聞聽，不由得面上露出一種得意的神情，天信哈哈笑道：「施主當真是真情真性，沒有半點造作虛飾，放之自然，老衲也是十分的欽佩。」

「鏗！」我掣出背上誅神，「不過，大師莫要輕敵，再看許某這一刀！」說完一聲長笑，誅神以一種極其玄妙的角度劈出。

誅神一出，四僧臉上同時不由得神色一變，心中不禁叫絕，皆因這一刀乃是破四佛陣唯一的無上妙法。這一刀並非擊向四僧任何之一，而是劈在四僧身前丈許外的空處，落刀點帶起的氣勁，卻把四僧全體牽捲其中。

要知剛才我是攻無可攻，守無可守，雖然已經看出破綻，但是卻沒有任何空隙可供入手，而且，我的嘯聲被四僧的獅子吼所破，便一直被逼處下風，四僧氣機相連，將天勇這個弱點掩蓋，若無應付手段，形勢將更加如江河下瀉，我無法在此一直與四僧相持，時間越長，對我將越是不利。但我這突如其來的出刀，卻把整個形勢扭轉過來，只要四僧運功相抗，就一定會將他們連成一體的氣場平衡打破，天勇的破綻一露，就等於破了他們非攻非守，無隙可尋之局。在氣勢牽引相乘下，我還可以化被動爲主動，先將天勇除去，那時，失去天勇的四佛陣運轉將露出破綻，我進可攻，退可溜，就再非先前動彈不得的劣勢。

「阿彌陀佛！」天信大師高宣一聲佛號，不知何時將掛在脖中的玄鐵佛珠執在手中，同時身體翻騰而起，宛如空中的一片烏雲，瞬間來到我的前方上空，佛珠一揮，帶著一種尖利的嘯聲向我橫掃而來。

我大叫了聲「來得好！」發動體內噬天真氣，不退反進，身體也騰空而起，左手誅神迎著玄鐵佛珠的來勢輕輕一點，「波！」一聲輕響，兵器未交，真氣先和。我和天信同時在空中同旋，再次準備蓄勢相鬥。這一掃一點，卻顯露出我們兩人的高絕修爲，兩人身形的移形換位，就如幽林鳥飛，碧澗漁跳，都是那麼發乎天然，渾然無痕。

天信大師的大悲訣乃是在大林寺七十二種絕藝中排名第六的功法，講求的是隨處作主，立處皆真佛家圓潤的境界，從無而來，歸往無處。無論對方防守如何嚴密，他的大悲訣仍然可像溪水過密竹林般流過。

初時他估量我會身形後退，這樣就閃出一個空間，他就可充分展開大悲訣，無孔不入、無隙不至的以水銀瀉地式的向我攻擊，使我失去先手。豈知我不退反進，以空靈撼雄渾，讓天信發出的真力無處可擊。以天信大師修行多年的禪心，亦不由一陣波蕩。

天智、天仁和天勇三人知道我絕非是徒有虛名，真才實學絕對是在他們個人之上，因為天信蓄勢而發，已經是佔有先機，卻沒有想到我竟然如此輕巧的將他威力宏大的大悲訣破去。

「啪」的一聲，有如枯木相擊。天信真氣運轉，佛珠暫態猶如鋼鞭，以力劈華山之勢向我攻來。我將噬天真氣在體內做了一個十分圓滿的流轉，右手誅神虛空劃圓，一圈一圈迎向天信。我感到天信大師的大悲訣內勁深正淳和，有若從山巔高處俯瀉的淵川河谷，廣漠無邊，如以真氣硬攻進去，等於把小石投向那種無邊空間，最多只能得到一聲回響，不過，因向寧乃是神秀大師的關門弟子，對於這大悲訣十分熟悉，為了防止我在以後和大林寺作對時吃虧，早已經給我做了詳細的解釋，我當然不會去硬抗，既是我的功力較之天信高，也不想如此快的消耗真氣，誅神迎上，將他的氣勁消去。

天信垂眉喝道：「許施主確是高明！」說話間佛珠順勁微移，倏地爆起漫天鞭影，向我攻來。

在我迎上去時，就早知他會如此，身體順著他的來勢後退，然後弓背彈撲，誅神突刺，化作兩道電芒，硬攻進如狂風暴雨的鞭影深處。

「噹！」漫天鞭影立時散去。

天信手持佛珠，凝神而立，面色有些蒼白，氣息有些散亂，我則在他十步外橫刀作勢，雙目精芒閃爍，大有橫掃三軍之概，兩人隔遠對峙，互相催迫氣勢，荒野中登時勁氣橫空，寒氣迫人。

天智、天仁、天勇同宣佛號，倏忽間分別移動，四佛陣以天信爲主攻，把我圍在正中。

天仁大師比我還要高上三四寸，雙目似開似閉，左手木魚、右手木槌，自有一種說不出來的有道高僧風範。

天智低吟道：「許施主比我們想像中的更見高明，貧僧佩服！」

我今日能迫得他們四人決意同時出手，傳揚出去當真是可以震懾江湖了。雖然我擊殺摩天，但是摩天武功雖高，畢竟比不過這四佛陣。大林四僧同時出手，天下恐怕沒有一個人能夠單獨脫身而去，他們成名多年，從來沒有聽說過有什麼人能夠讓四僧同時出手，更何況，我只是一個成名不久的青年！

天信臉色雖然有些蒼白，但是嘴角卻逸出一絲笑意，柔聲道：「許施主這一刀，已顯示出施主已經盡得武道真髓，萬千萬變化於不變之中，迫得老衲也要捨變求一，改攻爲守。天下間除了墨菲帝國國師扎木合外，恐怕沒有人能有此能力了！」

我持刀的雙手有些酸麻，想到自己竟然能在這天下聞名的四佛陣中不落敗相，而且能夠讓這四僧同時出手，更和那天下第一高手扎木合並論，立即信心倍增，從容一笑道：

「大師過譽了，許某只是一時運氣，那裏能和扎木合大師並論。不過，許某實在是不想與四位大師見血，不如你我停手，讓許某過去，也爲將來留下一段善緣，如何？」

天智長嘆一聲：「許施主，那就讓老衲明講，今日你我決難善了，住持大師已經有嚴令，如果能將施主請去，就不說什麼了；如果施主執意要反抗，就讓我等就地格殺！神妙大師已經將施主列爲我飛天最大的威脅，原本老衲尚以爲神妙大師過慮，現在看來，住持當真是睿智，以施主如此身手，必成我飛天大敵，於公於私，老衲等今日決不能讓施主重返明月！還請施主見諒！」

我一聲長嘯，神態威風凜凜，豪強至極，冷然道：「既然如此，那麼在下就不會再手下留情，下面的爭鬥許某要出全力，那時死傷就在所難免。你我各守立場，就讓我們用實力來說話，生死各由天命！」語畢，踏出三步。

天智雙目猛睜，精芒劇盛，一眼看穿我是借踏步來運動體內奇異的真氣，接下來的出手將會是雷霆萬鈞，威凌天下之勢。以天智的造詣，絕不能任我蓄勢全力出擊，率先出手，向我擊出一拳，這一拳大巧若拙，拳勢霸橫，並且隱隱發出風雷之聲，這是大林寺中七十二絕藝中排名第四的佛陀金剛拳，再配合天智的強絕真氣，當真是讓天地變色。

看到了天智出拳，我不禁大聲笑道：「大師中計哩！」同時踏出了極其玄奧的第四步。

大林四僧都感到我這一步實有驚世駭俗的玄奧蘊藏其中，看似一步，竟縮地成寸地搶至天智的拳勢之外。而後者受他前三步所眩，一時失察下，那凌厲無匹的一拳，絲毫威脅不到這比他年輕有近五十年的對手。

「唰唰唰」誅神一連三刀連環劈出，勁氣橫生，矛頭直指天勇，只見誅神化作閃電般的電芒，每一刀均從意想不到的角度劈出，將天勇牢牢地罩在我的刀勢之中。逼得這佛門高人無處可躲，只能出招硬撼我的刀勢。

天勇一把將身上的袈裟扯下，捲成一束，真氣運轉之處，柔軟的袈裟瞬間堅硬如鐵，宛如棍棒，向我刺來！霎時棍影瀰天，好似天神之杖，帶著尖銳的呼嘯聲，正是天勇的絕學——韋馱杵！

一股尖厲的真氣向我迎來，似乎要刺破我的刀網，我嘿嘿兩聲冷笑，「大師原來是要螳臂擋車！」誅神迎著天勇毫無花巧的劈出一刀，看似稀鬆平常不過的一刀，甚至有些笨拙味道的一刀橫掃，這一刀砍出的同時，卻又連帶著砍出了無數刀，立刻我身前數丈儘是刀影翻滾。

「噹噹噹」刀杖相交，三聲巨響，天勇只覺得一股奇詭真力自誅神傳來，直撼自己的心脈，必難阻擋！天勇硬接三刀後，就覺真氣再難跟上，心脈大震，雙手一軟，袈裟被我一刀斬斷，他連忙後翻，試圖躲過我的刀勢。雙腳剛一落地，就覺兩腿一軟，跪坐在地，心中一痛，一口鮮血狂噴而出，雖然他躲過了誅神，但是卻難以躲避我強絕的噬天真氣，神色一淡，癱軟在地。

就在我和天勇交手之時，其他三僧也察覺到了我的意圖，連忙搶身攻上，天信的大悲訣，天智的佛陀金剛拳，再加上天仁的大自在錘，三種絕世武功向我狂湧而來，夾雜狂絕真氣，令我感到莫名的心悸。但是要破這四佛陣，就必須打破這四人的合圍，天勇是我今夜逃生的關鍵，如此的機會，如果錯失，絕對不會再現。

我當下心中一橫，運轉全身真氣護住心脈，刀勢不改，將天勇擊成重傷，就在天勇倒地，三股狂絕真氣已經湧到我的身邊，只覺體內經脈受到強大的衝擊，心脈一顫，一口血也噴出，身體凌空飛起，落在三丈外，一時難以動彈。

他們沒有理會倒在地上的天勇，天智知道他暫時沒有生命之憂，於是單掌問訊，嘆道：

「施主果然是不世奇才，一招之間使我們這四佛陣殘缺不全，還是我四人從來沒有碰到過的，老衲佩服！不過，雖然施主破去了這四佛陣，可是卻也身受我三人一擊，恐怕也不會好過，不知施主是否還想再戰？如果施主願意停手，老衲將遵守前言，將施主帶往大林寺，生死交由住持決定，如果施主不願言和，那麼就讓我們再戰下去，只是施主恐怕再難受我等一擊！」

我半跪地上，以誅神拄地，髮髻散亂，臉色蒼白，氣喘如牛，一身白色衣衫也沾滿了灰塵。此時我體內的經脈已經受到了極大的損傷，而且心脈也受傷不輕，平日裏順手的誅神，此時竟然重如千斤！

我抬起頭，看著眼前的三僧，努力站起，深深地吸了一口氣，平息翻騰的氣血，我調轉真氣，暗查身體的狀況，雖然受了傷，但是並不能影響我。我鬆了一口氣，張口吐出一口血，嘿嘿的一笑：

「大師可曾聽說過修羅何時向敵人投降？這世間只有戰死的修羅，沒有偷生的許正陽！三位大師果然厲害，痛快！真是痛快！」

我仰天大笑，一種狂絕的氣勢自我身上發出，我向前再邁一步，「來來來！讓我們來結束今日的這場決戰。」

此時雪勢越來越大，清冷的空氣有一種肅殺。三僧心內無不讚嘆，我在他們龐大的功力下，輕描淡寫地將無敵的四佛陣破去，雖然此時身受重傷，仍是那麼寫意閒逸，談笑風生，只是這點，已隱具武學宗師的風度。

「施主這是何苦？鄙寺住持也無惡意，只是希望施主能爲蒼生著想，莫要輕起兵戈，請施主前往鄙寺，並無半點風險，何苦執意見血呢？」天智當真是不想再和我交手。

我哈哈大笑，向前大跨一步，狂野地說道：「大師何必多言，你我今日一戰，他日必是武林一段佳話，莫要辜負了這紛紛瑞雪，讓我們繼續吧！」

話音出口，手中誅神虛空一揮，真氣激蕩，飄落的雪花似乎被誅神牽引，詭異的在誅神四周凝形，一種沖天的豪氣籠蓋蒼穹，戰意更盛。

冷月，飄雪，血跡！一股強大的殺意從我身上散發，荒野中一片沈寂，氣氛更見肅殺……

第二章　千里逃亡

感受到了我強大的戰意和殺機，天智三僧不由得心中感到一種恐懼。看著我蒼白的臉色，凌厲的眼神，三僧知道今夜的決戰恐怕才剛剛開始，天勇受傷只是一個起點，真正的戰鬥現在才開始，接下來的必然是我狂野的攻擊，今夜即使能夠勝利，恐怕這名震天下的大林四僧也要在江湖中消失了！突然間，天智覺得這一戰真是不值得，自己本是世外之人，卻偏要參與這塵世間的紛爭。他看了看其他的兩人，兩人的臉上都露出一種猶豫之色，看來天仁和天信和自己想的一樣，心中不禁有些氣餒。

我突然感到了三人的氣機一亂，雖然不知道是什麼原因，但是如此良機我怎能錯過，當下一振手上誅神，誅神發出一聲銳嘯。左手誅神立劈斬向天仁，右手以刀做槍，突刺天信。天仁手中木魚輕敲，化作梵音陣陣，迎向我的刀勢。

哪知我這左手攻擊本是虛招，借著天仁的來勢，身形電射向天信。我的身法再加上天仁的力量，頓時將氣勢推高至巔峰的狀態下。誅神化作兩道電芒，流星般劃過與天信對峙的空間，疾取天信胸口的部位。天智突然以手搭住天信的肩膀，一股強絕真氣湧入天信的體內，正是大林寺七十二絕藝中的菩提傳法。

天信全身紋風不動，連衣袂亦沒有揚起分毫。忽然枯瘦的右手從上推變爲平伸，身體則像一根木柱般前後左右的搖晃；右手再在胸前比劃，掌形逐漸變化，拇指外彎；其他手指靠貼伸直，到手掌推進至盡，拇指剛好一分不差地按在我攻來的刀鋒處。

「一指禪，施主小心！」天信用低沉的聲音說道。

天信和天智兩人的絕強真力自刀尖湧來，我心中一驚，無暇多想，迅速調運全身的功力，全力的擊出。

和我迅若驚雷的速度恰正相反，天信的每個動作均慢條斯理，讓人看得清清楚楚。可是他的慢，卻剛好克制我的快，由此可見，他緩慢的舉止只是一種速度的錯覺，佛門玄功，確是驚世駭俗，再加上天智的真力，恐怕天下間能夠化解此招的人不多。

我這刺旋斬乃是從七旋斬中化來，乍看只是進手強攻的一招，厲害處在能發揮全力，以高度集中和疾快的刀勁，以強攻強。其實真正玄妙處實在乎其千變萬化，可是天信的一指禪已達大境界，眼睜睜的刀鋒就給他按個正好，完全無法可施。刀鋒有若砍上一堵精鐵打製的鋼牆，我悶哼一聲，往後疾退，這一集天下大巧的招式被那古樸的一指瞬間破去。一道詭譎的真氣，閃電般沿刀直刺入我的經脈之內。

身後的天仁此時也趁勢跟進，右手木魚錘由左向右橫比，左手木魚由下而上縱比，在虛空中畫出一個十字。我突然感到了一種清明，剛才的破綻是他們故意露出，目的就是要讓我陷入這腹背受敵的兩難之境，我不敢猶豫，心中一橫，身體一個後翻，回身迎向天仁，將背部留給了天智二人。誅神精準無誤地刺在天仁在胸前比劃出來的「十」字正中央。氣勁交擊，卻沒有半絲聲音。

天仁低吟道：「枯如乾井，滿似汪洋；三界六道，惟由心現。」

我身軀劇震，刺中天仁的十字，確有投水進一個乾涸了不知多少年月的枯井的感覺，可是當天仁話音剛落，枯井忽然變成驚濤裂岸的大海汪洋，還如長堤崩潰的朝我狂湧過來。大林寺七十二絕藝中排名第三的九字真經，空字訣！

面對佛門絕學，我努力使自己冷靜如故，心志絲毫不受影響。誅神分開，暗施卸勁，化去對方攻來多達四成的勁道，身體微微後仰，待天智等人的勁氣湧到，真氣一轉，借力前衝，真氣護住全身，以身體爲武器，狠狠的向天仁撲去！

融合了天智和天信兩人的勁氣，再加上我全力的撲擊，天仁又如何能夠抵擋，只聽一聲轟然巨響，雪花滿天飛舞，眾人的視線爲之一亂，天仁身體倒飛數丈，如枯木般砸在地上，七竅中流出絲絲血跡，面如土色，一動也不動地躺在那裏，眼看沒有半點的生氣了。

「師弟！」天智悲痛地喊道，在我身體後仰之時，他就已經感到了不妙，萬萬沒有想到，我竟然敢以自己的身體做媒介，生生地承受了他和天信兩人的真力後，化為自用，用以攻擊天仁。我本身的功力本就高於天仁，如今再結合天智和天信兩人的真氣，我根本沒有看結果，就知道天仁一定是經脈全斷。即使是救過來，也沒有用處了，大林四僧，嘿嘿，以後還是叫大林三僧吧！

不過，我將天智二人的真氣納入體內，著實冒了極大的風險。如此強絕的真氣進入我的身體，體內的經脈受到了極大的衝擊，奇經八脈半數破裂，心脈再次受到重創，耳鼻中都滲出鮮血。

我強提真氣，身體好似飄舞在空中的雪花，輕如鵝毛，借著剛才的一擊，我凌空在天空中九轉，真氣做了一個流暢的循環。我知道自己已經沒有再戰之力，強忍著渾身的裂痛，趁著天智兩人查看天仁的時候，我如閃電般的向遠處逸去。

察覺到了我的行動，早已經躺在地上的天勇突然喊道：「師兄，快追！不要讓修羅逃走！」

正蹲在天仁身邊的天智和天信聞聽，連忙回過神來，他們一看我已經逃逸，臉色都不禁大變，「不能讓那修羅逃走！不然我飛天難得平安！」天信急急地說道。

「那傢伙身受重傷，絕對難以逃遠，你我趕快跟上！」天智說完就要動身，但他剛邁出一步，又停了下來，有些顧慮的看著奄奄一息的天仁和無力癱倒在地的天勇，臉上露出了為難之色。

「師兄，莫要顧忌我們，小弟還有能力保護自己，天仁師兄就交給我來照顧，你們還是趕快的去追那傢伙，時間長了，就追不上了！」癱倒在地的天勇掙扎著坐起。

天智和天信互視了一眼，「你們自己多注意！」說完，兩人飛身而起，如鬼魅般閃身向我逃逸的方向追去。

我運轉清虛心經，努力平息體內沸騰的氣血。身上的衣服早已經破爛不堪，口中不停地嘔出鮮血。我不知道還能堅持多久，但是依照目前的情形，恐怕很難維持，因爲我已經感到了自己的真氣運轉越來越不順，而且我也知道，天仁的傷勢是無法拖延天智兩人太久的，相信用不了多少時間他們就會追上，所以我要馬上找到藏身之地。

我全力狂奔，迎著漫天大雪，在一片潔白的雪地上飛馳，宛如一縷輕煙飄過，不著半點的痕跡。我一邊狂奔，一邊留心周圍的環境，希望能夠找到一個藏身之處。雪越下越大，似乎要掩蓋住世間萬物。身體越來越無法支撐，體內的真氣也漸漸的凝滯，我一頭栽倒在地，再也無力動彈。

我趴在地上，心中突然有些感慨，記得在離開東京的時候，梁興曾經對我說，我這個人有些時候過於的自信，人自信沒有錯，但是過分的自信就是自大。我原以爲憑藉自己的身手，決難有人能將我留住，但是這世間有些時候依靠個人的力量無法達到的事情，只要眾人合力就可以做到。

大林四僧單打獨鬥，都無法在我手上走出五百招，但是當這些人將力量合在一起時，就遠遠的超過了我，想想此次來天京不但沒有完成我的計畫，反而賠上了青衣樓的金大富，那麼一個忠義之人，就是因爲我喪失了性命，想起來就讓我心痛不已。

雪越來越大。漸漸的，我的身體上被覆蓋了一層薄薄的落雪，我的神智有些混亂，必須要儘快地恢復我的真氣，我強行運轉清虛心法，真氣艱澀地在我的體內運行著。

上次受到如此重傷時，幸虧有小月相救。這次的情況與上次何等相似，只不過此次的傷勢恐怕要比上次的更加嚴重。我的真氣幾乎是消耗殆盡，全身的經脈破裂了十之八九，而心脈更是受到嚴重的創傷，以至於當我運轉清虛心經時，完全無法感覺到體內的真氣流動。這次，我不能再希望有人來救我了，只有依靠自己，好在此時天地陰氣極重，我可以吸納天地的靈氣來修復體內的經脈。

隨著清虛心法的運轉，我感到真氣慢慢的有了一絲微弱的感應。漸漸的，我進入了一種空靈的境界。我四肢展開，像一個嬰兒一樣地趴在地上，感到似乎有種力量從大地上傳入了我的身體，隨著我力量的復甦，我的真氣流轉得越來越流暢。

不知道何時，我已經和天地合二爲一，雪花飄落在身上，竟然全然不化，比落在地上積得更快。此刻，我完全進入一種胎息，只保住臟腑和血液的暖氣，肌膚之冷，已若堅冰，體內的真氣在經脈中流轉，無聲的修復著我破損的經脈。

漸漸的，雪花在我身上越積越厚，將我的全身覆蓋住，覆蓋得嚴嚴實實，遠遠看去，彷彿是一個隆起的小土包。白雪茫茫，荒野中一片寂靜，沒有半點的聲音。

天智和天信起身追擊，兩人彷彿是荒野中的幽靈，在茫茫的雪原上如兩縷輕煙。此時，兩位高僧臉上再無半點的高僧神態，只見他們咬牙切齒，一副要擇人而噬的樣子。我最後的一擊，已經讓這兩位得道高僧怒火中燒，他們發誓要將我擒拿住生吞活剝。

兩人追了許久，始終沒有發現我的蹤跡，不由得心中有些焦急。他們停下腳步，四處張望，試圖找到我的蛛絲馬跡，但是一切都是徒勞的。大雪將我所有的痕跡都已經抹平，放眼望去，滿眼都是蒼白，似乎連天空也變成了白色。

「師兄，難道那傢伙不是人？受我們三人兩次合擊，卻還能安然無事，用這種速度逃逸，實在是讓我吃驚。就連住持大師恐怕受我們如此重擊也難以平安！」天信有些吃驚的說道。

天智恨恨地一跺腳，「此子將是我大林寺的心腹大患。目下他人單勢孤，氣候未成，就已經有如此的本事，如果讓他羽翼豐滿，天下必然無人能擋其鋒芒！今日不除去此子，他日我大林寺必將有滅頂之災！」他仰天長嘆道：「今天我們大林四僧是栽到家了，四人以四佛陣合圍攻擊，尚且沒能將他困住。而且天勇師弟重傷，天仁師弟生死難料，傳揚出去，你我恐怕難以再在江湖中露面。得不償失，得不償失呀！」

此時，天智腳邊的一個土包，突然以肉眼察覺的幅度微微地動了一下，可惜天智和天信都沒有發現這個異狀。

「師兄，我實在是不明白，我們在寺中一心向佛，何必理這塵世中的糾紛呢？住持擔任這國師一職，我一直就有異議，而今又參與這追殺修羅，平白的為我大林寺樹上一個強敵！」天信有些忿忿不平。

「哎！師弟，其實住持大師也是有苦衷的。目下天下紛亂，戰火不停，而我大林寺始終能夠不受干擾，還不是因為我們這護國寺的名義。而且自神樹師伯圓寂後，我大林寺的聲威也一落千丈，不但天下第一高手的稱號讓給了墨菲的那個扎木合，連東海紫竹林的那幫老尼姑們也隱隱威脅到我們這天下第一大派的稱號。我們的鎮寺絕學萬佛降魔掌五百年來無人練成。七十二絕藝中排名第一的般若合盤掌自神樹師伯過世後，也有失傳之憂，住持至今無法參透。

聽說這許正陽和向寧師弟認識，而向寧師弟更是神樹師伯的嫡傳弟子，神樹師伯圓寂前只有他在跟前，住持是希望能透過這許正陽和向寧師弟聯繫，看能否有些線索。而且這許正陽確實是我大林寺的威脅，以他現在的年齡和聲望，只要他在一天，那有我大林寺重振雄風、奪回天下第一高手稱號的一天？所以，神妙住持是希望能夠將許正陽擒拿，廢去他的武功，消除隱患，確也沒有半點的惡意！」

天智解釋道，他看了看天信，「師弟，你終日裏醉心於佛法，不知這世上有許多瑣事。翁太師曾經許諾，若能我大林寺和他合作，將來會將大林寺方圓三百里劃歸我大林寺所有。那是何等的財富，如果我們能夠得到那些，今後就衣食無憂，不必每天冒著風雨去化緣了，你也可以一心參佛，住持也是有想法的呀！」

「只是我就不明白，這許正陽之事和與他合作有什麼關係？」

「翁太師目前最大的敵人就是黃家，現在雙方實力相當，開元城守一職關係重大，翁公子天縱之才，若能得到此職務，當然就控制了火焰軍團，那麼翁太師的地位就更加穩固。可是黃家的黃夢傑和翁公子為了這一職務爭得是不可開交，此次許正陽進京，和黃家交往甚是緊密，想來是害怕翁公子出任開元，所以幫助黃夢傑。翁太師已經得到了密報，準備明天一早就上奏皇上，如果我們能夠將這許正陽抓住，那麼，不但是有力的證據，而且還可以立下大功，我大林寺何愁不興旺？」

天信聞聽點了點頭，但是轉眼又面帶愁苦之色，「只是這許正陽沒有抓住，卻傷了天仁和天勇兩位師弟，真是……」他沒有再說下去。

「師弟，打起精神！這許正陽身受重傷，絕難跑遠，我們再追一程，看看能不能發現他的蹤跡！」天智一拍天信的肩膀。

天信點頭，兩人身形一閃，又向遠方電射而去。

天智和天信離開了很久，那地上的土包微微一動，接著，我從雪地中爬起，經過一個短暫的治療，我的傷勢雖然沒有好轉，但是已經穩住。天智和天信的話我剛才都已經聽到，原以爲此次天京之行已經失敗了，卻沒有想到還有如此的轉變。如果天智說得沒有假，那麼我此次的天京之行實際上是成功的，只是可惜了金大富！我心中有些愧疚。

不過從這裏到涼州尚有千里，我此刻的狀態實在是不妙，還是快點離開的好，不然，一會兒天智他們搜尋不到我的蹤跡，回頭來將我抓個正著，我現在的情況連一個三流武士都不如，那時就只有束手被擒。

主意打定，我認準方向，踉蹌著蹣跚而行。

走了沒有多遠，耳邊突然聽到從身後遠遠傳來馬蹄聲，就聽一個嬌媚的聲音在我身後響起：「許正陽！你給我站住！」

我聞聽回首一望，不由得呆愣在原地。

白雪皚皚，一匹火紅的汗血寶馬像是一簇跳動的火焰，在荒野中飛馳而來。像閃電，像流星，一眨眼就來到了我的面前，汗血寶馬一聲長嘶，前蹄騰空，整匹馬站立起來，一個嬌媚的聲音叱道：

「安靜，火兒！」

高秋雨臉上沒有半點的表情，好似千年的玄冰，穩坐在汗血寶馬之上。漫天雪花飛舞，周身散發出逼人的煞氣。一件火紅色的火焰寶甲罩在她的的身上，隱隱間看到寶甲之上光華流轉，整個人好像是被包含在一團火焰之中，感到一種炙熱向我襲來。手中一把落鳳槍，寒氣迫人，好一個英姿颯爽的巾幗豪傑，那種威風凜凜的手姿，足以讓天下的鬚眉感到莫名的羞愧。

「許正陽，還認得我高秋雨嗎？你這個奸猾的無恥登徒子，騙得你家姑娘好苦！」小雨在馬上大槍點指，厲聲叱道：「人傳言許正陽乃是當世英豪，卻沒有想到，是一個隱名招搖的騙子，你傷我父，我不怪你。兩軍對壘，死傷難免，更何況，當時的情況也由不得你選擇。可是你不該欺騙你家姑娘，今日你若沒有一個交代，我拼著一死，也誓要將你擊殺！」說到最後，她的臉上露出一種淒苦之色，雙眼中隱隱秋波流轉。

看到她那淒苦的神情，我心中不由得更是疼痛。對她，我真的是付出了全部的感情，沒有半點的虛假，只是迫於無奈，不得不隱瞞一些事情。我是真的不希望讓她受到半點的傷害，我深吸一口氣，體內真氣再次流轉，將再次沸騰的氣血平息，穩了穩心神。我平靜地說道：

「小雨，我從來沒有想過要欺騙妳，真的！我許正陽雖然雙手沾滿血腥，爲人也不依常理，但是有一樣，那就是我從來不會欺騙我深愛的女人。」

我努力平息不停湧動的氣血，艱澀的說道：「此次我來天京，原本就是要破壞妳表兄的事情，沒有想到會遇到了妳。妳的爽朗，妳的真誠，著實讓我深深的癡迷。而且和你們交往的過程中，妳對我的真情，黃兒對我的信任，更是讓我下定決心，不能讓黃兒出任開元城守。不是擔心他對我產生威脅，而是害怕對壘兩軍，難免將他誤傷，那時我心中更加的難過。三柳山妳我盟誓終身，我時時不敢忘記，那對我來說，是一個至死也不能忘記的誓言！」

看著小雨臉上的寒霜正在慢慢的融化，我喘息了一下：

「其實妳我之間除了國仇家恨，妳可知道還有一層淵源，那對我來說是更大的仇恨。妳可知道？」

說到這裏，我實在是感到有些接不上氣，身體一軟，險些栽倒在地，我連忙用誅神將我的身體撐住，半跪在地，一口鮮血狂噴而出。

小雨此時才發現我渾身狼藉，臉色蒼白，她連忙飛身下馬，來到了我的身邊，扶著我的身體，語氣憂急，「你受傷了?怎麼會這樣?以你的身手怎麼會受傷?是誰幹的?」此時她臉上的寒霜已經一掃而光。

「小雨，許正陽除了是飛天的叛奴，明月的傲國公，凶名滿天下的修羅，還有一個身分妳可知道?」我喘息了半天，用低沉的聲音說道：「我乃是飛天中興功臣，名滿天下的戰神許鵬的曾孫，我許氏一門對飛天忠心耿耿，可是卻遭到皇家的猜忌，無端受到滅門之災，開元三十六寨半數叛亂，妳可知道是誰領頭？就是妳的父親，高權！」

我的話好像是晴天的霹靂，讓高秋雨一下子神情呆滯，原來以爲她和我之間只是傷父的仇恨，所以當黃風揚將我的來歷告訴她，並將我留下的治療她父親傷勢的心法交給她以後，她就已經原諒了我。她是從內心深處的愛著我，雖然剛開始只是因爲敬佩我的武功，但是在這個月的接觸中，她發現自己已經深深地愛上了我，所以才會有三柳山定情，她趕來其實只是想問我，之前的誓言是否還有效，但是卻沒有想到我們之間還有這樣的淵源。

許鵬！那是她自幼的偶像，雖然許鵬是飛天的叛徒，但是他赫赫的戰功，談笑間破敵的手姿，早已經從表哥等人嘴裏知道的清清楚楚。沒有想到自己的父親就是當年導致戰神一家滅亡的幫兇，而我則是戰神的後代！她如何不驚？

「我自幼生長在奴隸營，如果不是我叔叔童飛的呵護，恐怕這世上早已經沒有許正陽這個人了。受盡萬般的苦楚，我才知道我的身世，但是那時我並不知道這其中的詳情。由於那時年少輕狂，誤殺了德親王之子，不得已叛出開元，也正是因爲我的輕狂，我唯一的親人邵康節在開元城外慘死，那時我就發誓要掃平飛天。

後來，我遇到了當年我曾祖的部下，就是明月現在的定東伯向寧，才瞭解到當年開元兵變的真相。那時我在鳳凰戰旗下立誓，只要妳父親不死，我就決不罷休！但是，當我來到了天京，遇到了妳，我真的是無法控制我的感情。後來在妳家裏，妳外公將我的身分揭破，並將當年的事情完整的告訴了我，我真的是很矛盾，家仇與妳之間，我實在不知道該如何取捨。

後來臥佛寺明亮大師的話將我點醒，人不能總是生活在仇恨中，那時我就知道，我應該怎麼選擇，我們在諾言石的誓言，是我的真心話，沒有半點的虛假，這點請妳一定不要懷疑，不然，我也不會將治療妳父親的心法交給妳外公。」說完，我一陣咳嗽，接著從口鼻中冒出大量的血。

高秋雨看到我一副要死不活的模樣，當真是有些著急了，她一臉的慌亂之色，眼中留下了淚水，將我抱在懷裏：「正陽，你不要再說了，我知道的，我真的都明白，我一點也不生氣，我只是想問你，三柳山的誓言還算不算數？你趕快運功療傷呀！嗚嗚嗚……」說到這裏，她不禁哭了起來。

我整個身體躺在她的懷裏，她的淚水掉落在我的臉上，流入我的嘴中，暖暖的，鹹鹹的，還有些苦澀。此時，我的神智已經有些不清，我努力的想伸手將她臉上的淚水抹去，卻感到手上好像掛了千斤的巨石。

「小雨，別哭，妳看這一哭真的是，咳咳咳，真的是難看死了。我不喜歡難看的小雨，我還是，咳咳咳，我還是喜歡笑盈盈的小雨。呵呵呵，我本來是想給妳留下一封信，但是事發突然，我也沒有想到。」我喘息了一口氣，「我還是過於自負了，沒有想到大林四僧會出動，不然也不會像現在這樣狼狽！」

我說到這裏，突然想起了一件事情：「小雨，妳趕快離開這裏，不然大林寺那些禿驢回來了，妳難以脫掉關係。咳咳咳，還有，告訴妳外公，讓他早做打算，明天一早就去向朝廷請罪，就說是受了我的矇騙，萬不可讓翁同搶先發難。替我轉告黃兄，我是真心想和他成爲朋友，因爲我們不但是意氣相投，而且，他還是我的同門師弟，只是時不我予，時不我予。」

我的神智越來越模糊，隱約間，我聽見小雨在我耳邊焦急的呼喊著，但是我卻無法聽清她的聲音。好累，我真的好累，我想要休息一下，別打擾我，我要睡覺……

熱，難以忍受的炙熱，我覺得全身都好像在焚燒，口乾舌燥，「水，水……」我喃喃地說道。

「爺爺，他醒了！」一個清朗的聲音在我耳邊迴響，接著，一股冰涼、甘甜的液體流入了我的口中，我的神智一清。覺得自己的身體在不停的搖晃，睜開眼睛，我發現自己躺在一輛車中，身下墊著厚厚的被褥，車中生著炭爐，好不溫暖。

車簾一掀，帶著一股清冷的空氣，一位年齡在七旬左右的老者登上車，「小夥子，你終於醒了！你已經昏迷了十五天，我還以爲你醒不過來呢！」他笑呵呵地說道。

「多謝老先生的救命之恩！請恕在下身體不便，無法起身。」我試圖坐起來，但是渾身酸軟，提不起一點的力量。

「不要謝我，要謝，就謝我的這個小孫子，是他一直在照顧你，呵呵！」老者一指我的身後，笑著說道。

這時我才注意到我的身後，坐著一個年齡約十一二歲的少年，面貌清秀，眉宇間透著一種英氣。

我艱澀的說道：「小哥，多謝你了！」

少年似乎有些害羞，怯怯的說道：「不用謝，大哥哥！」

車廂中有些沈默，半晌，老者突然問道：「小哥，在你昏迷時老夫替你檢查過。你身體受到了強悍的打擊，經脈已經全部破裂，只是由於你武功高強，內力深厚，以真氣護住心脈，而後再以真氣修復受損的經脈，才得以活命。如此看來你功力之深，絕非是無名之輩，不知是被何等人傷成這樣？」

我聞聽心中微微一震，「老先生，我是如何跑到您這車中的呀？」我岔開話題。

「噢，說來這事情湊巧，老夫本是一個行商，拜神威人氏，姓陸，帶著我的小孫子前往明月置辦些貨物，好回去販賣。十五日前，我們路過天京，在天京郊外一百里處碰到了一個姑娘，她守著已經昏迷的你在大雪中哭泣。我就上前打探，她說你是她的丈夫，因爲得罪了飛天的權貴而遭到追殺，拜託我將你帶往明月的涼州，她因爲還要去通知家中的親人，無法脫身。我想，反正是順路，救人一命勝造七級浮屠，也就答應了。她將馬匹和一把長槍留了下來，說是你的兵器，還給你留了封信，自己帶著一把和你身上這把一模一樣的刀離開了。」

說到這裏，這位陸老人對身後的少年說道：「非兒，去前面的車廂裏把那封信拿來，還有，將這位壯士的兵器和馬匹也牽來掛在這輛車上。」

少年應聲出去，老人看少年出去，面色一緊，「明人不說暗話，壯士的來歷決不簡單，老夫也沒有惡意。其實老夫也隱隱猜到壯士的來歷，只是希望能夠證實。」

我看著老人，心中有種震驚，但是目下我還未脫離危險，就算是他們沒有惡意，不過還是小心為好。

當下我拿定主意，開口回答，「老先生既然要問，那我也不隱瞞，在下姓黃，乃是飛天黃家的家僕，那個女子乃是黃家的子女，我們偷偷的相愛，但是門戶之見使我們不敢公開，後來我們的私情被黃家發現，她通知我讓我逃跑，創下功業再去迎娶她，不想在郊外被黃家的高手跟上，一場激鬥，我身受重傷，幸虧碰到了老先生，不然，我真的就可能死在這荒野之中！」

老人聞聽，臉上露出失望的神色，他點了點頭，沒有再說什麼，這時那個少年回來，將一封信交到我的手裏，老人不再說什麼，只是吩咐我安心的療傷，接著就離開了車廂。

我心中多少有些愧疚，獨自坐在車廂中，車輪輾過雪地，發出吱吱的聲音，在荒野中回蕩。

我打開小雨給我留下的信件，字跡十分潦草，估計是倉促中寫下的，不過，還是透著一種女子特有的清秀和她獨有的剛毅：

正陽，讀到這封信，我知道你一定沒有事情了；我還要將你的消息通知給外公，所以不能親自送你，還請你原諒！

我很欣慰，雖然你欺騙了我，但是你對我的愛是真的。其實我早在外公告訴我你的身分時，我就原諒了你，只是我還想知道，我們之間的約定是否還有效。聽到了你的回答，我很高興。我現在無法在你身邊，就將我心愛的火兒和我從小使用的落鳳槍留給你。希望你見到它們，就想起了我。同時，我帶走了你的誅神。誅神本是一雙，如今各奔東西，總有一天它們會再次相遇，就像你和我！

我知道你和飛天有不共戴天之仇，但是這並不影響我們的愛，對嗎？即使我們成為敵人，但是只要我們彼此惦記著對方，知道對方過的好，就足夠了。他日就算是你我對決沙場，卻也可以為血腥中帶來一絲溫暖，那不是也很浪漫嗎？愛，並不一定要永遠在一起，只要心繫對方，同樣可以天長地久！正陽，記住這一點。

表兄也沒有怪你，在我來追你之前，他讓我轉告你，如果站在你的立場，他也會這樣做。你們永遠都是朋友，但是在下次對決中，他一定要將你擊敗。

正陽，上天有眼，讓你我有緣認識。這一生我都不會忘記你我在一起時的歡樂。你我從此相隔，相見無期，珍重！

小雨

看完這封信，我心中好像壓了一塊大石，心裏有莫名的悲哀，有種力量在我體內湧動，我的身體突然有了力量，我仰天大喊，似乎要將我心中的沉重宣洩：「啊……！」

我坐在車廂中，經過二十幾日的調息，再加上陸老先生對我的細心照料，我的傷勢已經大有好轉。經脈的損傷已經基本修復，心脈的重創也得到了緩解，雖然真氣還沒有恢復，身體還沒有完全的康復，但是也已經好了許多。

此刻我坐在車廂中，輕撫手中的落鳳槍，每當我撫摸這落鳳槍時，就好像感受到了高秋雨的存在，每一種武器，都會和他的主人建立起一種莫名的感應，這落鳳槍既然是她自幼使用的武器，那麼，也就和她有著神奇的聯繫。我屏氣凝神，將心思凝聚在這落鳳槍上，我似乎真的感受到了她就在我的身邊，這是我這些日子以來的一種習慣，每天都會和這落鳳槍交流，以神覺來感受高秋雨的存在。

就在我大鬧天京當晚，黃風揚進宮晉見姬昂，自請失察之罪，請求處罰。姬昂倒也沒有爲難黃風揚，只是責備了幾句，就草草了事。第二日，當太師在早朝上對黃家進行彈劾，黃元武沒有駁斥，只是說自己和黃夢傑沒有識人之明，實在不宜出任開元城守一職，自動退出與翁大江的競爭，並請姬昂降罪。

對此，姬昂沒有過多的責罰，只是將黃元武官降一級，暫代宰相職務，黃夢傑誤交敵人，被罰前往朱雀軍團效力，抵抗拜神威帝國的入侵；翁大江出任開元城守一職，並掌管火焰軍團的軍務。翁同看到自己達到了目的，也就沒有再向黃家發難。這是我從陸老先生那裏聽到的，對於這個結果，我還算滿意。

這一路上，我時常和陸老先生在一起攀談，從他的言談中，我感到這位陸老先生絕非普通人物。他舉止文雅，談吐風趣，見聞廣博，見解獨到，而且在談到激動時，他雙眼精光閃動，我甚至可以感受到一種詭異的勁力在車廂隱隱流動，如果沒有極深厚的功夫，絕難達到這樣的水準。

這個老人來歷決不簡單，這一點我心中十分清楚，不過，我也沒有說實話，相信他也不會沒有感覺，大家彼此都心照不宣，沒有再去探問究竟。

就在我沉醉在奇妙的神遊中時，車簾一挑，陸非從車外探頭進來。這個小傢伙十分的伶俐，天生的練武胚子，平日裏沈默寡言，總是喜歡一個人呆呆地沉思，不喜歡和別人交談，善用雙手劍，雖然還略顯幼稚，但是卻隱隱可見大家風範，只是他目前年齡尚小，功力不深，但是假以時日，成就不可預測。

說實話，我十分喜愛這個少年，而且他和我一樣，同樣是用雙手兵刃，使我更覺親切，於是，我偷偷的將七旋斬傳授給他，希望有朝一日，他真的能夠成為一代武學宗師。

對於我傳授的武學，陸非十分的著迷，終日裏圍在我的身邊，向我請教七旋斬的問題，小傢伙有時問的問題十分古怪，讓我難以回答，但是卻又讓我發現了七旋斬的一個我從沒有發現的奧妙，我和他一起探討，當真是讓我獲益不少。

「黃大哥，就要到開元城了，爺爺讓我請你前往他的車上，說是有事情要和你商量。」陸非一雙大眼睛眨呀眨的，看著我說道。

我從神遊中驚醒，看見這個小傢伙，臉上不由得露出笑容，「非兒，進來呀！」陸非縱身跳上車子，來到了我的身邊坐下。

當他說快要到開元時，我知道分別的時候就要到了，我心中不由得有些難過。不知為什麼，隨著年齡的增長，我越來越害怕分別，每次分別，總會讓我心中感到不舒服，而且會為此消沉數日。

我撫摸著陸非柔軟的頭髮，心中突然升起一種惆悵，「非兒，七旋斬修煉的如何了？」

「已經將前兩式練成，只是還不熟練！」陸非抬起頭看著我，用一種童稚的語氣回答。

我愛憐的看著他，「那後面的口訣是否已經記住了？」

「都記住了！」

我點了點頭，一手執落鳳槍，一手牽著陸非走下車來。火兒二十幾日來一直跟在我的身後，這汗血寶馬當真是神駿異常，而且極為通靈，知道高秋雨已經將牠送給了我，一見到我就異常的興奮，嘶叫著來到我的身邊，打著響鼻，不停的用牠的大腦袋拱著我。

我拍了拍牠的頭，「好了，火兒！先自己去玩，一會兒我自然會來找你！」火兒似乎聽懂了我的話，長嘶一聲，跑開了。

我張開雙臂，深深地呼吸了一口清冷的空氣，頓時覺得精神一振。舉目四望，滿眼都是白色，遍地都是皚皚的白雪，讓人感到一陣心怡，我提氣運轉周身，真氣在體內做了一個美妙的循環，感覺就好像是自己已經融入了天地。

「黃大哥！黃大哥！」我覺得有人在拉我的衣服，低頭一看，原來是陸非站在我的身邊，一臉的崇拜之色。

「什麼事？」我微笑著問道。

陸非臉上的興奮之色稍稍的退去，但是依然激動地說道：「黃大哥，剛才你運功的時候，我突然感到失去了你的氣息，雖然你就站在我身邊，可是我卻感到有些隱約，有些模糊。這是不是就是你前些日子給我說的天人合一之境？」

我心中一震，神色莊重地說道：「非兒，你的天資卓絕，乃是百年一見，但是有些時候卻心浮氣躁，這是武學的大忌，如果你不改掉，將永遠難以大成！」

陸非聽了我的話，臉上露出了一種慚愧之色。

不知爲什麼，我看到他怯怯的樣子，心中不由得一軟，拍了拍他的肩膀，安慰道：

「非兒，我的話可能有些重，這是爲你好，希望你能瞭解。我傳授給你的七旋斬，乃是天下最爲神奧的一種武學，只要你能靜下心來，去除你的浮躁之心，也許到了我的年齡時，你會超過我的境界。不過你還要記住，只是練成還不行，一定要熟練，將這七旋斬融入自己的身體，並且創出屬於自己的武學，才是一代真正的宗師！」我語重心長的說道。

陸非似懂非懂地點了點頭。

來到了陸老人的車前，我抬腳上車。車廂內溫暖如春，陸老人早已經在裏等待，看到我進來，老人的臉上露出一絲笑容，待我坐好以後，他才開口道：

「黃賢侄，馬上就要到開元了，過了開元，就是涼州，那裏是賢侄的目的地，不知道賢侄如何打算？」

我想了一下，抬頭說道：「多謝老先生這些時日的照顧，晚輩想就在這裏和老先生分手，晚輩將繞開開元城，直接前往涼州。」

陸非坐在我的身邊，突然聽到我要離開，一下子有些激動，他拉住我的衣服，「黃大哥，你不要離開，你走了，就再也沒有人像你那樣的教我武功，爺爺，你不要讓黃大哥走！」

「非兒，不要鬧！」陸老人厲聲地說道：「你黃大哥還有其他的事情，難道你要讓你黃大哥一生在你身邊，一事無成？」

我將陸非輕摟在懷中，「非兒，別傷心。沒有分別的難過，又怎麼有重逢的喜悅，今天黃大哥離開，就是爲了將來與非兒的重聚。非兒要好好的修煉黃大哥教給你的東西，他日與大哥重逢，大哥還要考驗你的功夫有沒有進步，知道嗎？」

陸非雖然有些不情願，但是知道我去意已決，當下雙眼含淚地點了點頭。

看著他那種傷心的模樣，我有些難過，「這樣吧，非兒，黃大哥送給你一樣東西，如果想大哥的時候，就看看它。」說著，我掀開身上的大氅，將腰間的腰帶解下，上面綁著八把我親手打造的旋月鍘，交在陸非的手中。

「賢侄，這如何使得？非兒是個小孩子，如何能受的起如此貴重的禮物？」陸老人惶急地說道。

我微微一笑，「老先生，非兒對我有救命之恩，不論送什麼東西，都難以表達我的報答之情。而且難得他與我投緣，這旋月鍘乃是我親手用玄鐵打造，是我貼身的兵器，今天就送給非兒，願他將來能夠飛黃騰達，終成大家。」

說著，我轉頭看著身邊的陸非，「非兒，今日送你旋月鍘，望你萬不要讓我失望，切記克服浮躁，一步一步的來，下次當我見到你的時候，希望你已經長大。」

陸非含淚地點頭。

我爽朗的一笑，「老先生，晚輩就不再囉嗦，請留步，在下就此向你告辭，感謝老人家的恩情，在下有朝一日終會報答，山高水長，後會有期！」

「保重！」老人神色肅穆，拱手說道。

我沒有再說什麼，扭頭下車，口中一聲呼哨，火兒飛奔而來，我將掛在車沿上的落鳳槍和誅神背負背上，飛身上馬，一聲長嘯，向涼州方向飛奔而去。

回到了涼州，放下了眾人的驚喜與問候不說，我坐在帥府正中的帥椅上，環視堂上的眾將。清了一下喉嚨，朗聲說道：

「各位，本公不在的這段時間，涼州要各位費心了，辛苦大家了！」

眾人連忙謙讓。臉色蒼白的向東行輕咳一聲，站了起來，「大帥，此次大帥輕身涉險，讓大家擔心許久，實在是不應該。大帥，你身繫修羅兵團的命運，應該知道這修羅兵團如果沒有你，那就不成修羅兵團了！望大帥今後以大局爲重，萬不可再意氣用事！」他表情嚴肅，透出一種威嚴。

向東行乃是向寧的長子，跟隨向寧轉戰多年，並且在神秀大師的薰陶下，雖然不能習武，也深得佛法精髓，沉穩莊重。平日裏如果他板起臉，連他那三個天不怕地不怕的弟弟也不敢出聲，我也對他十分尊重。聞聽他這麼說，我臉上露出了愧疚之色，起身向向東行賠禮道：

「向大哥，十分對不起，你身體不好，還讓你爲我操心，小弟在這裏賠罪了！」

向東行臉上露出一絲笑容，「大帥，你身爲一軍之帥，不必如此的客氣。其實末將並不辛苦，真正辛苦的是梅小姐，你不在時，她費盡了心思，將這涼州的事務處理得十分得體。而且自從得知大帥大鬧天京，從大林四僧的四佛陣中脫身，對大帥更是日夜惦念，茶飯不思，直到高姑娘派人傳出消息，方才放心。大帥實在是應該好好地感謝一番。」他的臉上露出一種曖昧的笑容。

我臉色微微一紅，這個傢伙怎麼在這眾將面前說這麼露骨的話，這讓我有些尷尬，我嘿嘿地笑了兩聲，「好了，這件事情我自然是會向梅小姐當面道謝，但是我們目下馬上要商談其他的事情，這種事情回頭再說。」

看看大家都靜了下來，我輕咳一聲：「目下我們首先就是要定下今後的計劃！」

大家聞聽都凝神傾聽。

我想了一下，說道：「開元城守高權離開在即，雖然他重傷臥床，但是還是一隻病虎，很難對付，他這一離開，就爲我們今後的計畫做好了鋪墊。此次我前往天京，破壞了黃夢傑出任開元城守的可能，那翁大江是一個高傲自大之人，有他在，絕對無法對我們造成任何的威脅。下面我們就要開始準備了！」

我停頓了一下：「錢悅！」

「屬下在！」錢悅大步上前。

「涼州城內的現況如何？」我問道。

「啓稟大帥，涼州城的本地百姓看到自己的子弟兵受傷，多數都十分不滿，和飛天的客商關係十分的緊張！」

我點了一下頭，關係十分緊張還不行，一定要水火不容，「錢悅，繼續放任兩方的衝突，即使涼州人吃了虧，就說是飛天勢大，你們也無法做主！」

「是！」錢悅躬身退下。

「向南行！」

「屬下在！」

「近來我方和飛天軍方的情況如何？」

「大帥，雙方已經械鬥數次，各有死傷，但是此舉著實讓我們的新兵得到了鍛煉，每天大家都踴躍地練兵，以圖報仇雪恨！」

「繼續保持現在的情況，即使雙方械鬥升級也在所不惜！一定要讓新兵趁機鍛煉！」

「末將遵令！」

「向東行何在？」

「末將在！」

「在冊兵員現在有多少？」

「自我兵團來到涼州，共招募新兵六萬三千人，訓練等事宜都在順利進行，而且經過了和飛天多次的械鬥後，涼州新兵目前士氣高昂！」

「很好！」我點了點頭，「向北行，向西行，楊勇！」

「末將在！」「屬下在！」

「各營的訓練如何？」

「啓稟大帥，修羅兵團各營訓練正常，士氣高漲，隨時可以出兵！」向西行拱手說道。

對於涼州目前的狀況，我基本上是滿意的。我點了點頭，臉上露出了笑容，「各位將軍，我軍新建，尚需磨練，所以從明日起，除了新兵巡邏營外，各軍不得出營，加強操練，以求儘快使我軍達到最高的水準。翁大江新到開元，我們不得過於顯露，在他上任後，錢悅親送一份大禮給他，就說是我送的，至於該說怎樣的話，錢悅，不用我來教你吧！」

大廳中眾將一齊大笑。

我接著說道：「由於我的行跡暴露，開元方面在頭兩個月一定會加強戒備，所以我們還不宜有所作為，而且我在此次天京之行中，受大林四僧的圍攻，也身受重傷，真氣至今沒有恢復，實在是不宜行動。今晚過後，我將閉關休養，涼州一切事務就交給梅小姐負責，各位將軍要同心協力，輔佐梅小姐將涼州的事務打理好。我將授予梅小姐全權負責涼州事務，掌握生殺大權，如果有任何人違背她的命令，她有權將其就地斬殺，明白沒有！」

「末將等將全力輔佐梅小姐，不敢有半點違背。請大帥放心養傷，願大帥早日康復，領導我等奪取輝煌戰功！」眾將官同聲應道。

我點點頭，不再說話。飛天，等著吧，我會讓你知道我的厲害的！大林寺，我決不會放過你，等我傷好之後，我一定要拜訪你，別讓我失望……

靜悄悄的，一片寂靜無聲。涼州在夜色中沉睡，月朗星稀，柔和的月光將涼州城籠罩在一種祥和的寂靜中。

我緩緩地睜開眼睛，從入定中醒來。四周一片漆黑，但是我卻似乎清晰地看到了一切，我甚至可以感受到帥府內每一個人的呼吸，憐兒在睡夢中囈語，軍士們在府中巡查，還有正在燈下批閱公文的梅惜月，一切都是那樣的清晰，我體內真氣似乎完全消失，但是當我的念頭剛起，一股澎湃的混沌之氣立刻在體內流轉，那感覺好不舒服。

我凝神內視，卻發現一身的真氣空空蕩蕩，丹田處有一個五彩的氣團凝結成球，那球體散發著一種柔和的氣息，讓我感到心中一陣平和。我心中一震，這難道就是玄門中人夢寐所求的內丹？

我知道自己雙手沾滿血腥，根本沒有去追求這飛升的金丹大道，但是也正是無欲，故能有所得，與大林四僧一戰，可以說是讓我更上一層，我不由得縱聲長嘯，那嘯聲劃破夜空的寂靜，遠遠傳出去，瞬間，整個涼州城內都聽見了我那充滿歡愉之情的嘯聲……

「砰——」一聲沉悶的巨響，我破關而出，深吸了一口夜空中清新的空氣，那空氣中瀰漫著一種花香，是什麼花香，我不知道，但是卻讓我感到心中一陣暢快！仰望夜空，漆黑的天幕似乎也不再那麼單調，不但色彩的層次和豐富度倍增，最動人處是一眼瞥去，便似能把握到那雲彩在天幕下被柔風吹動的千姿百態。

我心中突然產生出一種感動，感動至渾體猛震，跪了下來，膜拜上天。冥冥中，我似乎感到了什麼，但是卻又說不清楚那種感覺，好玄妙，好深邃……

我的熱淚不受控制的奪眶而出，那是一種好奇妙的感覺：天地間一氣流行，皆因形象不同，致生千變萬用，然若源溯其流，蓋歸一也。故能守一於中，我與木石何異，星辰與我何異，貫以一之，天地精華，盡爲我奪。這是清虛心經中最後一頁的幾句話，之前我根本無法理解這其中的含意，但是此刻在我的腦海中突然流出，想著想著，我不由得心領神會，直入致虛極守靜篤的精神領域，但覺與天上星宿共同在這無邊的宇宙一齊運轉，天地之精神，就是我的精神，天地的能量，就是我的能量。

閉上眼睛，內外的天地立時水乳交融的渾成一體，而我似乎也和這天地融在一起，再也不分彼此……

一陣雜亂的腳步聲傳來，我緩緩地睜開眼睛，心神歸於平常。那長嘯！那巨響！早已經將整個帥府裏的人驚醒，他們都急急忙忙地向我閉關的後園跑來，一時間人聲鼎沸。我抬起頭，第一個進入我眼簾的就是滿臉驚喜之色的梅惜月，她看上去有些憔悴，當她看到我時，先是一愣，停下了腳步，接著，絕美的面龐上露出一種欣慰的笑容，月光下，她周身被一層柔和的銀色光芒籠罩，飄飄然，好似九天仙女下凡，那卓絕丰姿，是那樣的寂寞清傲，淒絕美豔將永生印在我的腦中。

在她的身後，緊跟著被驚醒的其他人，從他們的臉上，我看到了一種發自內心的關切，我心中不由得一暖。在這世上我並不孤獨。我緩步向他們走去，所有的人都停住了腳步，呆呆地看著我，臉上都露出一種古怪的神色。

「我回來了！天下，我回來了！」雖然有些奇怪，但是我並沒有理會，突然間，我感到了一股沖天的豪情，有這樣一群關心我的人，天下又怎會不在我掌中！我張開雙臂，仰天高聲喊道，一種君臨天下的王者之氣自我身上發出。

「修羅臨世，群豪束手！血雨腥風，百世太平！」除了梅惜月，所有的人都感到了一股逼人的王者霸氣，幾乎是在同一時間，他們都不約而同地跪在了我的面前，同聲高呼。

我有些奇怪，這話未免有些大逆不道，如何說的出口？如果這些話傳到了東京，難免會落人話柄，我根基未穩，萬不可被他人找到破綻！我用詢問的目光看著梅惜月，她笑盈盈地看著我，臉上露出一種喜悅神情，她深情地看著我，那眼中流出的千言萬語，都在表達著同樣的一個意思。看到我詢問的眼神，她點了點頭。我放心了，既然梅惜月沒有阻止，那麼說明她已經有了萬分的把握，我相信她，以她的縝密心思，不會打沒有把握之仗。

「既然你們相信我，那麼，就把你們的命運交在我的手中，我會帶領你們走向輝煌，讓你們成爲這炎黃大陸的真正主人！」我看著跪伏在地面的眾人，伸出雙手，豪情萬丈地說道。

「我等願意追隨主公，赴湯蹈火，在所不辭！」眾人齊聲回道。

我知道從這一刻起，他們真正的將自己的生命託付在我的手中，從這一刻起，我知道我真正得到了他們的心。突然間，我心中有一種得意，仰天大笑，那笑聲帶著無形的真力迴蕩蒼穹，這一刻，我好得意……

帥府書房，我坐在桌前，看著擺放在桌上的公文，每一份公文上都有詳細的批閱，那字跡娟秀中帶著一種脫俗的韻味，我知道這是梅惜月的字跡，我逐一的看著這些公文，越看越佩服梅惜月的見識不凡。比如說，我手中這一份有關修建涼州城防的公文，大致意思是說要在涼州城外三十里處建起一道外城牆，梅惜月的批示是：堅城難抵民心，君不聞歷代多有堅城厚牆，今不過廢墟殘垣，凡天下堅城，莫不潰於內！我知君意，卻請再慮！好一個堅城難抵民心，簡單數十字，已經將這治理天下的道理說的十分透徹，我相信奏寫這份公文的人看到這個批示，一生也不會忘記！許正陽何幸！得此奇女子幫助，是我之幸！也是蒼生之幸！我看著她的批閱，心中感慨萬千……

門簾一挑，梅惜月婀娜的身姿從外走進，我抬起頭看著她，「憐兒已經睡著了？」

她點了點頭，柔聲說道：「這是個苦命孩子，平時誰也不理，在你閉關這半年中，她整日裏鬱鬱寡歡，在後園等候你的出現。你是她最相信的人，也是她唯一可以依靠的人，既然你將她從火坑裏救出，就要擔起撫養她的重任。可是從你將她帶回來以後，就前往天京，回來以後馬上閉關養傷，幾乎沒有和她說過什麼話，你要多多的關心她才是，莫要傷了孩子的心呀！」

我聞聽，心中不由得有些慚愧，說實話，救憐兒只是我一時的興致，過後我就將她置於腦後，等於將她扔給了梅惜月，今天聽她一說，我心中當真是有些不安。連忙站起身來，我恭聲說道：

「多謝師姐提醒，正陽幾乎忽視了這個問題，以後正陽定會注意！」

梅惜月微微一笑，目光流轉，她看到了我手上的公文，臉色微紅，不禁有些不好意思，「正陽原來在看這公文。說實話，我自幼通讀政典，原以為自己學識已夠，但是真正到用的時候，才知道所學太少，這小小的一個涼州城，就有諸多的事務煩心，正陽看後，莫要笑師姐才是呀！」

「師姐過於謙虛，正陽剛才看過師姐的批示，可以說是字字珠璣，所批之事當真是恰到好處，正陽也是受益良多呀！」

這些話是發自我內心的感慨，上陣搏殺，揮百萬雄師縱橫沙場，摧城拔寨，我自問天下難有人出我左右；與他人勾心鬥角，使盡陰謀，我也不怕任何人，但是如果說到這治理天下，卻絕不是我的所長，我所能做到的只是用人所長，除此以外，我當真是所知不多。就說這民心，我當然知道其中的重要，但是將這民心之說落實在小處，我卻不知從何而做，就這一點，我是真心的佩服梅惜月。

聽到了我的誇獎，梅惜月臉上露出嬌羞之色，她有些扭捏地說道：「正陽太過誇獎惜月了，我只是盡我所能，那有你說的那樣厲害！」說完，她低下頭，輕捻衣角。

有人說燈下看美人，別有一番風味。我說他看到的一定是一個姿色平凡的女人，如果是一個真正的美女，或者說是一個像梅惜月這樣的美女，哪裡是什麼別有風味，簡直讓我有些神魂顛倒。此刻，我就著屋內朦朧的燈光看去，她千般柔媚，萬種風情讓我不禁癡迷，我放下手中的公文，慢慢地向她走去，感到了我的氣息，她抬起頭來，看著我，似乎是感覺到了我的意圖，她望著我，好一陣子，她緩緩閉上眼，彎長的睫毛微微聳動，逐漸地，她將上身湊近，仰起唇兒，紅豔豔的唇兒……

第三章　戰雲乍起

清晨的第一道陽光照在了床上，我睜開眼睛，胳膊有些麻木，我歪過頭，看了看躺在我臂彎裏的梅惜月沉睡時嬌媚的樣子，心中不由得升起一種愛憐。

輕輕的，身體微微一動，梅惜月睜開她的雙眼，臉上露出激情過後的羞澀，她伏在我的胸前，沒有出聲，只是用手指輕輕的在我胸前輕劃。

我愛憐地看著她，「師姐，妳醒了？」

「嗯！」她輕輕地應道。

我沒有再說什麼話，這個時候，說任何話都是多餘的，清晨的寂靜讓萬物沉浸在一種祥和的氣氛中，沉默已經將一切都表達了出來……

我坐在帥府大廳中，身邊端坐著梅惜月。當大家看到這幅景象時，第一個反應都是一愣，但是旋即明白了這箇中的奧秘。看到大家的眼神中都流露出一種尊敬的目光，我知道，他們接受了她，從這一刻起，梅惜月正式地走上了政治舞臺，她不再單純的是一個江湖幫派的首腦，她成爲了我爭霸天下有力的臂膀。

我環視大廳的眾將，心中有些激動，因爲我知道，決戰的時刻就要到了。梁興在我閉關期間，與閃族族長墨哈元決戰大草原，不但擊潰了閃族聯軍，而且大大地打擊了墨哈元在閃族的聲望，同時，鍾離師遊說子車侗，使得子車侗脫離墨哈元，在梁興的支持下和墨哈元爭霸草原，使得統一的閃族大草原陷入紛爭，再也無力與梁興抗衡，夜叉之名威震閃族，可以讓夜啼小兒止哭，立下了好大的威名。而我，也要開始我的第一步計畫……

「各位將軍，今日將大家召來，主要是爲了感謝各位將軍在我閉關期間的辛苦，本公在這裏謝謝大家了！」說著，我起身向諸將拱手一禮。

「國公大人客氣了，我等爲國公效力，乃是一件榮幸之事，何來辛苦而言？」眾人連忙還禮，向東行出班向我拱手說道。

我點了點頭，微笑著說：「向大哥，今日聚會不必拘禮，你我兄弟大可暢所欲言，不要有什麼顧忌！」我看了一眼眾將，看到大家都表示同意，我接著說道：「在我閉關期間，涼州有何事情發生？」

聽到我的問話，大家都陷入沉思，向東行說道，「大人，在大人閉關期間，涼州一切還算平靜，如果說有事情，那就是飛天和我涼州本土居民衝突日益加重，雙方已經到了水火不容的地步，幾乎每天都有流血事件發生，不過，我們按照大人的吩咐，嚴令溫國賢不得插手此事，如果實在是嚴重，就處理一下，尺度稍稍向飛天臣民傾斜，對此，涼州百姓無不憤怒，對大人頗有不滿！在屬下看來，經過這近一年的時間，涼州百姓的火性大了許多，基本上已經達到了大人的要求！」

我點點頭，沒有出聲，腦子裏在急速地思考著。

這時，向南行起身朗聲說道：「大人，這半年裏，我們的巡邏隊幾乎每天都在和飛天的巡邏隊發生衝突，而且現在勝多負少，將士們都感到十分的痛快，呵呵！」

「向三哥，恐怕是你痛快了吧！」我突然抬起頭，笑著說道：「聽說三哥每逢衝突，必是身先士卒，勇往直前，飛天流傳三哥與兩位葉將軍是拼命三郎，不知可有此事？」

眾人一聽，不由得哄堂大笑，梅惜月也露出一種委婉的笑容。不但向南行訥訥無語，就連平日裏沉默寡語的葉家兄弟，此時也是滿臉通紅。

看到向南行那尷尬的笑容，我有些好笑，「三哥，不要緊張，小弟並不是責怪你。之所以這樣說，是因爲三哥性格剛烈，喜歡爭勇鬥狠，如果三哥你是一個江湖中人也就算了，但是三哥，你是一軍將領，手下萬名軍士都在看著你，更應該成爲他們的表率。三哥你應當知道，你的行爲都會影響到你的將士，兩軍搏命，勇武重要，但是保持冷靜更加重要！」我停頓了一下，又看著葉家兄弟說道：「海濤，海波，你二人自西環便跟隨我，一路征戰才到了今天，我視你們爲自己兄弟，不希望你們出任何意外，明白嗎？」

三人聽我說完，同時起身，向我躬身說道：「大人的話，屬下當牢記在心，絕不會辜負大人對屬下的厚望！」

我欣慰地笑了笑，「好了，三位將軍請入座吧！其實，我之所以讓巡邏軍士和飛天械鬥，一是爲了訓練他們，二來就是爲了想借此機會將涼州人的血性激起，如果常勝，反而會讓他們生出驕傲的心理，輕視我們的對手，那將是非常致命的！」

「大人請放心，這一點我等都清楚，所以我和兩位葉將軍雖然偶爾出手，但是大多數的時候都是暗中觀察，絕不敢影響大人的計畫！」向南行連忙說道，葉家兄弟也在一旁連連點頭。

「那就好！」我笑著說道。

「大人，修羅兵團一切訓練正常，將士們求戰心切，希望大人能夠早日定奪！」向西行平日就不愛說話，此刻的話語更是簡潔。

我滿意地點了點頭。這時，梅惜月好像突然想起了什麼，在我耳邊輕聲的說了兩句，我聞聽眉頭微微一皺，「各位將軍有誰對華清比較熟悉？」

眾人聽我突然問到這個人，都不由得一愣，我看大家沒有明白我所說的是誰，就解釋道：「就是那個在涼州城裏有華善人之稱的藥商華清！」

眾將都露出恍然之色，都表示認識此人。我眉頭更是皺在一起，扭成一個川字，沉思了一下，我抬首說道：

「根據梅樓主的消息，此人自我來到涼州後，一改以往的低調處事，活動變得十分頻繁，而且和東京聯繫十分密切，近來更是活躍，不知是什麼原因。此人能夠在這涼州有如此的聲威，固然是由於他世代在此，可是如果沒有後盾，那麼，又如何能夠長久的興旺，就連溫國賢似乎也不敢和他過不去。明裏涼州是由溫國賢、仇隱、程安等人把持，可是如果論起實力，就以此人最爲龐大！我們不得不防！只是此人在涼州口碑極好，而且又有神秘後臺支持，我們也不能將他如何，所以還望諸公多多的提防！」我的語氣有些陰冷，大廳中突然被籠罩在一種森冷的氣氛之中。

眾將的臉色都是一變，我話中的含意已經十分明顯，如果他們連這些都聽不出來，那麼還是趕快離開。

我說完後，臉色突然一變，「好了！諸公不用爲此擔心過多，此事我自會處理！師姐！」我扭頭對身邊的梅惜月說道：「此事還要師姐親自出馬，動用一切力量調查此人，同時派人對他密切監視，我不希望他給我們造成任何麻煩！」

「是！惜月遵命！」她語氣婉約，就好像是一個賢慧的妻子一樣，對我恭敬地說道：「惜月馬上就會命令雄海全力調查此事！」

我笑了笑，頓時，大廳中的氣氛爲之一緩，眾將都不由得長出一口氣，楊勇抬頭看著我，眼神中突然流露出一種狂熱的崇拜，「大人，大人此次閉關，看來功力再進，幾乎可以達到天人合一之境，恭喜大人！」

眾將先是一愣，但是馬上明白了過來，閉關之後，我的一言一行可以在無形中影響眾人的心境，這楊勇不簡單！我看著他，笑了笑沒有說什麼，又和大家談論別的事務。

就在這時，錢悅匆匆的從帥府外進來，他一見到我，立刻拱手說道：

「啓稟大帥，城外有開元使者前來求見，不知大帥見是不見？」

我一怔，扭頭看了一眼身邊的梅惜月，她的神色自然，好像一切都在她的意料之中一樣，我立刻明白了，看來翁大江有些沉不住氣了。我又看了看眾將，突然展顏笑道：

「見！爲何不見！立刻有請！」我對錢悅說道。

錢悅領命出去，這個小子越來越成熟穩重，假以時日，必是一個好手！我看著他離去的背影，心中感嘆。

開元使者高傲的昂著頭，走進了帥府大廳。他環視了一下廳中的眾將，看到坐在正中的我，只是微微一拱手，「在下賈清，奉我家大人的命令，前來晉見許大人！」那樣子實在是無禮至極！

廳中的眾將看到他那無禮的樣子，不由得一個個都氣得牙根直咬，只是沒有我的命令，一時也無法說話。

我絲毫沒有在意他的無禮，連忙請他上座，待他坐穩以後，我連聲的咳嗽，「使者大人代在下多謝翁大人的關心，請告訴他，在下身體最近有些不適，待在下身體好轉，定然會親自前往開元，與翁大人把酒言歡，一敘天京別情！咳咳咳！」我說完這些話，忍不住一陣劇烈的咳嗽，臉色蒼白，透著一種病態的紅潤。

一旁的梅惜月連忙扶住我的肩膀，輕輕的爲我撫摸後背。

賈清原來沒有注意到坐在我後面的梅惜月，此刻一見她絕美的面龐和舉手投足中的萬種風情，不由得瞠目結舌，竟沒有回答我的話，整個人不由得呆傻住，臉上露出一種極其猥瑣的表情。我看在眼裏，心中不由得怒火中燒，我的女人也是你這種人看的？只是爲了大局，我只得忍住氣，沒有發作，臉上沒有任何的不快表情。

一旁的向南行看到賈清那種淫褻的表情，恨恨地哼了一聲，這才讓他從神魂顛倒中清醒過來。

「這位是？……」他問道。

廳中眾將不由得一起勃然變色，「大膽！」向南行和葉家兄弟同時高聲怒喝。

在明月的風俗裏，主人請你見他的女眷，是對客人一種友好的表示，可是如果客人直問女眷，那是對主人最大的不敬。賈清此舉當真是無禮到了極點，眾將再也無法忍耐，性格急躁的將領更是拔出兵器，一時間，大廳中刀光劍影，氣氛緊張至極。賈清立刻被嚇得臉色煞白。

「大膽！」我怒喝道，剛喊出聲，一陣劇烈的咳嗽隨之而來，讓我有些喘不過氣。梅惜月連忙為我敲打順氣，好半天，我才緩過勁來，怒斥廳中眾將，「翁大人乃是本公的好朋友，賈先生前來，乃是代表翁大人，你們竟然如此失禮，成何體統，還不給我滾下去！」

眾將都是面帶憤怒神情，鄙視地看了我一眼，扭頭出了大廳。梅惜月也面帶委屈之色，她看了看我，欲言又止，讓賈清又是一陣失魂落魄。

我沒有理睬他們，「翁大人近來如何？」我問道。

賈清被我的聲音喚回魂來，「啊？大人說什麼？」

我扭頭對著梅惜月怒聲斥道：「難道沒有聽見我讓妳滾下去，無恥賤人，在這裏賣弄什麼風騷！滾！」

梅惜月眼中水波流轉，她張了張口，沒有說出話來，扭身向後堂跑去。我有對賈清說道，「不知賈大人此來涼州，有何指教？」

賈清回過神來，「哦！是這樣的，我家大人聞聽大人身體不適，特讓在下前來慰問！」

「有勞翁大人費心了，在下自天京回來後，身體一直不好，可能過些時日就要向朝廷請命回東京，不能與翁大人長聚，實在是有些可惜！」我聲音低沉地回答。

賈清仔細看了我半晌，臉色有些惋惜，「大人看來身體當真是不好，還要多加注意呀！」雖然他一副可惜的神情，但是語氣中卻難掩歡愉。他停頓了一下，「另外，我家大人讓我轉告大人，由於開元城需要加強城防，需要大量金錢，可是我家開元目下資金緊張，想向大人周轉一番，不知大人意下如何？」

「多少？」我皺了皺眉頭，問道。

「大約五十萬金幣！」

「這……」我有些爲難，「恐怕……一時難以籌措如此多的金錢呀！」

「大人口口聲聲說與我家大人交情不淺，如此的小問題卻推脫，恐怕我家大人會有些不高興！」

賈清語帶威脅。

我一陣咳嗽，連忙從身上掏出一塊手帕，捂在嘴邊，「咳咳咳！」手帕上一片殷紅。「這樣呀！讓我想想。」我沉思了一下，「五十萬金幣在下確實一時無法籌集，不如這樣，在下先籌集三十萬金幣，三日內送到，餘數在下十日內籌到，然後立刻送與大人，如何？」

賈清臉上露出一絲爲難，「這……」

「我知道讓使者爲難，我自有薄禮送與使者，只請使者在大人面前美言幾句，如何？」我看他有些心動，接著說：「我自會修書一封，請使者轉交大人！」

賈清想了一想，點頭同意。於是我修書一封，交給了賈清，而後十分恭敬地將他送出帥府。

看著他消失的背影，我一陣冷笑。這時，原本已經氣走的眾將和被我罵走的梅惜月也來到了我的身邊，臉上露出笑容。

「大帥，你看可以將他騙住嗎？」向南行在我身邊低低地問道。

「這等蠢材，好打發得很！」我笑著回答道，「不過，三哥的演技太差，實在是讓小弟無法入目！我看，你們之中，唯有師姐的演技十足，呵呵！」

眾人一陣大笑，梅惜月秋波流轉，她嗔怪地瞪了我一眼，「還說，竟然敢在那傢伙面前將我罵的如此難聽，看我如何收拾你！」

「師姐恕罪！師姐恕罪！」我一聽連忙躬身施禮，一副小生怕怕的模樣，惹得梅惜月開心的笑了出來，「好，我就饒了你這遭，不過，你要補償我心裏的創傷！」

「師姐請吩咐！」

「我要你把那無禮的傢伙的首級給我拿來，消我心中之氣！」

「這有何難，不但是小弟，想來這在場眾將也不會輕饒他！哈哈哈！」我笑著問身邊的眾將。

大家不僅點頭稱是，笑在一起。

「啓稟大帥！有一群人在城外求見大人！人數大約在百人左右！」正當我們說笑之時，一個親兵跑到我的面前恭聲說道。

又有人！還是一百多人！會是誰呢？我心中一陣疑惑，今天看來真是熱鬧呀！

我想了一下，「都是一些什麼人？」我問那親兵。

「啓稟大帥，都是一些道裝之人，年齡不等，但是看上去都不是什麼普通人，身手都很好！」親兵想了一下，回答道。

道裝？我突然明白了來人是誰，心中一陣激動，「來人，府門大開！列隊迎接！」我扭頭對身後眾人高聲喝道。說完，我對那親兵說道：「快，快將來人請到帥府！」我特地將「請」字強調，看著那親兵。

親兵明白了我的意思，領命而去，帥府眾人開始忙碌起來。自從我來到這涼州以後，大家從來沒有見過我像今天這樣的激動過。

「正陽，是誰來了？讓你這麼激動？」梅惜月在我身邊輕輕地問道。

「師姐，妳一會兒就知道了，請恕小弟在這裏先賣個關子！」我笑著對她說道，「他們一來，開元必將落入我手！」

眾將看到我自信滿滿的樣子，都對這一百來人產生了濃厚的興趣。

帥府門前，十二盞大紅燈籠高高掛起，正門大開，帥府那所有的下人全部魚貫列隊於兩旁，整齊無聲地跪伏在地上。我率領著梅惜月和府中眾將站在府門外，肅立等候。

街頭一陣騷亂，百餘名三清打扮的人出現在我的視線裏，為首的一人，身穿玄色道裝，年齡在七十左右，鬚髮花白，紅光滿面，想來是久習玄功的原因，步履間絲毫不見老態。他走在最前面，身後則跟著六個年齡和他相差不多的人，天一真人赫然也在其中。

我大步走上前去，翻身跪倒在地，「師侄許正陽參見七位師叔！」

身後的眾人這時馬上明白了這些人的來歷，紛紛地跪倒在地，向為首的那七人請安。這些人正是從安息亢龍山金龍洞趕來的我的師門。

「大人，不必如此多禮，快快請起！」為首的那位老道士連忙將我扶起，「你們也快快起來！」他對我身後眾人說道。

「正陽，這位就是你的大師叔，現任亢龍山掌門人的天風真人！」那道士身後的天一真人連忙介紹道。

我再次恭敬地向天風施禮，「正陽參見掌門人！」

「呵呵，孩子，不用如此多禮！來，見過你其他幾位師叔和你的師兄弟們！」天風和藹地看著我，眼中流露出一種異樣的光芒，有疼愛，有懷念，有悲傷，還有幾分喜悅，我明白此時他心中的感受，看到他，就好像看到了自己的親人一般。我再次恭敬地向他施禮，然後見過他身後的眾人。

除了天一以外，還有他其他幾個同門師兄弟，以及他們的弟子，看來此次亢龍山是傾巢出動，而且，看樣子這些人的身手都不是一般的高手可比，我心中暗喜，有了這些好手的幫助，開元城必將落入我手。不過，我不會讓他們看出我內心的想法，十分熱情地和那些同門打著招呼。

「正陽，爲什麼不請仙長們進府中再聊，待在外面，成什麼體統！」梅惜月在我身後輕輕地說道。

我恍然回神，連忙拱手將他們請進帥府。

帥府大廳內，我端坐在帥案之後，天風、天一他們依次坐在我的上手，而兵團眾將則在我下手作陪，其餘的亢龍山眾人則被安排下去休息。我們寒暄了幾句，梅惜月從後堂走出，手中拿著兩本冊子和一封已經有些發黃的信件。我示意她將那些東西遞給天風，「各位師叔，這是師尊蛇魔道人留下的遺物，正陽一直是小心的收藏，不敢有半點怠慢，如果不是不知如何聯繫眾位師叔，這些遺物早就送到各位師叔的手中，今天眾位師叔親來，正陽就將這些交給師叔，也了卻正陽心中的一份牽掛！」

天風伸出顫抖的雙手從梅惜月手中接過那書信，他一會兒看看那信件，一會兒看看那兩本冊子，眼中不知不覺中流出兩行清淚。

好半天，他將書信交給身邊的天火真人，抬頭看著我，「剛才貧道有些失態了，這麼多年了，我們一直在尋找大師兄的消息，如今猛然看到他的手蹟，當真是有些激動。正陽，也許你不明白，大師兄對我們這些師兄弟，亦師亦父，這種感情，尋常人是難以明白的！今天，正陽將這失落多年的師門秘笈歸還於我們，對我們亢龍山一脈如同有再造之恩，貧道在這裏深表謝意！」說完，他起身向我躬身深施一禮，其他的道人也同時起身向我施禮。

「眾位師叔，萬不可如此！這樣可就真的是折煞正陽了！」我不敢怠慢，連忙阻止道。

「這一禮你一定要受，這是我們亢龍山一脈百餘人對你的謝意，你萬萬不可推辭！」天風正色地說道。

我看到天風莊重的神情，也就沒有再阻攔，因爲我知道這一禮不是爲了我，而是爲了我的師父，蛇魔道人！

大家客氣完畢，天風開口說道：「本來我們打算在數月前就要來到這涼州城的，可是在半路上，我們卻碰到了一件事情，讓我們不得不停下處理，所以就來晚了，還請正陽原諒！」

我連忙說道：「師叔客氣了，正陽怎麼敢有半點的責怪？」

「呵呵，不過，我們在路上可是聽到不少關於你的事情，聽說你在天京和大林寺的護寺四僧血戰一場，不知此事可是確有其事？」

「千真萬確！正陽在去年歲末由於行蹤暴露，所以在衝出飛天御林軍重圍後，在天京城外六十里處遭遇大林四僧，遭到他們四僧合圍攻擊，苦戰一場後，正陽擊破他所謂的無敵四佛陣，當時是重傷天仁，擊傷天勇，後來聽說天仁當天身亡，天勇則是至今纏綿病榻。不過，正陽此戰當真是受傷不輕，幸虧得黃家人的幫助，而後回到這涼州城後，閉關半年，直到昨晚才破關而出！」我簡單的將當日和四佛的爭鬥說了一遍，雖然我說的有些輕描淡寫，但是聽者依然是心驚肉跳。

「其實，正陽當真是要感謝天一師叔，如果不是天一師叔指教我化解與黃家的恩怨，如今正陽恐怕已經是身首異處，現在仔細想想，師叔當真是高瞻遠矚，見識較我這小子要深遠許多，正陽在這裏向師叔深表謝意！」最後，我起身向天一深深的一禮。

所謂是千穿萬穿，馬屁不穿！天一聽完我的話果然十分受用，他臉上帶著一種欣慰的笑容，連忙對我說道：「正陽不要如此客氣，師叔也是提醒了一句，如果你當時執意孤行，又有什麼用處，所以還是你自己聰明，懂得思考！」他笑瞇瞇地看著我。

「好了，你們兩個不要自家人誇自家人了！呵呵！」天風看我們還要繼續客氣下去，連忙阻止道：「不過，正陽那晚的血戰，當真是驚天地，泣鬼神！整個江湖都在傳揚著你修羅的名字，就連我們亢龍山一脈也感到面子上極爲光彩！正陽好樣的，果然不愧是我師兄的弟子，沒有弱了師兄的名頭，呵呵！」

「多謝師叔誇獎，這點小事有何値得誇耀，都是江湖上的虛傳，大林四僧虛有其表，哪裡是正陽的功勞，而且以師父赫赫威名，正陽此次險些在那四佛陣下喪命，實在丟了師父的臉。而且正陽些許進步都與師門的調教有密切關係，如果沒有師父，何來正陽這一身榮華？正陽一直無以爲報，深感慚愧！不過，如今既然師叔們來到了，務必要在正陽這裏住下，也好讓正陽早晚請教，感受這師門的溫暖！」我臉上不敢露出任何得意之色，恭敬的說道。

對我的反應十分滿意，天風捻鬍微笑道：「好！勝不驕，敗不餒！年輕人就應該有這樣的精神，方能有進步！師兄真是好福氣，雖然仙逝，卻留有如此的佳弟子，好呀！呵呵！」他欣慰地看著我，身邊的其他眾道士也紛紛點頭贊同他的說法。

「不過，正陽，你萬不可小視了這大林四僧，大林寺建寺多年，始終是武林北斗，這其中自有他的道理。說實話，這大林寺的四佛陣乃是天下一等的合擊之術，莫說你能全身而退，你可知這武林中有多少高人在四佛陣中喪生，如今你不但能脫出，而且還讓他們一死一殘，呵呵，就是這一點，恐怕在這大林寺建寺千年來，都是不多見的，就連師叔，也恐怕沒有這個本事。正陽此舉不但是揚了自己的威風，更讓我亢龍一脈也覺得大有光彩，此次前來的一路上，你那些師弟們可以說是對你產生了無比的崇拜，有時間，你一定要多多的指點他們！」

聽到天風如此一說，我知道他已經有了留下的意思，於是連忙起身抱拳，拱手說道：

「既然師叔有命，正陽安敢不從？請師叔放心，正陽一定會竭盡所能，將所學教與眾位師弟！而且，如果師弟們有心，正陽也可以將他們安排在我這軍隊之中，建立些許功名，為我亢龍一脈揚威！」

天風有些心動，他看了看身邊的幾人，低頭沉思，半晌，他抬頭說道：

「說實話，正陽！此次師叔等前來，可以說是傾我亢龍山一脈的全部力量。自我們幾個師兄弟創建這亢龍山一脈，也有了些許的名氣，只是苦於沒有人來支持，一直是小打小鬧，我們幾個老骨頭無所謂，但是你那些師弟們，正是建功立業的大好時候，總不能隨著我們這些老骨頭在那亢龍山埋名一輩子，所以此次前來，也是想請你幫他們一下，建立功業，也好有個好前程！如果正陽答應，我們這幾個老骨頭也願意效力馬前，為正陽助一臂之力！」

我心中大喜，但是臉上卻露出了惶恐之色，「師叔這樣說就有些過了，這本來就是正陽應該做的事情，有什麼幫不幫的，俗話說：打虎親兄弟，上陣父子兵。這件事情就交給正陽，幾位師叔但請在這府中頤養天年，潛心修道，為我亢龍山一脈的後盾就行了！至於這效力之說，真是折煞死正陽了！」

天風欣慰地點了點頭，「那我們也就放心了！對了，還有，就是正陽，大林寺一向是與世無爭，怎麼會突然攔截你呢？」

我腦子裏急速地轉著，「師叔，你以爲這大林寺當真還是佛門淨土嗎？現在的大林寺已經變質，投靠了飛天的翁同，其實，此次他們攔截我，也就是奉了翁同之命，企圖以我爲契機，扳倒黃家，這是我無意中聽到的，而且他們攔截我，並非是想要殺我，而是爲了我們亢龍山的武功秘笈！」

「哦？」天風有些沒有理解我話中的意思。

「在我逃跑時，曾經聽到他們說，由於他們的住持神妙大師無法參透大林寺絕學，而他又希望能夠重振神樹大師在世時的聲威，他聽說我師從亢龍山，所以對我們的師門絕學產生窺視之心，要將我活捉，以求從我口中逼出先師的秘笈。也正是由於這種顧慮，正陽才能得以逃脫！」

「無恥之徒！」天風聞聽，心中勃然大怒，他狠狠地拍擊在身邊的桌子上，那堅實的檀木桌被他隱含的真力震成散末，「大林寺欺我亢龍山無人嗎！」話音未落，整個大廳內立刻被籠罩在狂暴的殺機之中。

「何止是大林寺！」這時，他身邊的天一真人適時開口道：「自正陽出山以來，大小戰陣無數，像那崑崙一派，藏汙納垢，有辱我道門的聲譽，大師兄看不過所以殺上了崑崙山，打敗崑崙三道，揚了我亢龍之威。可是他們後來屢次爲難正陽，圍攻，偷襲，投毒，卑鄙手段無所不用，全無名門大派的風範，但都沒有成功，於是，又搬出他們的摩天祖師，嘿嘿，幸虧正陽洪福齊天，不然如何能夠在今天和我們坐在一起？我們又如何能夠得到師兄的手跡？他們爲什麼敢如此的囂張，無非就是看正陽和梁興無依無靠，孤身一人，小弟至今想來，實在是可惡至極！」

天一的話此刻無疑是火上澆油，不僅是天風，就連其他的幾個道人也不禁神色大變，臉上露出一種恐怖的殺機。

「此話當真？」好半天，天風咬著牙問道。

「千真萬確！本來我聽正陽所說也不相信，在回山的路上一路打探，卻發現正陽卻是過於善良，有許多事情都沒有告訴我。我本來想在山上就告知師兄，可是害怕師兄耐不住，先去找那些門派的麻煩，畢竟正陽方是正主，我們必須要與他會合後，看看他的意見，方能行動！」天一說道。

天風此時臉色已經鐵青，他看著我，「正陽，此事還要你來拿主意，如果你要動手，師叔等雖然上了年齡，但是卻願意爲你打前站，血洗那些名門正派！」

「此事正陽想以後再說，一來我世叔出身大林寺，正陽想看在世叔的面上放過他們這一次，二來，正陽眼下有一樁更加屈辱的仇恨要報，如果不報這仇恨，正陽將寢食難安！」我話未說完，身邊的梅惜月臉上立刻露出了一種極其屈辱的神色，而廳中的眾將臉上也露出了一種憤恨之色，天風眾人一見，臉色大變。

天風看到我們的表情，神色不禁一怔。「正陽有些什麼樣的屈辱？可否講給師叔聽？師叔必與你做主！嘿嘿，我倒要看看是什麼樣的人物敢觸我亢龍一脈半分！」

我爲難地看了看天風幾人，假裝思索半晌，緩緩地開口道：

「師叔，本來正陽不打算讓任何人知道這件事情，獨身一人去拼個魚死網破。不過，既然師叔相問，正陽也不隱瞞，剛才開元城的賊子前來我涼州，趁我傷勢未復，竟然獅子大開口，無端向我所要五十萬枚金幣，而且在大堂之上，對內人心懷不軌，無禮之至！他們之所以敢如此，無非是看他們飛天勢大，身後又有大林寺撐腰，他們揚言要我在十日內進奉五十萬金幣，還要內人前去相陪，當真是欺我太甚！」

我越說越感到火氣上漲，一掌拍向面前的帥案，沒有發出任何的聲音，那帥案完整無缺地立在那裏，一陣涼風拂過，木粉飛揚，轉眼間無影無蹤。

天風聞聽我的話，火爆的性子再也無法忍耐，他霍然起身，看著我怒聲說道：「如此奇恥大辱，正陽焉能忍受？爲何不把來人碎屍萬段，然後殺進開元，一雪心頭之恨！正陽如此懦弱，當真是讓我感到汗顏！」此刻他鬚眉皆顫，顯然是已經怒到了極點。

「師兄莫要發怒！」一旁的天一連忙勸阻，「正陽必有難言苦衷，我們還是先聽完他的話，再做主張！」

「師叔，難道正陽不想這樣做嗎？其實我修羅兵團原本就有這個打算，只是目前人手不足，尚在招兵買馬。正陽總不能爲了一己之私，讓數百萬涼州百姓重歷戰火，如此一來，正陽罪過不是更加的深重嗎？」我絲毫沒有被天風的怒氣所鎮住，平靜地說道。

天風聽我說完，臉上露出一種赧然，他緩緩地坐下，「正陽能夠時時爲百姓考慮，師叔也十分欣慰。那麼，有沒有一種方法可以既讓自己出了這口惡氣，又能顧全大局？」

我裝作沉思了一下，抬頭看著天風，「這……，不是沒有辦法，但是過於凶險，師侄一時也沒有合適的人選去做這件事情！」

「哦？不妨說出來聽聽，也許我們想想，可以有比較好的方法！」天風有些好奇。

「但凡堅城，從外向內攻擊，很難奏效，不但要付出大批將士的生命，而且還不一定能夠成功！」我緩緩地說道：「但是，如果讓它從內部起火，將會大大地增加勝算。師叔應該知道我的身世，這開元城不但是堅城，而且三十六寨相互拱衛，易守難攻，對於這一點，師叔想來也聽說過。但是現在，翁大江既然讓我向他供奉五十萬金幣，將是一個絕好的讓他從內部混亂的時機，所以，我想把這五十萬金幣送給他！」

我話一出口，天風等人都是驚道：「什麼？送五十萬給他？正陽莫要開玩笑！」

我冷冷的一笑，「師叔莫要著急，聽正陽說完，這五十萬金幣雖然數目巨大，但是對於正陽來說，還不放在眼裏，更何況，正陽只是把這五十萬存放在開元城，如果能夠將開元城拿下，別說是五十萬，哪怕是五百萬，正陽也敢一搏！而且如果能夠拿下開元，正陽得到的將是遠遠超過這五十萬的回報，嘿嘿，就算是這五十萬打了水漂，正陽也不會心痛！」

聽到這裏，天風眾人立刻露出了一種好奇的神色。看到他們已經入了我的甕，我心中有些得意，「開元城守衛森嚴，強攻決不可行，但是，如果我們能夠借著送金幣的時候，派出百名好手混入城中，然後我們同時在外攻擊，內外結合，開元城又如何不入我手？」說到這裏，我臉上又露出了一種爲難之色，「只是這百名高手如何尋找，是一個很大的難題！修羅兵團大多都是衝鋒陷陣的戰將，這江湖高手並不多，而且，我手下的這些高手在開元一定有記錄，很難混入城中，內子所率領的青樓，做些搜集情報、聯絡的事情還可以，但是如果說到江湖拼殺，卻又差了許多！這百名好手，我一時間又從哪裡尋找？唉，這就是一個難題呀！」我長嘆道。

「原來是這個事情，這好辦！」天風聞聽，和其他幾人交換了一個眼色，他臉上露出笑容，爽朗地說道：「正陽何必爲此事苦惱！我亢龍一脈，雖然還不能與那些名門大派相比，但是派中卻各個都是好手。師叔初來涼州，沒有什麼禮物帶給正陽，不如就讓我亢龍山弟子出面，混入開元，將這一鍋水攪渾，你這幾個師叔願意打頭陣，助正陽奪取這開元城！」

「此事萬萬不可，幾位師叔乃是正陽師門唯一的長輩，如果有了萬一，正陽將是百死莫辭！」我連忙阻止道，「而且眾位師兄弟初來涼州，怎麼能夠讓他們冒如此大險！」我不停地搖頭，表示我的反對。

我話音剛落，天風站起說道：「正陽此話差矣，你我本是同門，就應該相互幫助，難道我們不幫你，去幫那飛天狗賊？你這些師兄弟雖然和你還有差距，但是就憑那些飛天的蝦兵蟹將，還爲難不了我們，呵呵！正陽不是對師叔沒有信心吧！」

既然天風這樣說，我也就不好再說些什麼了，當下我起身向天風躬身一禮，「既然師叔如此說，正陽也不能再說些什麼了，只有在這裏感謝師叔的鼎力相助！」

此時，梅惜月和廳中眾將也同時起身，向天風等人拱手施禮：「多謝真人鼎力相助！」

天風捻著花白的鬍鬚，呵呵呵地笑了起來。

炎黃曆一六四二年七月十四日，這一天註定將要永遠載入炎黃大陸的歷史。

翁大江坐在書房中，手中端著一杯香茗，看著眼前的賈清，他緩緩地說道：

「賈清，今天應該就是那許正陽所說的送金幣的日子了吧！」

「沒有錯，今天正是第三天，許正陽說過要送三十萬金幣前來，屬下一直都算著呢！」賈清臉上露出一種令人厭惡的阿諛之色。

「那你看，這個許正陽當真會送來金幣嗎？」

「一定會的，這一點小人可以肯定！」

翁大江臉上露出一種奇怪的神色，「哦？爲什麼這麼肯定？」

「那日小人在涼州的帥府見到，那許正陽已經沒有了往日的神采，恐怕被四位聖僧傷的不輕，所以已經無力再計較什麼，就連他手下的眾將也對他有些鄙視，所以，許正陽在涼州的日子已經不多。屬下想，他當然不想讓涼州在他的任期有什麼閃失，所以才一味地委曲求全，依屬下看，他恐怕時日不多了！」賈清小心地分析著。

翁大江眉毛一挑，「你是親眼看到他咳血？」

「沒錯，這是屬下親眼所見，不會有半點的虛假！」賈清肯定地說道。

「好！」翁大江陡然起身，他咬牙切齒地說道：「許正陽，你奪走我的愛人，我要讓你付出百倍的代價！不但要你的錢，還要好好地享用你的女人！」他突然回頭，對賈清說道：「許正陽的女人當真有那麼美麗嗎？」

「美，比仙女還要美！」賈清的臉上露出一種極其猥褻的神情，「要是能讓我和她有一夕之歡，減壽十年我都願意！」

「好，待我收到他的金幣後，立刻起兵攻打涼州，我要把他的女人搶來，當著他的面，好好的享用一下！」翁大江淫笑道，他突然回身對賈清說道：「放心，等我玩膩了，我會將她賞給你，呵呵呵！」

賈清心裏已經把翁大江的祖宗十八代罵了一個遍，但是臉上卻露出一臉淫穢的笑容，「多謝將軍的關照，我想那時許正陽一定會氣得頭腦發脹，呵呵！」

兩人同時發出猥褻的笑聲。

「啓稟大人！」門外響起親兵的聲音，「大人，涼州城派人將金幣送到，正在城外等候！」

「哦？」翁大江一聽，精神一振，他打開房門，問那親兵：「是什麼人送來的？」

「啓稟大人，押運的人不認識，好像不是修羅兵團的將領！」

「有多少人？」

「大約有一百人，十輛大車，車裏全部是金幣，沒有其他的人員！」

翁大江點了點頭，看來許正陽當真是沒有人聽從他的命令了，如此巨大的一筆金錢，竟然沒有派遣兵團將領押運，「嘿嘿嘿！」翁大江冷笑著，「放他們入城！」

親兵領命而去。

十輛載滿金幣的大車緩緩地駛進開元城。

草原上，強烈的風吹刮著一片大斜坡上的白楊樹林子，枝幹都在呻吟似的呼啦啦叫喊著，斜坡上連著灰蒼蒼的山嶺，斜坡下面卻是一片無際的草原，一灣流水流向對面形成半弧的山崗，依著山崗，則是一片建築得十分恢宏遼闊的城堡，在這種地方，這等草原之中，有著這麼一片平地而起的城堡，特別有一股雄偉而凜然的氣勢，灰黑色的石頭城牆圍繞下，城堡大門的青石牌坊更顯威武，兩側的三方石柱拱托著中間一塊鑲著金色字體的篆匾：「開元」！

空中的雲被風吹得滾滾飄逸，正午的陽光時而從雲朵的縫隙趕出半抹臉來，卻又那麼快的又躲向雲後。大斜坡的白楊樹林子仍然在呼啦啦的呻吟著，林前正分散屹立著一排排密密層層的白色鐵騎，這些白色鐵騎一律是手中亮銀槍，背負巨型大劍，馬鞍橋上掛著牛筋檀木的強弓和五袋鷹翎，他們個個神態冷漠，不言不動，風拂動他們的玄色盔甲，更襯出一片蕭殺凜冽之氣！

我胯下乘坐著火兒，今天我不敢將烈焰帶出，因為烈焰的目標太過明顯，所以我將牠交給了木遠，讓他帶著烈焰在涼州城外出現，以迷惑開元的奸細，為了能夠遮人耳目，我甚至連噬天也沒有帶，而是拿著高秋雨的落鳳槍。

閉著眼睛，我儘量使自己靈覺能夠感受更多的事物。三年前，我就是在這裏和梁興阻擊了飛天的火焰兵團，在這裏，夫子永遠的長眠，我一直在等待，整整等待了三年，今天我將要讓他們知道修羅又回來了！

從前天夜裏，我率領了兩萬親軍，穿過十萬大山，秘密的來到了三川口，之所以選擇這裏，是因爲這裏是開元城和三十六寨的交匯點，在三個時辰後，這裏將是一片腥風血雨，我心中突然有一種莫名的興奮。

一騎快馬飛馳而來，停在我的面前，馬上的軍士氣喘吁吁地說道：「大帥，他們已經進城了！」

我點了點頭，對身後的錢悅說道：「放響鈴箭！讓向將軍他們開始行動！」

「咻——」響鈴箭帶著尖厲的呼嘯升空，刺耳的響聲劃破草原的寧靜，遠遠的傳出。

我看著遠處的開元城：開元，我回來了……

夕陽的餘暉絢爛，晚霞正映得西邊一片血紅，也給升平大草原染上一片血紅之色，炫惑得人眼發花。

「老趙，你剛才有沒有聽見什麼響聲？」守衛在金明寨寨門口的兩個衛兵在閒聊著。一個衛兵問道。

那個叫老趙的衛兵接口道：「我也聽到了！好邪門的聲音，讓人聽了心裏都有些發毛，他媽的，猴子，我在這裏當兵已經快要十年了，從來沒有聽過那麼邪門的聲音！」

「老趙，你看會不會是……」猴子縮著脖子問道。

「別瞎說！怎麼會！」老趙明白猴子說的意思，他連忙打斷猴子的話，說道：「你小子什麼不好說，說這！要是真的是那邊過來了，你我第一個倒楣！不過，我聽說那個人已經病入膏肓，想來是不會過來的！」

「老趙，那個人真的那麼厲害？我不相信！」猴子說道：「我看你們都有些過於誇大了！」

「小子，你別不相信！」老趙語重心長地說道：「三年前，他們兩個人把開元城鬧了一個天翻地覆，我雖然沒有看到，但是我奉命去收拾戰場，你沒有看見那個慘狀，我們那些去的人都……嗨，你沒有看到，你是不懂的！」老趙臉上露出恐懼的神色。

「反正那個傢伙已經是半死不活了！你有什麼好怕的？今天他們不是還給我們進貢嗎？」猴子有些頗不以爲然。

老趙沒有反應，他只是呆呆地看著遠方。

「怎麼？不說話了，呵呵，我說的沒錯吧！」猴子得意地說道。

老趙依然沒有回答，他看著猴子身後的大草原，臉上突然露出一種莫名的恐懼之色。猴子連叫了兩聲，但是老趙還是沒有理睬，臉上的恐懼之色越來越厚重。

猴子感到有些不對，他扭頭向後看去，這一看，頓時讓他感到全身的汗毛都立了起來。

殘陽斜照的升平大草原上，一騎孤騎孤立草原之上，看不清長相，一個高大的身影騎跨在一匹毛色火紅的戰馬之上，像是踏著殘陽而來，無聲無息，好像是在亙古以前就矗立在那裏。

那人身高有九尺，身體強壯的好似一座鐵塔，一身火紅鎧甲，單手執一把火焰大槍，白金修羅面具將整個臉覆蓋，看不出任何的表情，一身的火紅，晚風吹拂，在血色殘陽的照耀下，就好像是一簇飄動的火焰。一人一騎就這樣靜靜地站立在距離金明寨十里外，孤零零，好不淒涼。但是在淒涼中，卻又透露著一種難言的殺氣，彷彿一個火焰精靈，要將天地燃燒，讓人感到自己好像也在燃燒。

「那是誰？」猴子失聲地叫道。

老趙指著那團火焰，顫聲地說道：「不會，不會，不會是……」他連著說了幾個不會，但是最終還是沒有把話說完！

「明月進攻了！」猴子突然失聲地嚎叫道。這之前，雖然飛天和明月兩國多次發生衝突，但是範圍僅限於升平大草原的那個緩衝區。如今明月的戰將突然出現在這金明寨前，而己方沒有任何的察覺，這只說明了一個問題，那就是在緩衝區巡邏的部隊大部分已經被消滅了，明月如此大規模地打擊飛天的巡邏隊，也只說明一個問題，那就是明月宣戰了！

猴子的喊聲立刻驚動了守衛在寨前的小隊長，他聞聲連忙衝出營房，「明月進攻了？在哪裡？人在哪裡？」他來到寨門前，神色慌張地問道。

老趙一指正前方，「只有一個人，怕他個鳥！」

小隊長順著老趙手指的方向看去，頓時鬆了一口氣，他甩手給了老趙一個耳光，「你他媽的在這裏嚎叫什麼！就那麼一個傢伙就把你嚇成這個樣子！真是混賬至極！」

這時，那火焰一樣的人手中大槍突然朝天一舉，向金明寨方向一指，一陣戰鼓聲響起，守在寨門的人幾乎在同一時間都感到大地在顫抖，接著一陣急促的馬蹄聲響起，就好像有千軍萬馬奔騰一般……似乎是從殘陽中衝出的火焰一樣，飛天守軍看到無數舞動在大草原上的火焰精靈向他們飛撲而來，他們一簇簇，一排排，最後在大草原上彙聚成一片火海，殘陽夕照，這些舞動的精靈在奔騰間散發著一種動人心魄的噬天殺氣。

「明月開戰了！快，準備！」被那驚人的景象嚇呆的小隊長終於從癡呆中驚醒，他嚎叫著，一面組織守軍做好防禦準備。

那漫天的火海席捲到寨門十里處，突然靜止了。他們停在最先出現的那人身後，靜靜地屹立在那裏，大草原突然一片死一般的沉寂！

「飛天狗賊！」一個清朗的聲音從那白金面具下傳來，「明月帝國修羅兵團帳下驃騎軍都指揮使，火爆麒麟向南行特來領教！給你們一盞茶的時間準備，一盞茶之後我將發動攻擊，讓你們領教我麒麟軍的厲害！」

雖然相隔十里，但是金明寨的守軍都清楚地聽見了向南行的話語。好狂妄的口氣，竟然絲毫沒有將金明寨的一萬守軍放在眼中，似乎他面對的只是一些隨手可以割去的稻草……

此時，金明寨的指揮官也已經來到寨門處的瞭望台，他看著遠處一片靜止的火焰，心中雖然有些憤怒，但是還是感到了一種莫名的恐懼。他連忙命令燃燒狼煙，向開元城和其他各寨求援，一面命令寨門緊閉，守軍做好抵抗的準備。

幾乎已經有二十年了，開元城沒有經歷過戰火，但是在上任軍團長高權的帶領下，開元三十六寨雖然不如以前的鼎盛，但是卻依然保持著以往的優良傳統。不過在高權去任，翁大江就任後，火焰軍團經過了極大的調整，以前高權提拔起來的將領大部分已經被清洗，取而代之的是一批新的將領，這批年輕的將領一上任，就大舉對原先火焰軍團的體制進行了改變，如今的火焰軍團已經不再有半分當年火焰軍團的模樣。不過，經過高權多年苦心經營的火焰軍團依然保持著一些優良的傳統，雖然遭受了突然襲擊，但是卻沒有半點的慌亂，有條不紊地執行著指揮官的命令，倒是那位新上任的指揮官被這突然的襲擊攪得有些頭昏，他慌亂地發佈出一條條命令。

頓時，狼煙驟起，金鼓齊鳴，已經沉睡了二十年的升平大草原瞬間熱鬧了起來。

殘陽漸漸地消失在地平線，一盞茶的時間轉眼過去。向南行抬頭看看天色，嗯！可以了！他心中想道。只見他手中的火焰槍在半空中一揮，頓時身後的麒麟軍齊聲的吶喊，人喊馬嘶，交織在一起，好像是赤色的洪流一般，向金明寨瘋狂地衝擊而來。

「放箭！放箭！」年輕的指揮官從來沒有見過這樣的景象，兩萬重裝騎兵，連人帶馬都披著厚甲，手中揮舞著朱紅長槍，吶喊著，那景象就像是一條紅色的巨龍向自己席捲而來，他瘋狂地喊道，聲音顫抖著。從小生活在貴族家庭的他，什麼時候看到過真正的千軍萬馬的奔騰！

守軍看著自己的指揮官，有些無奈。此時，向南行的麒麟軍距離金明寨還有四五里的路程，弓箭如何能夠阻擋！而且這種裝備精良的重裝騎兵，擁有著強大的衝擊力，但是機動性不強，依靠弓箭絕對是不可能的，而且任何有軍事常識的人都知道，從來沒有人能夠只依靠騎兵來攻擊營寨，更何況是經過多年改造的金明寨！

但是指揮官的命令不能不執行，於是，漫天的箭雨瞬間從金明寨射向衝擊而來的麒麟軍，但是那好像只是在隔靴抓癢，根本不能產生絲毫的危險，大多數箭枝還沒有觸及到對方，就已經落在了地面，少數箭枝能夠觸及到麒麟軍，可是都被那厚厚的鎧甲所擋下，紅色的巨龍繼續的前進。

向南行看著對方的慌亂，心中暗暗佩服自己的統帥，依照這個情形，恐怕對方過不了多久，箭枝就會消耗殆盡，這個指揮官真的只是一個酒囊飯袋之流。

就在紅色巨龍快要到達金明寨的時候，麒麟軍突然停住，緩緩地向後退卻。向南行清朗的聲音再次響起：

「久聞開元三十六寨如何的厲害，我看不過如此！這樣的戰鬥實在是沒有情趣，本將軍也不想就這樣的取勝！狗頭聽著，我再給你一盞茶的時間，好好準備！希望你們下次不要讓本將軍失望！」

年輕的指揮官長長地吐出一口氣，還有一盞茶的時間，希望援軍能夠及時到達。

「立刻施放火箭，向督帥那裏告急！並且馬上快馬前往開元，請求援兵！」

一道明亮的火箭從金明寨中沖天而起，而後在空中炸開，那景象好不絢麗。

嗯，金明寨已經發出了一級告急，看來，不久其他各處的援兵就會到達，不知道開元的情況如何了，大帥的計畫看來馬上就要實現了。

第四章　巧奪開元

開元城城守府。翁大江焦急地在大廳中踱著步，原本心情愉快的一天，一下子被許多突如其來的事情攪得亂七八糟。首先是他收到了從涼州送來的三十萬金幣，但是隨即那些押運金幣的人突然失蹤，而且到處搗亂，擊殺城中的將領，到處製造混亂，短短的一個時辰，就已經有六十多處起火，三十多個千騎長以上的將領失去性命。

這些人神出鬼沒，身手一流，二三十個士兵根本不是他們一個人的對手。而且一看人多就立刻離開，也不知道躲在哪裡，伺機再次行動。翁大江頭都快要炸開，從來不知道修羅兵團竟然有這樣的一支奇軍，身手之高，絕不是普通人物，但是卻又無法知道這些人到底是什麼來頭，這使得翁大江幾乎將腦子想破，也找不到頭緒。

沒有想到這城裏的麻煩還沒有來得及解決，就有親兵來報，金明寨方向燃起狼煙，向開元告急。這更加讓翁大江摸不著頭腦，他知道自己已經中了許正陽的計策，所以一直不敢輕易地出兵支援。由於翁大江將火焰軍團的大部分兵力放在了開元城，在這個時候，他不敢再次冒險，讓開元失去了依靠，所以他只能寄望此次明月只是一次佯攻，但是如果對方真的發動攻擊，一旦三十六寨失守，那麼，開元城也只剩下孤城一座，到那時，開元城能否抵擋對方的猛攻，尙是一個未知數，此刻的翁大江真的是陷入了兩難……

「啓稟大人！」正當翁大江不知道如何是好的時候，親兵來報：「金明寨方向發射告急火箭，向我們求援，同時其他各寨也紛紛受到了攻擊，點燃了狼煙，向我開元告急！」

「什麼？」翁大江一聽，立刻抓住了親兵的肩膀，「三十六寨同時告急？」

「啓稟大人，是的，各寨同時遭受不同程度的攻擊，已經燃起狼煙，這是屬下親眼看到的！」

翁大江腦子急轉，他突然仰天大笑，「人道是許正陽用兵奇詭，我看也不過如此，同時襲擊我三十六寨，需要何等的兵力才可以做到！如此一來，他兵力勢必分散，只要我能夠找到他的主力，將他一舉擊潰，涼州唾手可得，哈哈哈！」他突然變得十分的興奮，「賈清！」他高聲地叫道。

「屬下在！」賈清聽到翁大江的喊聲，連忙從屋外走進，「大人有何吩咐？」

「本帥將親自率兵支援金明寨，本帥不在期間，開元城所有的事務就交給你來打理，全力稽查那些混入城內的奸細，不得有半點的差池！」翁大江吩咐道。

「屬下遵命！」賈清的臉上突然露出爲難之色，「只是大人，如果您不在，這城中將領不聽調遣，屬下該如何是好？」

翁大江一聽，覺得他說的也有道理，他低頭沉思一會兒，「這樣吧，賈清，本帥將虎符交給你來保管，任何人不聽調遣，先斬後奏！」

賈清聞聽，臉上露出喜色，他連忙躬身答道：「屬下定然不負大人的差遣，誓死守衛開元，並將那些奸細一網打盡！」

翁大江聞聽，放下心來，他一邊吩咐親兵點齊兵馬，一邊向外走去。

三聲號炮響過，開元城門大開，一彪人馬殺出城來，向金明寨方向疾馳而去，我端坐火兒身上，看著從三川口飛馳而過的人馬，心中好不得意：翁大江，饒是你再多疑，也逃不過我的算計，你這條蛇終於出來了！

看著逐漸遠去的開元守軍，我臉上露出了一絲冷笑。三天前，我定下了計策，首先請天風等人扮作押運金幣的隨從混入開元城，而後在開元城內製造混亂，伺機奪取城門，另一方面，我命令向南行、楊勇、房山等人率領本部人馬同時佯攻三十六寨，吸引開元城守軍同時支援，一旦開元的援軍到達，立刻後撤，將對手吸引到由向東行等人設好的口袋陣中，同時原先攻擊三十六寨的人馬趁開元守軍出擊時回攻三十六寨，斷去敵軍的退路；當升平草原戰役打響的同時，我則率領本部的槍騎兵直攻開元城，與天風等人裏應外合，奪取開元城！

我依舊是一身白色絲緞長衫，臉上罩著修羅面具，端坐在火兒身上，靜靜地等待，我在等待天風等人的信號，胯下的火兒似乎明白馬上就要上陣廝殺，牠興奮地打著響鼻，等待著我的命令，我輕撫著火兒柔軟的鬃毛，心中不僅想起了烈焰，當我離開時，烈焰那一百個不情願的樣子，我現在想起來還有些好笑。

「啾——！」詭異的響鈴箭自開元城升起，我瞇著眼睛向開元城看去，卻見開元城頭火光沖天，隱約間還聽見喊殺聲，看來天風等人已經得手了！手中落鳳槍一舉，我對著身後修羅之怒的成員說道：

「勇士們，我們等待了一年的時刻就要到了，拿出你們的本領，向我證明你們不愧於修羅之怒的稱號！給我衝！」

早已經等得有些不耐煩的兩萬槍騎兵幾乎同時高呼：「修羅降世，神佑明月！」喊聲撕破升平大草原的寧靜，遠遠的在天際迴蕩，我一催胯下火兒，一馬當先，向開元城衝去，身後兩萬槍騎兵恍若白色激流，自九天飛捲而下，向開元城席捲而去。

我一邊催動火兒，迎面吹來的草原勁風使我豪氣頓生，體內真氣激蕩洶湧，我縱聲長嘯，嘯聲響徹雲霄，再加上身後萬馬奔騰，那氣勢十分的驚人！

我清楚地聽到從開元城頭傳來的驚呼聲和打鬥聲，我不再猶豫，伸手從身上取下兩枚旋月鍘，抖手發出，尖厲的銳嘯聲沒有被千軍萬馬的奔騰所掩蓋，銳嘯聲立刻傳遍了蒼穹，連正在拼鬥的飛天守軍都聽得一清二楚，他們先是一愣，接著，不知道是誰突然喊出了一聲：「惡魔的哭泣！」頓時，整個開元城頭立刻騷亂了起來，沒有人能夠忘記三年前那一場升平慘案，沒有人能夠忘記城頭上掛滿的殘肢斷臂，更不會有人能夠忘記那一夜迴蕩在開元上空的鬼嘯……

「修羅！」一個飛天守軍向城外一看，頓時失聲叫道：「修羅來了！」

「放箭！趕快放箭！」守衛在城頭的將領高聲地喊道，此刻，由天風率領的一百亢龍山門人已經在城門聚集，他們奮力地向城門撲去。

「嗡！」隨著一陣箭響，頓時從城頭飛來漫天的箭雨，手中長槍一邊撥打雕翎，體內的真氣運轉，龐大的真氣宛如一個氣罩，將我和胯下的火兒都護住，我依舊勇猛地衝向城門，身後的兩萬槍騎兵一邊彎弓回射，一邊以嫻熟的馬術巧妙的躲閃著從城頭射來的箭矢，一方已經被嚇破膽，這場戰役從一開始就可以預料到結果，但是我依然感到進展有些緩慢，從城頭射來的箭矢雖然沒有什麼力量，但是卻過於的密集，使得我的槍騎兵傷亡不少，我不由得心中感到十分憤怒！

一聲長嘯，我縱身從馬背上騰空而起，如鬼魅般的輕煙，在密集的箭雨中穿梭，轉眼間就到了城下。此時，從城門處傳來一聲短促的嘯聲，嘯聲有些焦急，似乎在催促我的進攻，我可以聽出這是天一發出的短嘯。當下我不再猶豫，手中落鳳槍一擺，以身體爲槍，落鳳槍就是我的槍頭，空中的空氣急速的收縮，落鳳槍帶著一道粗若桶餘的光柱，向開元城門狠狠地撞去，只聽見「轟」的一聲，整個開元城的城牆似乎都被我這一槍震得顫抖，但是那城門完好無損，原來是用精鐵打造而成的城門！

「在城下，敵人在城下，趕快放箭！投擲滾木！」城頭的士兵發現了我的意圖，頓時如雨點般密集的箭矢向我傾瀉而下，無數沉重的滾木檑石向我砸來。

我被迫向後退了兩步，這時，城中再次傳來急促的嘯聲，我知道天一他們可能有些支持不住，心中大急，腰間的八把旋月鍘頃刻間飛射向城頭，帶起一排排的血雨。

我調集全身的功力，手中落鳳槍再舞，頃刻間，似乎天地間的空氣都在向我聚集，好像一個龐大的漩渦，落鳳槍幻化成一個粗若丈餘的光龍，光龍吼叫著，急速地向城門衝撞而去，就和那精鐵城門再次的接觸，轟！城牆再次的顫抖，泥土不斷的散落，城牆上的軍士無法站穩，精鐵城門隨之轟然倒塌！無數靠近城門的軍士被活活地砸死在城門下。

我看到在城門口處，已經倒著無數的屍體，天風等人被無數的飛天守軍圍住，他們已經是渾身浴血，我沒有再加思索，手中落鳳槍不停，只見那光龍微微一頓，繼續前行，只要是擋在我面前的一切障礙，我都會毫不猶豫地將他摧毀，火紅光龍嘶吼著，不斷的吞噬著生命，無數的飛天士兵被捲進光龍，向外飛散的是片片血肉。

「破城了！」城頭上傳來一陣驚惶失措的叫喊聲。頓時，守在城下的軍士也一陣慌亂，破城兩擊，無情的屠殺，再加上我身後飛馳而來的一片白色洪流，這一切已經讓他們失去了膽量，嗜血修羅的無上凶名他們早已經熟知，直到今天他們才知道這傳言的真實。

我來到渾身已經被血浸透的天風面前，「師叔，辛苦了！正陽來遲！」我真摯的感謝道。

天風的臉上露出一絲笑容，他沒有說話，只是用力的在我的肩膀上拍了兩下。

白色激流湧進城內，他們四處地追殺著奔逃的飛天軍士，開元城內陷入一片腥風血雨中。天風花白的眉毛挑了挑，「正陽，不要再殺了！」他勸阻我道。

我略一猶豫，「師叔，不是正陽嗜殺，只是如果不將這飛天餘孽除去，開元難得平靜！這場戰役才剛剛開始，我們還要面對先前出城的火焰軍團的反擊，如果不將這些人除去，恐怕後面的守城之戰更加的不易呀！」我緩緩地說出了我的擔憂。

「如果由他們最高的指揮官下令投降，是否可以結束這場屠殺？」一旁的天一突然插口道。

「當然可以！」我不假思索地回答。

天一臉上突然露出一絲神秘的笑容，「正陽，那麼師叔有一個禮物給你，希望你能夠喜歡！」說著，他一擺手，身後的兩個亢龍山弟子立刻上前，兩人中間還夾著一個人，一臉的猥瑣之相，臉色煞白，渾身不住的顫抖。我一看，正是那個曾經出使涼州的賈清！

「我們在城內刺殺這裏的官員，後來我想到這城守府中也許有些大人物，就帶著兩個弟子前去，沒有想到，這個傢伙正在城守府耀武揚威，我想，他也許就是這城裏的一個大官，所以就把他劫持了，以備萬一，不知道能不能頂用！」天一在一旁解釋道。

一看到賈清，我臉上立刻露出一絲陰森的笑容，「原來是賈大人，沒有想到我們這麼快就見面了！嘿嘿，你我真是緣分不淺呀！」

賈清此時已經沒有了在涼州時的飛揚跋扈，他強自擠出一絲笑容，那笑容好生難看，「許將軍，你好呀……」他再也沒有勇氣繼續說下去。

我心中已經對這賈清恨極，但是卻不能露出半點在臉上，儘量的保持著聲音的柔和，我緩緩地說道：

「賈大人可能也明白了今日的狀況，現在這開元已經落入了我手，但不知賈大人能否讓你們的人不再抵抗，你知道我並不喜歡殺生！如果賈大人能夠讓你們的軍士停止抵抗，也許我們可以再次合作，不知大人意下如何？」

「沒有問題，沒有問題！」賈清聽到能夠活命，似小雞啄米般不停點頭，「小人已經受那翁大江的委託，全權負責這開元的事務，小人馬上就去命令他們投降，停止抵抗！」

我點點頭，安排人押著賈清前去處理，我和天風等人則登上了城樓，向遠方瞭望，「錢悅！」

「屬下在！」錢悅一身白色盔甲，顯得英姿颯爽，聽到我的叫聲，他連忙來到我的身後。

「立刻組織人手將城門修好，多備箭枝、滾木、檑石，分出一萬人馬在城頭防禦，準備飛天的反擊，另外，抽出五千人馬看押俘虜，任何風吹草動，將那些俘虜斬立決！其餘人馬在城內巡邏，安定民心，速速去辦！」我沒有看錢悅，雙眼依舊看著遠方，緩緩地吩咐道。

錢悅領命下去。我手扶城垛，心中焦急地看著升平大草原的方向，按理說，他們應該已經開始行動了。

隱隱間，我聽到從草原上傳來的喊殺聲，雖然距離遙遠，但是卻清楚地傳到了我的耳中，看來升平會戰已經開始了，一切就要看向東行他們的了。如果一切順利，也許用不了多久，飛天的敗軍就會出現了！我心中暗暗地計算著時間。

從城內傳來陣陣的喊殺聲，雖然聲音已經很小，但是我依然聽得十分真切。我眉頭微微的一皺，怎麼回事？爲什麼還有守軍在抵抗？再過一會兒，飛天大軍就要抵達開元，如果在他們來之前無法平息城內的混亂，那麼這守城之說，勢必將要添些麻煩！

這時，錢悅匆匆的從城下走上城樓，他來到我的身邊，恭聲說道：「大帥，城門已經完全的修好，守城器械也安排妥當……」

我揮手制止他的話，冷聲說道：「不要光說些好聽的，這城內的喊殺聲是怎麼一回事？」

錢悅的臉上微微一紅，有些尷尬地回答道：「大帥，那賈清前去勸降，大部分飛天軍士已經投降，但是在城守府前，我們遇到了一些麻煩，大約有幾百人守住城守府的大門，誓死不降，連賈清調出了虎符也沒有用處。我們的弟兄也死傷了好幾十個！」

「什麼？」我氣得一拍城垛，「幾百人就把你們給阻擋？你們是幹什麼的！」

「屬下馬上命令他們加緊攻擊！」錢悅的臉上露出一絲羞愧之色！說著，他轉身就要下城。

遠方的喊殺聲已經漸漸的小了，我知道那邊的戰役已經快要結束了，接下來就是我們要面臨的爭奪戰，我喝止錢悅，扭身問他：「這城守府中是由誰在指揮？」

「好像是一個姓傅的傢伙在指揮，那傢伙十分頑強，我們已經組織了多次的進攻，但是都被他擊退！」錢悅小心翼翼地回答。

姓傅的傢伙？我腦子裏急轉，這個人應該是原先高權的手下，我沒有聽說翁大江手下有什麼姓傅的人，我突然想起了一個人，難道是他？如果是他，那麼錢悅他們一時恐怕也難將此人拿下，看來我必須自己出馬。

我看著錢悅，「錢將軍，飛天敗軍馬上就要到達，本帥想將這城防之責交給你來負責，我親自去處理那城守府中的飛天餘孽，不知道你是否能夠擔此大任？」

錢悅聞聽我的話，先是一愣，但是馬上露出激動神色，他向我拱手施禮，「大帥放心，錢悅一定不會辜負大師的期望，只要錢悅一息尚存，絕不會讓這城門有半點的閃失！」

我點點頭，拍了拍他的肩膀，柔聲說道：「你已經跟隨我有一年，現在就是看你這一年的成果，不要讓本帥失望！」說完，我轉身對天風等人躬身施禮說道：「師叔，正陽想再次麻煩師叔一次，幫助錢悅守衛這城門不失，飛天敗軍退回，必然會瘋狂攻擊，只要能夠守住這第一輪的攻擊，向將軍等人就會率領大軍抵達，那時，你們只要保住這城門無慮就可以，不必再出城應戰！」

天風笑著說道：「正陽只管去處理自己的事情，這城門師叔會幫助錢將軍守住，絕不會有半點的閃失！」

我點點頭，大步走下城樓，口中一個呼哨，火兒一聲高亢的嘶鳴，飛快地來到了我的面前，我翻身上馬，打馬向城守府飛馳而去。

城守府外，大約有兩千修羅之怒將城守府包圍，見到我來，他們都露出了一絲慚愧之色，爲首一個將官來到我的面前，羞愧地說道：

「大帥，屬下無能，到現在還不能拿下這城守府，實在是丟大帥你的臉面，還請大帥降罪！」

我拍拍他的肩膀，並沒有責怪他，朗聲說道：「大家不要氣餒，這守衛城守府的人不是等閒之輩，你們沒有貿然攻擊，說明你們不是只依靠著蠻力攻擊的人，所以千萬不要喪氣！」

大家聽到我的話，臉上都露出了感激之色。

我打馬來到城守府前，提氣向裏面說道：「敢問城守府內可是由傅翎傅將軍做主？」

城守府內沒有一點聲音，半天，一個清朗的聲音從府中傳出，「在下傅翎，火焰軍團先鋒營左都統領，敢問是哪位問話？」

果然是他，這個傅翎原來本是高權手下的第一猛將，不但武力超群，而且智謀過人，以前我和夫子在開元時，夫子和此人的關係極爲密切，兩人經常在一起飲酒談心，而且還不時給我和梁興講解一些兵法中的問題，實在是我的一個啓蒙老師，自我反出開元，原以爲再也無法見到他，沒有想到居然還可以再次聽到他的聲音！

我的心中不由得有些激動，連忙翻身下馬，顫聲說道：「在下火焰軍團軍需營守衛，現任明月修羅兵團統帥許正陽見過傅叔叔！」說著，我躬身向府內一禮。

裏面的人一陣沉默，府外也是鴉雀無聲，一片死一般的沉寂。過了很長的時間，那清朗的聲音再次傳來：

「正陽?沒有想到是你，也沒有想到你我叔侄竟然在這樣的情況下見面，邵夫子可好？」

我心中一陣刺痛，緩聲回道：「夫子已經過世三年了！」

又是一陣沉默，「今日正陽你兵臨城下，開元城已經是你手中之物，不知許元帥有什麼指教？」

「正陽想一見叔叔！」我恭聲說道。

「你我還有什麼好說？各爲其主，正陽你今天是明月一等傲國公，而叔叔卻是你手中敗將，你知道叔叔的脾氣，也不用勸說我，如果你還認我是你的叔叔，就讓叔叔能夠轟轟烈烈地爲國盡忠，也算報答了你我往日的交情！」清朗的聲音有些傷感。

我鼻子一酸，但是我硬下心腸，冷冷地說道：

「叔叔既然知道無法回天，何必再做無謂之爭？往日在高帥手下，您盡展所長，可是如今飛天朝政由小人把持，翁大江上任後，一力排擠舊日將領，任用一些庸才，才導致今日之敗，叔叔如果就此想報國，難道不覺得辜負了一身所學？」

府內是一片的死靜。我隱約聽到從城門方向傳來廝殺聲，看來翁大江已經回師了，不能再在這裏等下去，我心一橫，朗聲說道：

「叔叔只要能夠放棄抵抗，我會在戰事結束後，任由叔叔離去，但是叔叔如果一味的想要爲國盡忠，那麼，正陽只好每隔一刻鐘，就屠殺開元百姓千名，一切只因爲叔叔你的頑固！我現在數十聲，十聲一到，我立刻大開殺戒，到時一切的後果就由叔叔您一力擔之！」

「一！」我緩緩的報數，手下的軍士早已經開始將四周的居民拉出。

「二！」我繼續數道，裏面沒有反應。

「三！」府內依然一片沉寂。

「四！」

……

「九！」我咬著牙數道，傅翎沒有動靜。

「十！」我心一橫，厲聲對身後的軍士命令道：「殺！」

「慢！」傅翎朗聲喊道，一個高大的身影從城守府內閃出，我連忙制止住手下的軍士，看著來人。

九尺高的身材，偉岸的身軀，刀削般的面孔線條分明，透出一種浴血沙場的慘烈氣勢，此時，傅翎臉色鐵青，但是卻帶著一種無奈的苦笑，他看著我，緩緩地說道：「正陽，你這是何意？」聲音中隱隱透出一股怒氣，在他的身後還跟著數百名飛天的士兵。

「叔叔請恕罪！」我恭敬地回道：「其實正陽也只是想讓叔叔放棄無謂抗擊，不要爲了那昏君丟了性命。今日開元敗局已定，正陽只是希望叔叔能夠看在夫子的面上，幫正陽一把，如果叔叔願意，正陽願意以兵團帥位爲禮，送與叔叔！」

「住口！」傅翎劍眉倒豎，他厲聲喝道：「大丈夫立身於天地間，豈能做那無忠無義之徒！忠臣不事二主，正陽難道沒有聽過？」

「難道叔叔沒有聽說過良臣擇木而棲？飛天無能，放千里馬不用，任用一個笨蛋，朝中小人把持朝綱，有才之人難以一展才能，叔叔難道還以爲現在是昭帝當政？您想要成爲忠臣，卻不見百姓身處水深火熱，依正陽的說法，您這是在逃避，那才是最大的不忠不義之人！」我毫不留情，將傅翎的話全部駁回。

傅翎一陣沉默，他身後的士兵也放低了手中的兵器，好半天，他低沉地說道：「如果我誓死不降，正陽又能奈我如何？」

我哈哈一笑，「這個簡單，如果叔叔不降，我也不會攻擊這城守府，只是這開元黎民將要倒楣，我立刻下令屠城，一切罪過都是因爲叔叔你的頑固！」

「你敢！」傅翎厲聲地喝道。

「叔叔看我有何不敢？」我面帶笑容，緩聲說道：「叔叔難道忘記我的綽號？正陽還有一個名字就是嗜血修羅！」

死一般的沉寂，過了好半天，傅翎苦笑著說道：「是呀，你有何不敢！」他沉吟許久，毅然抬頭：「正陽要我投降，那也不難，只要答應我三個條件，我立刻勸說還在抵抗的勢力投降！」

「請講！」我心中暗喜，如果能夠得到傅翎襄助，修羅兵團必將更上一層樓。

「一、正陽不得動開元百姓一根毫毛，所俘的將士不得殺戮！」他緩緩說道。

「沒有問題！」我爽快地答應。

「二、傅翎今天降的是你嗜血修羅，可不是你明月之臣！」

「當然，我明白！」我原本就是要他為我所用，又怎麼會反對。

「三、我要親手將賈清那賊子千刀萬剮！」傅翎說到這裏，面孔扭曲，雙眼噴火的看著賈清。

我還以為是什麼大不了的事情，聞聽傅翎的話語，我先是一愣，但是馬上爽快地答應，「這事簡單！來人，將賈大人給我收押，交給傅將軍！」我扭頭對身後的士兵說道。

「大人，你說過饒了我的，你不能說話不算數呀！」賈清被兩個士兵死死地扭住，他哭喊著，掙扎著。

我笑了，扭頭對他說道：「賈大人，我說過我不會殺你，而且我確實沒有動手，我只是將你交給了傅將軍，這可不能算我食言！」

「多謝大帥，傅翎感激不盡！」傅翎聲音有些顫抖，「小女的仇恨今日得報，全賴大帥英明！」

我先是一愣，扭頭大步走向火兒，「傅將軍處理了私事，就請幫助我安排城中善後之事，不必立刻前來見我！修羅之軍務必聽從傅將軍調遣，如有違抗，本帥定斬不饒！」我沒有再多說，卻聽見身後叮噹響起兵器觸地的聲音，我知道，我又得到了一個助力。

回到了城樓，戰事已經接近了尾聲，果然不出我所料，翁大江在升平草原遇伏慘敗，三十六寨盡落我手，當他回到開元時，卻發現老窩已經易主，下令狂攻，但是卻被錢悅領軍擊退，身後向東行等人率領的修羅大軍趕到，翁大江在開元城下丟下三萬具屍體，倉惶逃走，火焰軍團四散潰逃。

一看到我回來，錢悅大步來到我的面前，拱手施禮：「大帥，我軍已經大獲全勝，其他各位將軍正在肅清戰場！」

我微笑著點點頭，緩步來到了城頭，看著眼前蒼茫的升平大草原，我心中湧起莫名的激動，張口吟唱道：

「一輪明月轉金波，飛鏡又重磨。把酒問姮娥：隻手擎天，長空萬里，直下山河。斫去桂婆娑。哈哈哈！」

歌聲迴蕩蒼穹，千里草原上傳來陣陣高呼：「修羅！修羅！」

曾祖，開元城又回到我們許家的手中！夫子，大叔，你們看到了嗎？我沒有讓你們失望！我心中不停地吶喊著，眼淚不知不覺中流落下來……

炎黃曆一四六三年七月十四日，修羅許正陽以奇計突襲開元，此戰以奇爲主，奇正結合，飛天二十萬火焰軍團覆滅，修羅兵團僅損失萬餘人馬。炎黃大陸震動不已，一時間，所有的目光集中在開元。自此飛天再無北進之力，北部再也無險可守。一代兵法大家，就此建立赫赫威名。

同年九月三十日，夜叉梁興在閃族大草原，千里奔襲，趁霧氣漫天，兵臨墨哈部落的首府木色城，全殲墨哈部落，手刃墨哈元與晉楚隆，閃族部落臣服夜叉，自通州以北萬里草原，尊梁興為雄主，夜叉之名與修羅交相輝映，聲勢直逼當年戰神許鵬……

高占在紫心閣中不停地走動著，他心中似乎在燃燒一團火，讓他不能夠得到半點的平靜。他的心裏煩躁不堪，不要說是看書，就是坐下來都沒有心思，他來回的在閣中走動著，思考著。

就在去年中，首先是傲國公許正陽奇襲開元城，擊潰火焰軍團，聲威大振；而後戰國公梁興縱橫閃族大草原，收拓跋部落，滅墨哈部落，一舉平息閃族之亂，和傲國公一起被譽為明月雙柱，修羅和夜叉兵團聲勢之大，任何一個明月軍團都無法與他們比擬。朝中原先對兩人議論紛紛，但是此刻已經消失殆盡，頌揚修羅與夜叉的聲音此起彼伏，令高占心中十分憂慮。

先前高占將兩人收為義子，只是一時的衝動，而且當他聽到閃族和開元都被收回，心中著實高興了很長的時間，畢竟自他繼位起，外有開元城兵臨涼州，對自己虎視眈眈，六十年裏，飛天對明月的壓迫令他感到無比屈辱；內裏閃族不斷騷擾邊境，屢次派兵征討，到最後都是無功而返，最後還出了一個鐵血軍團的叛亂，想起來就讓高占感到心煩。如今兩大禍害都已經消失了，高占原本應該十分快樂才對，但是，他卻絲毫提不起半點的精神。

許正陽和梁興兩人勢力越來越大，漸漸的讓高占感到無法控制，甚至感到有些危險，如今修羅兵團和夜叉兵團加起來差不多有六十萬的人數，比當年的鐵血軍團還要強大，而且許正陽和梁興不比南宮飛雲，他們的威脅要遠遠超過他，如果兩個兵團起兵造反，恐怕整個明月帝國無人可以和他們抗衡。

在朝中，兩人的口碑越來越好，連國師鍾離勝也時常在自己的面前誇獎他們，而且自己的兒媳顏少卿每每提起兩人，都是一副眉飛色舞的樣子，這讓高占更加的擔憂，對於鍾離勝，他還可以放心，但是對顏少卿，他實在是放不下心來。

原因很簡單，顏少卿正是大好年華，一個人獨守空閨，難免心中寂寞，太子高正年齡尚小，大部分的事情都是聽從母親的話語，如果有一天，許正陽和顏少卿兩人勾搭在一起，那麼明月這百年的基業很有可能會落入他人之手，自己年齡已經老邁，在這世上的時間已經不多，如果自己真的有一天歸西，那麼他所擔心的事情很有可能會發生，想想許正陽挾修羅、夜叉兩大兵團之力，加上他皇子的身分，再有顏少卿的支持，朝中誰人敢觸他的鋒芒，恐怕就連武威的幾十萬大軍也不敢輕舉妄動。自己的幾個孩子，沒有一個成材，整天盯著高正的皇位，爭鬥不休，他們又有誰能夠是許正陽的對手呢？

想到這裏，高占就更加的煩躁不堪。想剝奪去許陽兩人的兵權，但是兩人才建不世功勳，自己沒有任何理由處置兩人，勢必引起騷亂，甚至會逼反兩人，這兩人如果發起狂來，又有誰能夠阻擋住呢？但是如果放任兩人這樣的發展，勢力會越來越大，就算有一天出了事情，那時自己恐怕也不敢去動他們，該怎麼辦才好呢？必須要想一個兩全其美的方法，既不失體面，又能夠順利的將兩人控制！

突然間，高占十分想念自己的兒子高飛，高飛雖然不孝，但是卻畢竟是自己的親生骨肉，雖然忤逆犯上，甚至想要殺死自己，這曾經讓高占感到十分生氣，但是這世上，又有什麼能夠比那骨肉之情更重呢？自己原先最看中的兩個兒子，高良雖然孝順，但是資質平平，如果不是自己這麼多年爲他支撐，恐怕早就已經失敗，而且現在他已經殞命，另一個高飛才華橫溢，可惜生性冷漠，竟然連自己的父親都不放過，現在漂流在外，也不知是什麼樣子！

想到這裏，高占突然覺得，也許如果高飛此刻在自己的身邊，一定可以想出辦法來節制許正陽兩人，他雖然性情涼薄，但是卻不能否認他的心機頗深，而且還有一個南宮飛雲在旁邊輔助，也許能夠對付許、梁二人！

高占不由得點點頭，也許這是一個最好的選擇，雖然兩人曾經謀反，但是卻不能否認這兩人確實有些本領，只是他們兩人身上還有一個叛逆的名聲，如何將他們召入京中？如果將高飛兩人找回，朝中群臣又會怎麼說呢？連叛逆都可以放過，那麼以後如何來維持朝綱呢？而且，如果許、梁兩人聽到這個消息，又會有什麼反應呢？高占又不禁搖了搖頭，真是爲難呀！他心中感嘆道。

他緩緩地回到桌前坐下，端起一杯香茗，清涼的茶水入腹，讓高占感到心情好了許多。他拿起桌上的一本書，心不在焉地翻動著。突然，他的手停住了，眼睛看著書上的一行字，放聲地笑了出來。

那書上寫著在曆前三百多年，軒轅帝國曾經有一個皇帝，也發生過這樣的事情，但是後來，那個皇帝將流落在外的皇子找回，不安排任何的職務，放在內務府中當雜役，並且不斷的派人磨礪皇子，對外則是說皇子流落在外實在是有失皇家的體面，召回皇城嚴加看管，後來那個皇子在不斷的磨練下，大有長進，不但改變了自己原來的性情，而且還成為了一代輔國棟樑，這不是一個很好的例子嗎？只要自己將高飛召回京師，嚴加看管，對外聲稱放在內務府管教，實際讓他暗中著手對付許正陽，不但可以堵住群臣的口，也可以神不知，鬼不覺地著手準備，更重要的是可以和自己父子團聚，想來高飛一定會對自己感激，以後高正即位後，也可以全力輔佐，自己人，總好過於一個外人，畢竟許正陽不是自己的骨肉！

主意拿定，高占心情不由得大好，多日來纏繞在自己心頭的陰雲也一掃而光，他大聲地喊道：「來人！」

門外的內侍聞聲進來，慌張地問道：「皇上，有什麼吩咐？」

「朕肚子餓了，讓御膳房做些糕點來，朕要用膳！」高占笑呵呵地說道，問題解決了，要安慰一下自己的肚子，這兩日為了許、梁二人的事情，讓他茶飯不思，現在是時候要好好的吃一頓了！內侍聞聽，暗暗出了一口氣，躬身出去，安排膳食。

高占將手邊的香茗一飲而盡，心中十分的暢快，想想就可以父子團圓，他忍不住臉上露出了一絲笑容。

明日早朝，我就安排這件事情，朝中大臣如果有人反對，我也不去理會，我才是這明月的帝王，我想做什麼都可以，如果連自己的兒子都沒有辦法召回，那麼這個皇上當著還有什麼意思！

高占心裏想著，老師估計不會阻攔，其他的大臣恐怕也不會說什麼，畢竟飛兒曾經在朝中還是有一些人緣，呵呵，只要我飛兒回來，那麼許正陽就是有再大的本領，也要靠邊站啦；顏少卿，一個女流之輩，沒有了許正陽的支持，她也做不出什麼事情，而且還有飛兒在監視她，她成不了什麼氣候！

想著想著，高占的臉上突然露出一絲十分怪異的笑容：不過，說起來少卿還是很漂亮的，雖然受了許多打擊，但是看上去依然是嬌媚動人，我這內宮裏的嬪妃還沒有一個能夠和她相比，每次見到她，我都會感到有些衝動！可惜她是我的兒媳婦，不然我就……

高占突然感到身上有些熱，心裏有種衝動。良兒也是好運氣，竟然能夠娶到這樣一個千嬌百媚的女子，不過他現在也已經死了，這樣的一個美人天天在我身邊，竟然動不得，實在是有些……

高占不敢再想下去了，但是他心中的衝動卻越來越強烈，陡然站起，他高聲地喊道：「來人，擺駕蘭清宮，膳食一應送到蘭清宮，朕要與蘭貴人一起吃酒。……」

開元初立，爲補充人員治理地方，我向城中各所屬地發出招賢啓事。我明白，要治理一個城絕不能只靠武力，面是需要大量的人才，我相信開元的人才不在少數。招賢榜已經貼出月餘，剛開始時，我一直等待著賢士的到來。可是一個月過去了，除了寥寥幾人前來，招賢榜猶如石沉大海，沒有掀起半點的波瀾，我心中十分的奇怪，這是怎麼一回事？

漸漸的，我失去了耐性，雖然梅惜月爲我寬心，不住地勸慰我，但是我的心情依舊難以回復，難道我許正陽真的就這麼沒有號召力？

賢士沒有前來，挑戰的武士倒是來了不少。他們都抱著能夠將我擊敗，從此揚名天下的想法來到開元城，或者能夠在我手下走上兩招，他們也有了向別人吹噓的本錢：看！連修羅都殺不死我！

剛開始時，我還以禮相待，切磋無不盡心竭力。但是漸漸的，我開始煩躁起來，來就來吧，又吃又喝，稍有伺候不好，就陰陽怪氣，還有一些人竟然敢對梅惜月心懷不軌，嘿嘿，真是吃了熊心豹膽，實在是令我忍無可忍。

後來，那個傢伙要來找我挑戰，我要是不把他打成一個廢物，我就不是修羅許正陽！我將那個傢伙的約戰放在了今天，我已經下了決心要大開殺戒，我要讓那些來到這裏混吃混喝的人知道，修羅之威不可辱！

似乎都感受到了我的殺機，每一個城守府中的人都露出了笑臉，這些日子，他們已經被那些所謂的賢士給氣得不輕，如果不是我嚴令在前，恐怕第一個爆發的人就是我的親兵隊長，錢悅！

梅惜月也有些不耐煩了，對於那些傢伙色色的目光，她實在是無法忍受，就在昨晚，她躺在我的臂彎中，告訴我說，如果我不把那些人趕走，以後休想見到她的笑臉。開玩笑，爲了她，我也要不惜得罪這些酒囊飯袋！

我坐在城守府大廳中，臉色陰沉，靜靜地等待著。似乎感受到了我的殺氣，今天坐在大廳的所有將領都一聲不吭，死一般的沉寂籠罩著大廳。今天要來的這個傢伙名字叫王哲，聽說是哪個門派的大弟子，我記不清了。就是這個傢伙，在我府中耀武揚威，不可一世，可惜他得罪了不該得罪的人，師姐有令，他今天必須要死！

天色正當午時，是約定的決鬥時間，可是這個王哲還沒有出現。我心中的怒氣越聚越多，如果今天這個傢伙敢放我鴿子，我管他什麼門派，如果不讓那個什麼狗屁門派煙消雲散，我誓不爲人！

「錢悅！什麼時辰了？」我陰沉著臉，語氣陰森地問道。

錢悅躬身向我恭聲地回稟：「啓稟大帥，午時已經過了一刻鐘！」

我深深地吸了一口氣，他媽的，我長了這麼大，從來都是讓別人等我，那裏等過別人，這個傢伙來的越晚，我要讓他死得越難看！我不知道此時我的臉色如何，但是我知道，如果再等下去，我真的就會發狂！

「葉家兄弟聽令！」我不再等待，厲聲喝道。

「末將在！」葉海濤、葉海波兩兄弟應聲站出。

「傳我將令，如果再有一刻鐘，王哲還不出現，立刻帶領你們本部神斧營將招賢館團團圍住，所有住在招賢館中的人都給我抓起來，如果有人敢要反抗，立刻給我就地格殺！」我咬著牙，一個字一個字的往外迸。

「大帥且慢！」一旁的傅翎連忙阻止，「大帥，那王哲乃是一個豎子，如果因爲這樣一個傢伙而得罪了天下的群豪，是不是……？」

「群豪？那算是什麼群豪？」我終於忍不住了，「全都是一群不知天高地厚的傢伙，想到我這裏討食的騙子！如果他們是群豪，那麼我就是神仙！」我話語間有些不客氣。

傅翎臉上露出訕訕之色，他沒有再說下去，無言的回到座位。

就在這時，門外有軍士喝道：「王哲到！」接著，我聽到門外響起了一陣嘈雜的聲音。一個身穿紫色錦衣，身上戴著玉佩，長相浮華的年輕人，在一群人的簇擁下走進了城守府。他們絲毫沒有理會兩邊的門衛，徑直走進。

我沒有再說話，大步走出大廳，立於府中院內，冷冷地看著進來的那群年輕人，不出一聲。

紫衣青年向我微微一拱手，「王哲來晚，還請大師恕罪！」語氣傲慢，雖說是道歉，可是卻沒有半分道歉的意思。

我強忍心中怒火，「好了，本公政務繁忙，實在是沒有時間再拖延，我們就開始吧！你如果能夠躲我一拳，今天就算是你勝！」我冷冷地說道。

似乎覺察到了氣氛不對，王哲臉色一變。他萬萬沒有想到我在貼出招賢榜後，竟然敢冒天下之大不韙，動了殺機。雖然知道我動了怒氣，他依然認為我不敢將他如何，當下一抱拳：「還請大人賜教！」

「你準備好了嗎？」我冷冷地問道。

探手將背後的長劍拔出，王哲說道：「在下準備好了！」

「很好！」我話音未落，身體陡然向前大踏一步，一拳隨之擊出，如行雲流水，沒有半點遲滯。出拳到一臂的距離時，無邊無際的龐然巨力，驟然如山洪爆發。此時，我多日蓄積的怒氣在這一拳中爆發。

王哲沒有想到我說打就打，神色一變，手中長劍劃出一道銀毫，迎向我這一拳。

我絲毫不理會他的長劍，拳不斷地往前衝去，化為一個巨大的氣圈，圈中儘是拳影，已無法得知真正的一拳在何處。

王哲心中陡然清醒，他知道我已經動了殺機。因爲他看出了看似漫天拳影、氣勢驚人的一拳，是我故意營造的假象。在那漫天的拳影中，只有一拳才是真正的殺著，但是這最關鍵的一拳，究竟是哪一拳，卻不是他所能夠看出來的。這一拳實有使天地易位、扭轉乾坤之妙。

我絲毫不理會王哲臉上顯出的驚懼之色，冷森森地說道：「好了，你可以回去了！」

漫天的拳影突然向中間收縮，拳影頓殮，化爲一拳，這一拳才是我真正的殺著，沒有半點的聲響，沒有縱橫的勁氣，王哲頓時心中一鬆，但是卻無力，也沒有時間讓他去躲避我這一拳。一股奇詭氣勁順著他手中的長劍湧入了他的體內，炙熱中又有噬心的陰寒，身體的經脈在瞬間被破壞殆盡，一股逆血湧上，想要噴出，卻無處宣洩。那又熱又冷的氣勁在他體內遊走，他感到自己好像是在被萬蟲撕咬著身體，一寸一寸的侵蝕著他的五臟，黑血從他的鼻中、嘴角、耳朵、眼睛流出，那樣子好不詭異。這其中的滋味只有他自己才能夠品嘗到。

我一拳收回，根本不理會王哲會怎樣，因爲在我擊出那一拳時，我已經知道他會是什麼樣子。冷冷一笑，我扭頭向大廳走去，口中陰沉地說道：

「你們如果有人能夠接我一拳，那麼就請繼續留在招賢館中，如果不能，我想你們最好還是儘早離開，天黑之前，我將會前去視察！」

我話音未落，就聽到身後「砰」的一聲，血肉橫飛，王哲被我強絕的真氣炸開，漫天血雨飄落，肉渣和內臟落在院中眾人的身上！

沒有人出聲，幾乎所有的人都被我這一拳嚇呆了。久聞修羅的凶名，可是由於我的以禮相待，讓他們都生出輕視之心，現在他們知道，修羅不可辱！

「眾位還是回到館中好好想想，如果覺得自己真的能夠擋住我家大人這一拳，不妨留下。可是話不妨明說，如果有人覺得我家大人好欺，即使大人不怒，恐怕這兵團二十萬將士也不會答應！」錢悅從大廳內走出，臉色陰沉，冷冷的對那些「賢士」們說道。

院中眾人一哄而散，沒有人見到了王哲的慘狀依然心中不懼，他們紛紛向府外跑去，想來用不到天黑，這些廢物就會離去。

我走進大廳，臉帶笑容，對廳中的眾將說道：「真是不知死活的傢伙，給他兩分臉色，他就不知道自己是誰了！呵呵呵！」

眾將聞聽不由得都笑出聲來，他們早已經習慣了這種血腥，絲毫不覺得我有什麼不對！

「大人！」這時一個親兵匆匆地跑進了大廳，他向我行過禮，恭敬地說道：「大人，涼州城送來快報，說有人將大人的招賢榜揭下，並回書一封，向大人自薦！」說著，他從懷中取出一封書信，雙手呈上。

我眉頭一皺，真是有不怕死的人呀。我冷笑了兩聲，沒有將那書信接過，問道：「那揭榜之人是個什麼人？」

「啓稟大人，據涼州來人所說，揭榜之人乃是涼州本地人氏，本是涼州城外的一個農戶，具體的情況他也不清楚，只是說那人將這封信交給了看榜的軍士後，告訴軍士，他將在家中等候大人前去迎接！」

「哈！」我仰天笑了一聲，好狂妄的傢伙，這林子大了真是什麼鳥都有，剛殺了一個廢物，就來了一個泥腿子。我走上前去，將書信拿過來，只見信封是用極爲普通的紙張做成，想來是自製的，上面寫著：兩城總督許正陽大人親啓。

那幾個大字寫的龍飛鳳舞，字跡蒼勁有力，而且字跡著墨極多。好字！我心中嘆道，較之那清秀的瘦金體，這樣的字更顯男人的不羈與豪邁，我喜歡！見字如見人，心中對這個田舍翁不由生出幾分好感。當下我打開信封，展開信，認真地看著。

涼州冷鏈頓首三拜兩城總督許大人正陽：

聞大人招賢，鏈心中竊喜之。大人心懷天下，實乃蒼生之福，鏈代天下百姓三叩大人。鏈自幼生長貧寒之家，上無片瓦遮雨，下無高牆擋寒，雖終日為三餐奔波，卻未敢忘卻天下蒼生。鄰人笑我癲狂，然鏈則謂：燕雀焉知鴻鵠之志？鏈一介貧士，終日躬身於田舍，所長者無非乃農家瑣事，然鏈不以為賤，反覺所做之事非但不賤，實乃天下間第一等要事，須知民以食為天，此實為國之大事。兵法云：兵馬未動，糧草先行。可見這田舍之事，實為立國之本。然國君終日忙於征戰，致使土地荒蕪，百姓流離，何來立國之說？

鏈聞大人招賢，張榜月餘，卻無一人。何也？非天下賢士不為蒼生，實乃君王負賢士在先。自大魏帝國覆滅，諸侯群起，也曾廣招賢才，然能用者幾何？或閒置廟堂，或任而不用。故鏈曰：君王負賢士，賢士寒卻心！若大人不以鏈癲狂，鏈願為大人之師，所授者也無非田間瑣事。涼州沃土千里，卻荒蕪人煙，百姓或商，或工，卻無一人願為農。滿城所見，皆是他人產物，非但金錢流失，更使我涼州命脈置於他人手中。若大人能夠躬身田間，必將帶起涼州農風，殊不知這涼州一地，可供大人二十萬兵馬年餘無憂！

至於拜鏈為師，實乃鏈之宿願。今賢士不至，大人拜鏈為師，實可暖天下賢士之心。君不聞千金求千里馬骨，則千里馬焉不至？若大人不願為之，鏈雖有小憾，但心中無絲毫怨言。但奉大人一句：治城如烹小鮮，敬事而信，節用而愛人，使民以時，則天下賢士必至！

鏈惶恐所言，不知所云。望大人勿怪！鏈將守於茅舍之中，恭候大人之尊。

涼州冷鏈

第五章　昔日故人

好一個冷鏈，好一個狂士，單看這份自薦書，我已經對他產生了好感，雖然沒有見面，但是卻已經給我留下了很好的印象。我一口氣讀完這封自薦信，不由得仰天大笑，好一個千里馬骨，爲求千里馬，我就要了你這千里馬骨又有何妨！

廳中的眾人看到我手拿信件，仰天大笑的模樣，不由得十分好奇，最後，還是向南行忍不住心中的疑惑，開口問道：「大帥，什麼事情讓你如此開懷大笑？」

我看著廳中的眾將，一晃手中的信件，笑著對眾人說道：

「呵呵，各位，我已經爲我們修羅兵團找到了一個用不盡的糧倉！哈哈哈，這樣有意思的人，如果不能夠爲我所用，我還談什麼招納賢良？沒有想到，我招賢納士，這賢士卻就在我的身邊！」

眾人聞聽我的話，更是不解。我看到大家迷惑的表情，於是大聲的將冷鏈的信件讀了一遍，讀完以後，我看著眾將說道：

「這一封自薦信，解去了我兩個大難題。第一，我軍糧草大部分是依靠那程安來提供，雖然他現在已經臣服於我，但是我軍依然要爲了這糧草問題支付大量的金錢，同時，一旦程安背叛，那麼，我軍的糧草將要出現問題，在沒有找到下個供應商前，我們將要使用大量的金幣來購買高價的糧食，這樣對於我們十分的不利！」我說到這裏，聽了一下，看著大家都頻頻點頭，於是接著說道：

「同時，我們還要支付大量的金幣去擴充我們的軍需，這同樣也是一個非常大的支出，而且，我預備從涼州到開元建立起來三道防線，第一道，就是涼州防線，第二道，則是在涼州與三十六寨之間建立起一道新的防線，第三道就是三十六寨，第四道則是這開元城，不論從哪一個方向對我們發動攻擊，我們都可以得到足夠的時間來準備，這需要一筆很大的開支，如果我們能夠自給自足，發動百姓務農，等於我們自己建立了一座龐大的糧倉，一個可以使我們不需要看別人臉色的糧倉，這樣我們就會省下了一大筆費用，如此的好事，我何樂而不爲呢？」

「但是如何才能達到這個目標呢？」向東行有些疑惑地問道，雖然這個建議很好，但是實施起來，可能有很大的問題。

我呵呵一笑，「向大哥，你放心！我想一定可以的，但是這一切，都要我見過這個冷鏈以後，聽聽他的意見，才能做出定奪！」我揮動著手中的信件，對廳中的眾人說道：「各位，千萬不要小看這個泥腿子，他絕對不是一個簡單的人物！」

眾人沉默不語，對我的話有些半信半疑，本來嘛，憑這一封信就對一個素未謀面的人如此的相信，這好像不是我的風格。

我感受到了大家的疑惑，但是我沒有再解釋，因爲有些事情是不需要解釋的，我知道，我可以感覺到，事實會證明我是正確的。我微微一笑，壓在我心頭有月餘的鬱悶此時好了許多，此刻我心頭開朗了許多。

「錢悅！」我大聲地叫道。

錢悅應聲走進了大廳，我有些急不可待，對他說道：「吩咐下去，好好招待涼州的信差，他立下了大功！呵呵，派遣一個親兵，立刻飛馬前往涼州，告訴溫國賢，就說我明日要前往涼州，讓他不許驚擾這個冷鏈，準備好厚禮，我要親自會一下這個人！」

錢悅領命向廳外走去，剛走到廳門口，我又覺得不妥，連忙將他叫住，沉思了一下，我來到了他的面前，「嗯，我看還是由你辛苦一趟，親自去涼州，吩咐那溫國賢，萬不可有半點的怠慢，你做事向來細膩，想來不會有什麼差錯，我隨後就會向涼州進發！」

雖然有些不理解，但是錢悅還是領命而去，這個孩子很不錯，雖然只有十七八歲，但是做事卻沉穩老辣，讓他去完成的事情，很讓我放心！我隨後又安排了一下其他的事務，和眾將寒暄了兩句，就離開了大廳。

當晚，我和梅惜月仔細談論起此事，梅惜月對於這個冷鏈也十分感興趣，而且她也同意我的觀點，這讓我更加增添了信心。

第二日一早，我帶領了親兵隊，向涼州城飛馳而去，一路上我馬不停蹄，向涼州進發，說實話，我很想早些見見這個冷鏈，聽聽他的意見，畢竟人才難求，能夠得到一個賢士，哪怕耗費再多，都是值得的。

沒有想到才一過了三十六寨的邊界，前方就有親兵來報，說是有幾個人在前方擋住了去路，要求見我一面，我心中奇怪，這會是誰？居然在這升平草原上攔住我的去路？我一催胯下的火兒，向前走去。

只見在我馬隊的前面，是三個衣裳破爛的人，他們臉色憔悴，面目黝黑，也不知道有多長的時間沒有洗過臉，相互攙扶著，他們站在我的面前。我覺得這幾人好生的面熟，但是卻無法確認，好像在哪裡見過，但是腦子裏又沒有半點的印象，我疑惑地看著這三人，沒有出聲。

看到我上來，那三人就死死地盯著我，好半天，其中一個年齡稍大，大約在四十左右的人怯生地問道：「敢問閣下可是從開元城來的長官？」

聽他談吐，好像是一個讀過書的人，我更加的疑惑，看著那人，我點點頭。

那人的眼中露出了一絲光芒，他急切地問道：「那麼請問，如今開元城可是有一位名叫許正陽的人？」

「大膽，竟敢當面稱我家大人的名諱！」我還沒有回答，身邊的親兵已經勃然大怒，刷的一聲，就拔出了佩刀。

後面的兩人臉上露出了驚懼的神色，倒是當先問話那人非但沒有恐懼，反而露出一絲喜色，他仔細地打量著我，臉上漸漸地露出了笑容。

我擺了擺手，示意親兵將佩刀收起，我疑惑地看著那人。越看，我越覺得眼熟，特別是他身上的那身衣服，好像是在那裏見過一樣，我們兩個就這樣靜靜的對視著。

「阿陽，你不認識我了！」那人似乎認出了我，他突然高聲地叫道，並且向我衝了過來。他神色十分激動，兩旁的親兵連忙將他死死抓住，按在了地上。這時，後面的兩人也衝了過來，他們口中喊著，「你們別動我爹，放開我爹！」立時有親兵將那兩個人也抓住。

「阿陽，你不認識我了？我是孔方！就是在奴隸營中的孔方！」先前那人雖然被按在地上，但是卻大聲衝我喊道：「還記得嗎？就是被你們叫做蝗蟲的孔方呀！」

「你們鬆手！」我大聲地喝止親兵。孔方，我想起來了，那個因爲做生意詐騙而被關在奴隸營的孔方，這是一個天生的生意人，先是依靠著雙手，打下了一片江山，後來因爲在飛天朝中沒有人，被人將他的財產給搶走霸佔，他幾次找官府告狀，卻沒有討回公道，不過，這個孔方果然是個人物，後來他一氣之下，利用自己的關係，通過各種的途徑做了一件震驚整個飛天王朝的大案，那就是一次從飛天的國庫中挖走了大約十億金幣，然後將錢財均分給自己的屬下，逃之夭夭，後來飛天通過各種途徑，耗費了三年，才從安南將孔方抓了回來，他們想從孔方手裏拿回那些金幣，但是此刻，孔方手裏只有很少的金錢，大部分的金錢他已經分給了他的下屬，於是飛天想要孔方招出那些人的下落，沒有想到，這個孔方的確是一個人物，死活不肯招出那些下屬，沒有辦法，朝廷中的那些人只好將他投到了漠北的奴隸營中。

那時，我們在奴隸營中都十分喜歡這個孔方，因爲他對我和梁興十分好，經常給我們找些好吃的東西，雖然他被稱爲飛天第一騙子，但是卻沒有人輕視他，而且他到了奴隸營以後，依然保持他商人的本色，不論什麼東西，必定是要用金錢來衡量，我們都戲稱他爲蝗蟲，意思是如果被他盯上的人，他就會像蝗蟲一樣，將那人掠奪一空。

離開奴隸營已經有多年了，我沒有想到居然能夠在這裏碰到他，心中不由得喜出望外，連忙下馬，將他攙起，仔細的打量著他，他瘦了，我記得他以前胖胖的，臉上總是帶著笑容，讓人無法去防備他，我那笑裏藏刀的一招，說實話還是從他那裏學來的。

「孔大叔，你是孔大叔！」我驚喜地叫道。

孔方笑了，臉上又露出了憨厚的笑容，雖然是瘦骨嶙峋，卻還是有著他那招牌式的笑容，用沙啞的聲音說道：「阿陽，真的沒有想到呀，沒有想到居然在這裏碰到了你！」說著，他一把將他身後的兩個人拉了過來，對我說道：「來，看看你還認識他們嗎？」

我仔細的看了看他身後的那兩人，突然我失聲的喊道：「楊琦，孔樂？」這兩個人可以說都是我從小一起長大的朋友，楊琦是教給我機關之術的楊令名的兒子，而孔樂則是孔方的獨子，突然遇到了少年時的玩伴，我心裏有一種莫名的激動。

他們兩人看著我，緩緩的，用一種懷疑的語氣說道：「你是阿陽？」

我激動地點了點頭，他們突然一把將我抓住，又是哭，又是笑，樣子好像瘋癲一樣。

孔方把兩人拉在懷中，努力的使他們平靜下來。看到兩人平靜下來，我問道：「大叔，你們怎麼會在這裏？」

苦笑一聲，孔方說道：「阿陽，一言難盡呀！一年前，奴隸營的守衛突然逃跑，整個奴隸營好像炸開了鍋，說什麼明月一個叫什麼修羅，還叫什麼許正陽的人將開元城打下，那些守衛都跑走了。奴隸營沒有人看管，都亂成了一片，互相的爭搶，四散奔逃，楊琦的父親就是那個時候被殺死了。我抱著兩個人在柴房躲了兩天，出來時，奴隸營除了死屍，什麼都沒有了。我和這兩個孩子在奴隸營待到了新年，我們不敢出來呀，一來害怕遇到亂兵，二來奴隸營在大漠中，我們也無處可去。可是等到過完了年，實在是沒有東西可以支撐下去了，我只好帶著他們離開奴隸營，可是我們都是沒有身分的人，明月不讓我們進，也不讓我們出，於是我們只好在這大草原上浪蕩。後來，聽說佔領開元的人叫許正陽，我心中就是一動，心想這個許正陽不會就是阿陽你吧，按理說，你們原來不是參加了火焰軍團，怎麼會又成了明月的人，但是兩個孩子實在是受不了了，於是我就在這裏向人打聽。你知道我們沒有身分，前面那些軍人是不會讓我們過去的，正沒有辦法的時候，今天看到你們這一隊過去，我就壯著膽子來問，沒有想到，真的是你呀！」說著，孔方不禁流出了眼淚。

我看著眼前的三人，心中一陣發酸。

「大叔，你們不要擔心，從今天開始，你們就在我那裏住吧！」說著，我將一個親兵叫了過來，吩咐他前去金明寨通知向西行等人，讓向西行派些人馬過來。然後我就和孔方三人聊了起來。

沒有一會兒，就聽見一陣急促的馬蹄聲響起，整個大地都在顫抖，孔方三人臉色不由得大變。我微微皺眉，心想：這個向老二怎麼回事，怎麼鬧出這麼大的動靜！

果然來的正是向西行，他一身披掛，打馬揚鞭來到了我的面前，身後還跟著一千左右的軍士。向西行來到我的身邊拱手說道：

「啓稟大帥，金明寨都統領向西行應命前來報到！」

此刻，孔方等人的臉色已經是煞白，看著向西行身後雄壯的騎兵，嘴唇有些發抖。我安慰的拍了拍孔方，有些哭笑不得地看著向西行，說道：

「二哥，我只是讓你派些人馬過來，我這裏碰到了幾個朋友，讓你們將他們護送回開元，你怎麼搞出來這麼大的動靜！」

向西行十分疑惑地看了看孔方三人，也不知道我從哪裡跑出了這三個朋友，有些窘迫地說道：「是你的親兵告訴我，說是你要人馬上過去，我以爲是你碰到了什麼麻煩，所以就立刻帶著我的一千護衛隊前來，我怎麼知道你只要幾個人？」說著，他自己也笑了。

我搖搖頭，扭身對孔方說道：「大叔，我現在有事情要去涼州，不能陪你們回開元了，你們跟著這位向將軍一起回去，他是我二哥，會將你們送到我的帥府中的！最遲後天，我一定會趕回去，那個時候，咱們爺倆再好好的聊！」

看到帶兵的將領對我十分恭敬，三人也恢復到了平靜，聽了我的話，他們點點頭，向向西行走去。

突然，孔方扭頭問道：「阿陽，你是不是就是那個修羅？」

我一愣，險些笑了出來，鬧了半天，他還不知道我就是修羅！我點點頭，孔方突然高興的笑了出來，「沒有想到！真是沒有想到！哈哈哈，阿陽，你先去辦事，我們就在你的帥府中等你！」

我笑著點點頭，又向向西行交代了兩句，然後拱手告別。看著他們消失在我的視線中，我緩緩地轉身，飛身上馬，帶領著親兵繼續向涼州前進。

來到涼州時，天色已經到了傍晚。

涼州城外，錢悅和溫國賢早已經等得有些不耐煩了，看到我們出現，兩人連忙迎了上來。我先向錢悅問道：

「怎麼樣，都已經準備好了嗎？」

「大帥，一切都已經準備好了，涼州所有有頭有臉的人物都已經請了，現在他們都在城守府等候大帥您的光臨，您看……」錢悅恭聲答道。

我滿意地點點頭，「立刻前往冷鏈家中，你在前面帶路，我馬上要見到這人！今晚就在城守府行拜師宴！」我手一揮，就要前去。

「國公大人！」溫國賢連忙插口道。這個傢伙自從失去了在我面前放肆的本錢，就十分的老實，我看他聽話，也就沒有動他，反正這樣的一個人，不論什麼時候，都可以輕鬆解決，沒有什麼麻煩。他恭敬地說道：

「大人，涼州所有的名流都在城守府中等候，如果再讓他們等下去，是不是……反正那冷鏈不過是一介平民，大人可以讓人將他召來就可以了！」

我一皺眉頭，「溫大人此言差矣，難道不知道求一賢士勝過那所謂名流千倍？冷先生雖然乃是一介寒士，但是卻勝過那些人百倍，你不用再說，立刻回到城守府中等候，我前去見了冷先生後自然會去，萬不可失了禮數！」

說完，我對錢悅說道：「快，前面帶路！」

錢悅領命逕自向城內走去，我沒有再理會溫國賢，跟在錢悅的身後，卻沒有發現在我的身後，溫國賢抬起頭來，看著我消失的背影，眼中射出一股憤恨。

在我的眼前，是一座四面透風的茅屋。說是茅屋，已經是給了這主人很大的面子，這根本就是一個茅棚！

我在茅屋外止步，扭頭看著身後的錢悅。

錢悅連忙走到我的身邊，低聲說道：「大人，那個冷鏈就是住在這裏。」

自古聖賢多寂寞，千古賢士守清貧！我有些默然，實在無法想像這冷鏈究竟是怎樣的一個人，從他的書信中，我感到了他沖天的狂放豪氣，而這樣的一個狂士，卻寂寞的獨守清貧，在這茅屋中延續著他的豪氣。這都是人主之錯呀！我心中感嘆道。

「開元、涼州兩城總督許正陽求見冷鏈先生！」我提氣恭聲在門外說道。

沒有回音，屋內靜悄悄的，似乎沒有聽到我的話語。

「開元、涼州兩城總督許正陽求見冷鏈先生！」我再次提氣高聲說道。

依舊是靜悄悄的！我的聲音已經將兩旁的居民驚動，紛紛探頭向外看來。在他們的觀念中，從來沒有一個官員前來這個涼州最爲清貧的地方探察，而今天，竟然有一個自稱是兩城總督的官員前來求見那個瘋瘋癲癲的冷鏈，這使得他們根本就無法想像。

我疑惑地看了看身後的錢悅，低聲問道：「怎麼，難道先生不在家？」聲音中已經透出了一種不快。

錢悅惶恐地回道：「啓稟大人，我自來到涼州後，就命令人仔細打探了這個冷鏈，他就是住在這裏，爲人有些瘋癲，時常說一些大逆之言。我派人在這裏監視他，這一天已經沒有見到他的人影，從昨晚回來，他就沒有出去！」

「混蛋，我讓你來好生的照顧，誰讓你來探查先生的？錢悅呀錢悅！你還是沒有明白我的心思，賢士難求，你我禮賢下士尚且來不及，怎能監視？」我有些不悅地低聲對錢悅說道。

「這——」

我沒有再理會他，大步走上去，將那房門推開，一股陰冷潮濕的氣息夾雜著一股腐臭味道迎面衝來，我微微一皺眉頭，舉目向屋內觀望。

房間內沒有什麼傢俱，一個破爛的灶台上面放著一口鐵鍋，鐵鍋上沾滿了鏽跡，鍋裏有一些米湯，說是米湯，只是用一大鍋水裏面放著可以數清的米粒；屋裏除了一張搖搖欲倒的桌子外，就只有一張用幾塊磚頭和一張木板搭成的床，床上躺著一個人，身上蓋著一塊又薄又破爛的被褥；屋內光線昏暗，沒有半點溫暖氣息，雖然是初夏時節，但是卻陰冷異常。

我連忙走到床前，借著昏暗的光線看去，床上的人大約在四十左右，面色灰白，雙目緊閉，嘴唇青紫，一張一合間似乎在喃喃自語，身體輕輕地顫抖著，似乎無法忍受這屋中的陰冷。

「錢悅，立刻到涼州城守府中將華清先生請來，就說我這裏有一個很重要的病人，讓他立刻前來，不得耽誤！」我厲聲對身後的錢悅說道。說話間，我一把將那倒在床上的人扶起，一手貼在他的命門，一股陽和的真氣緩緩透體而入！

「掌燈！」我再次向門外的親兵說道。

潮濕昏暗的房間裏轉眼間燈火通明，接受了我真氣治療後，床上之人已經不再顫抖。此刻華清還沒有來，屋外已經聚滿了人。

那人緩緩地睜開雙眼，看了看屋內的眾人，最後將目光放在我的身上，他咧嘴微微一笑，輕聲說道：「在下涼州冷鏈！」

我強壓住心頭的激動，緩緩地說道：「開元、涼州兩城總督許正陽拜見先生！」

「哈哈哈！咳咳咳！」冷鏈先是一陣大笑，接著就是一陣劇烈的咳嗽，我連忙輕拍他的後背。

緩緩的，冷鏈止住了咳嗽，他的臉上已經不經意間佈滿淚水，高聲對門外喊道：「聽見了嗎？是兩城總督修羅許大人來了！你們整日裏說我只會狂想，我告訴你們，只要有希望，就不要放棄！看到了，我冷鏈苦苦守候了二十年的主公終於來了！嗚嗚嗚！」他有些歇斯底里的喊道，門外一陣騷動。

我明白他的心情，這是受盡世間冷暖，品嘗人生百味，壓抑了二十年的委屈在這一刻爆發！二十年，人生有多少二十年！一個人為了一個理想忍受了二十年，即使這個人沒有什麼才能，光是這份執著，已經足以讓我敬佩。

「先生莫要激動，這都是正陽之錯！涼州本是正陽所轄，來到此地兩年，卻沒有半點建樹，而且如先生此等賢士，正陽竟然不知，這個罪過實在是無法推卻！」我輕聲地說道，然後輕輕地讓他平躺在榻上，「正陽也略通醫術，先為先生略檢查一番，等華清大夫來了，再細細為先生治療！正陽盼先生早日康復，有好多的事情要向先生請教！」我恭謙地說道。

我掀開冷鏈身上破爛的被褥，一股惡臭刺鼻而來，我眉頭輕皺，將他腿上的衣飾揭開，卻看到他腿上有一個拳頭大小的惡瘡，已經爛開，白色的膿水帶著陣陣的惡臭緩緩的從瘡口流出，這分明是腿上受傷後未能及時治療造成的毒瘡，如果再晚些，那麼這條腿就真的廢掉了！想來冷鏈病倒，也和這毒瘡有著莫大的關係。

如此的病況也好治療，只要找人將這毒瘡中的膿水吸出，然後再用上等的藥物治療，調養，冷鏈很快就可以康復！我微微一皺眉頭，沒有猶豫，立刻俯下身子，張口為冷鏈吸出毒瘡裏面的膿水。

「大人！」冷鏈失聲叫道。

我沒有理會，門外的親兵也看到了，連忙上來阻止。我將口中的膿水吸出，吐在地面，伸手阻止身後的親兵，「你們不要阻止，冷鏈先生乃是我的老師，弟子爲老師治療，乃是天經地義之事，怎能讓他人代勞？」然後，我又對冷鏈說道：「先生受此大苦，都是正陽罪過！這也是正陽爲自己的過錯贖罪！」說完，我又俯身爲他吸膿。

冷鏈此刻臉上的肌肉不停地顫抖，淚水如泉湧般流下，他嘴唇張合數次，最後沒有出聲。

我的舉動被屋外眾人看到，一時間議論紛紛，騷動不停。

膿水吸淨，瘡口處不再流出膿水。我起身站起，此時，錢悅帶著一個人急匆匆地從外走進來，「大人，華先生我已經請來了！」

我從親兵手中接過手紙，擦拭了一下嘴邊，轉身向那人看去，借著燈火，我第一次和涼州的這位著名的大夫照面：身高八尺，體格壯碩，面目祥和，乍一看，絲毫沒有給人任何的威脅！但是我卻感到了一種壓力，一種莫名的壓力，怎麼說呢？這個華清絕不是一個簡單人物！這是我的感覺！

「在下華清，參見總督許大人！」華清向我躬身一禮，在他躬身之時，一道冷芒從他的眼中閃過，雖然十分短暫，但是卻沒有逃過我的眼睛。

「有勞華大夫了，雖然來到涼州已經兩年，對於華大夫已經是如雷貫耳，但是直到今天才見上一面，實在是許某的疏忽！」我應聲說道。

華清展顏一笑，朗聲答道：「大人日理萬機，短短兩年，卻將涼州的勢力延伸到了開元，實在令人敬佩！在下雖多次想拜訪大人，又害怕打攪大人的大事，一直拖延到今天才得見，實在是汗顏！」他頓了一下：「不知道大人喚在下前來，是爲哪位醫治？」

我心中冷笑，呵呵，這華清果然是厲害，雖然短短數語，但是已經在和我第一個交鋒的過程中打了一個平手，看來今後我的日子會更加有意思！

聽到他的問話，我猛然想起身後的冷鏈，算了！來日方長，這交鋒的時候還多著呢！我連忙將華清請上前一步，指著身後的冷鏈對華清說道：

「華先生，榻上之人乃是許某的老師，身體情況十分差，想請先生盡力醫治，我剛才也略微地檢查了一下，主要是腿上的毒瘡引發出的寒熱，許某已經爲老師將瘡口中的膿水吸出，還請先生再做進一步的檢查！」

華清聞聽了我的話，連忙上前兩步，俯身爲冷鏈把脈，然後又看了看那毒瘡，起身對我說道：「大人所說不差，沒有想到大人也是同道中人！正是那毒瘡引發出的病症，不過由於時日長久，雖然大人爲尊師吸出了膿水，但是瘡口裏面已經腐爛，必須要將那腐肉割下，不然勢必再次引起病變！只是尊師目下身體虛弱，恐怕無法受這割肉之苦，而且此處環境極爲惡劣，在下害怕……」

「華大夫不要擔心！」此刻，原本躺在榻上的冷鏈起身說道：「冷鏈本是賤命一條，那些許疼痛還嚇不倒冷鏈，在下希望能夠早日康復，好爲大人效力，所以，先生不要再猶豫了，開始吧！」

華清看著我，等待我拿主意。

我知道華清說的不錯，但是我已經沒有太多時間等待了，想了一下，我轉身對錢悅說道：「去，將附近民居家中乾淨的被褥收來，記得要用錢來買，不可強行掠奪！然後讓親兵將這房間收拾好，想辦法將這屋中打掃乾淨，我給你一刻鐘的時間，把一切都處理完畢！」

錢悅領命前去辦理。

我站在茅屋之外，仰望著天空的繁星，思緒萬千。自我領兵離開東京，短短兩年，雖然拿下了開元，但是卻真正的領略了身爲主君的難處，我知道，高占此刻一定對我和梁興十分猜忌，之所以現在沒有動手，想來是因爲我和梁興手中的兵權，所以我此刻外有飛天對我虎視眈眈，內有高占的種種猜忌，雖然開元、涼州兩地富饒，但卻是在夾縫中求生存，一個不小心，我就會前功盡棄。如今上天待我總算不薄，給了我一個冷鏈來協助我，我相信，我不會失敗！

門悄悄地開了，華清慢慢地來到了我的身邊，輕聲地說道：「大人！」

我從思緒中清醒過來，轉身向華清問道：「有勞華先生了，不知情況如何？」

「已經沒有問題了，只是尊師的身體十分虛弱，需要好生的調養。在下已經開出藥方，大人只需按照這個方子，應該很快就可以康復了！不過，尊師由於在這樣的生活環境中時間長久，身體的機能已經被破壞了大半，很難說以後如何！依照在下看來，恐怕最多二十年，尊師勢必要……」他沒有說下去，但是其中的意思，我已經明白。

夠了，二十年！對我來說已經足夠了！我深深地向華清作了一揖：「多謝先生費心，我會好生的照顧，同時以後也要經常麻煩先生了！」

「呵呵，醫者父母，這本是平常，大人爲求賢士，不惜屈尊來到這裏，而且還對尊師如此的照顧，想來必然能夠將天下賢士的心暖熱！在下將拭目以待大人大展宏圖！」

「借先生吉言！」

「那麼在下就先行告辭，如果有什麼問題，在下隨時恭候大人的召喚！」華清微微一笑，向我拱手告辭。

「先生慢走！」

「大人留步！」

看著華清遠去的背影，我心中突然有一種悸動，這個人恐怕會在今後很長一段時間與我糾纏在一起。

甩了甩頭，我轉身走進屋內。此刻茅屋中的陰冷氣息已經沒有，四周用厚布遮擋，屋中灶台生著火，一口嶄新的大鍋裏面煮著濃湯，屋裏面飄散著一股米粥香氣，我緩緩地走到了冷鏈的榻前，此刻他的臉色雖然依舊蒼白，但是卻比剛見到時好了許多。

「先生現在感覺如何？」我低聲地問道。

「有勞大人費心！冷鏈感激不盡！」他將自己的身體撐起，緩緩地對我說道。

「嗯，那就好，在下已經安排了車馬，等先生感覺好些，立刻將先生請去帥府，在下也好向先生多多的請教！」

冷鏈聞聽，微微一笑，「大人，恐怕在下現在還不能跟隨大人前去，因爲大人做的還不夠！」

「什麼？」我不禁失聲問道。

冷鏈看到我疑惑的樣子，臉上露出一絲笑容，「主公，請恕冷鏈放肆。從主公爲冷鏈吸膿療瘡，冷鏈已經下了決心，要將這殘生交給主公。不過戲要做足，主公禮賢下士之名雖已經傳出，但是卻還不夠！要讓天下人知道主公你求賢若渴的心情，所以我們還要將這場戲唱下去！」

「哦？請恕正陽愚魯，不知道這戲如何再唱？還請老師指教！」我恭敬地問道。

「主公，冷鏈自二十歲藝成，一直在等待明主出現。這二十多年裏，冷鏈雖然足不出戶，但是並沒有放棄對天下的關注。多少的賢士被置之樓閣，那種種的命運，冷鏈一直都看在眼中，主公不可謂不是一代豪傑，年紀輕輕，卻已經有了赫赫的威名與戰功，但是這還遠遠不夠，雖然你發佈了招賢榜，但是主公身爲一員武將出身，那些文士難免會認爲主公你會重武輕文，故而直到現在都還在駐足觀望。所以主公應該有一個襯托，將主公的禮賢下士凸現的更加突出！冷鏈雖然一介寒士，但是卻願爲主公來當這襯托！」說到這裏，冷鏈停下來，看著我。

我緩緩地點點頭，他的意思我已經有些明白，大致意思就是要有一個人唱黑臉，一個人唱白臉，看來這個唱黑臉的人是我，唱白臉的人就是他，只是這齣戲怎麼唱呢？我疑惑地看著他。

冷鏈看出了我心中的疑惑，「呵呵，主公也許在想，這齣戲怎麼來唱？其實很簡單，主公爲在下吸膿，已經是看到衆人眼中，在大家想來，冷鏈一定會毫不猶豫地同意主公的要求，但是冷鏈決定不去，因爲主公的禮數還沒有到。在下想請主公在開元與涼州之間建立一座招賢台，選一個黃道吉日，大告天下，迎接冷鏈！嘿嘿，天下人必然說冷鏈貪婪無賴，可是卻可將大人求賢若渴的心情襯托得更加的明顯，那時天下賢士都知道主公禮賢下士，又怎麼會不蜂擁而來呢？」

「哈哈哈！」我仰頭大笑，果然是一齣好戲！我躬身向冷鏈一拜，「多謝冷先生指教，正陽明白了，只是這樣就太委屈先生了！」

「自我決定將殘生交給主公，就已經不計較別的什麼！區區的虛名，冷鏈還不看在眼中，如果能夠幫助主公，冷鏈將性命扔出又有何妨？此外，在主公建造招賢台時，請給冷鏈安排幾個護衛，一切都聽從冷鏈的安排！」

「這有何難？」我爽朗地笑道，「錢悅！」

「屬下在！」

「從今天開始，你帶領十名親兵，聽從冷先生的安排，護衛冷先生的安全，記住！用你們的生命來護衛冷先生，不得有半點違背！」

「屬下遵命！」錢悅馬上明白了我的意思，恭聲回答道。

「先生看這樣如何？」我轉身詢問冷鏈。

冷鏈笑著點點頭，他對錢悅說道：「錢將軍，從今天起到招賢台建成，你可是要陪著我這個窮酸了，如果有什麼得罪，還請將軍不要責怪！」

「能夠護衛先生，乃是錢悅的光榮，錢悅又怎麼會有半點的責怪？」

我看著他們，知道後面的事情就已經不再需要我來操心了，拱手向冷鏈說道：「那麼，正陽立刻趕回開元，準備這招賢台之事，先生就在這裏耐心等待，如果有任何的吩咐，可以交給錢悅來處理！正陽告辭！」

「主公慢走！」冷鏈在榻上也拱手向我說道。

我大步離開冷鏈的住處，但是此時心中所想已經和來時的大不一樣，我要讓這開元和涼州兩城成爲我大業的起點……

高山焦急地在國公府邸中走動著，臉上露出一種惶急之色，他在等待著。

陳可卿匆匆從外面走進了大廳，高山連忙迎了上去，急急地問道：「怎麼樣，消息是否已經送出？」

陳可卿抓起身邊的杯子，將杯中的冷茶一飲而盡，喘了一口氣，他說道：「高大哥放心，我已經讓廖大軍連夜出城，快馬前往涼州送信，估計現在已經在路上了！」

「那就好，那就好！」高山如釋重負地長出一口氣，緩緩地說道：「希望大軍能夠將這個消息及時的送到主公那裏，不然恐怕真的會造成很大的麻煩！」

「我實在不明白，那高飛和南宮飛雲弒君造反，為何皇帝老兒還要將他們召進京師！」陳可卿恨恨地說道。

「胖子，政治上的東西你永遠是無法猜透的！今天的敵人也許就是明天的朋友，你永遠無法知道誰才是你真正的敵人！」高山長嘆一聲，「自東京之危解除，皇帝老兒對主公的猜忌就沒有停止，不得已，向將軍提前離開了東京，回到青州，鍾離世家也不敢和我們走得太近。主公外出兩年，沒有回京，就是為了消除皇帝老兒對他的猜忌！但是開元大捷和梁興大人在通州的戰績，已經讓老兒感到了威脅，只是他沒有藉口來對付主公！現在他赦免高飛和南宮飛雲的叛逆之罪，就是為了讓他們來對付主公和梁興大人！高飛狡詐陰險，南宮飛雲熟知兵法，這兩個人曾經對主公造成很大的威脅，我們必須要讓主公早做防備，以防他們耍什麼花招！」

「這兩個傢伙乃是主公手下的敗將，我就不相信他們能夠對主公造成什麼威脅！」陳可卿心中有些不忿。

緩緩的坐下，高山看著陳可卿，「胖子，怕就是怕你有這樣的想法！大家都認爲高飛和南宮飛雲不可怕，其實輕敵才是最最可怕的事情！因爲這兩個人都是主公手下的敗將，所以大家就不會對他們提防！殊不知，老虎不可怕，因爲牠在攻擊前總是有各樣的跡象，毒蛇可怕則是因爲牠們會不知不覺地攻擊！如果每一個人都有你這樣的想法，那麼主公就真的是危急了！」

陳可卿臉上露出赧然神色，他訥訥的說道：「高先生，你知道我這個人比較笨，有時候不喜歡用腦子，想來也就是這樣的原因，主公才讓你來負責京中的事務！說實話，我原本對高飛等人真的是感到無所謂，但是聽你這一說，我才發現他們的威脅！你放心，我陳可卿什麼都不行，但是絕對不會讓任何人去傷害主公，我聽你的！」

高山緩緩地點點頭，「希望大軍能夠早日將消息送到涼州，主公早日給我們一個指示！胖子，你馬上吩咐府中眾人，這段時間，沒有事情不許輕易出門，如果出去，必須要有你我的同意，還有，你馬上到鍾離大人的府中，向國師請教，看他有沒有什麼意見！總之，從今天開始，國公府的人員都要小心謹慎，不得有半點差池被敵人抓在手裏，不然主公就真的是有危險了！」

「我馬上就去鍾離大人的府中！」陳可卿將手中的茶杯放下，起身就要離去。

「慢著！」高山連忙出聲道：「胖子，想來目前國公府一定已經被皇帝老兒派人監視，你的一舉一動都會被傳到那老兒的耳中！你去國師的府中，一定要萬般謹慎，在確定沒有人跟蹤以後，方可以和國師聯繫！否則連國師也會過早暴露，那樣對主公就真的是十分不利！」

「我明白，放心！高大哥，我會小心的！」陳可卿慎重地答應道，然後起身離開了大廳。

看著陳可卿離開的背影，高山心中產生無限的煩惱，主公這一生真的是多災多難，才剛有些進展，卻又出現了這樣的情況，真的不知道此次高飛的出現，是否會對主公造成很大的麻煩？

炎黃曆一四六四年七月二十日，因在兩年前企圖造反的明月六皇子高飛在謀逆失敗的兩年後，受到赦免，與原鐵血兵團的主帥南宮飛雲一同入京。

高占在朝堂之上嚴厲地訓斥了高飛的大逆不道，高飛痛哭流涕，發誓悔改！高占最後決定將高飛囚禁宗人府，終身不得跨出皇城半步；南宮飛雲雖然協同謀逆，但是也被赦免，在內務府爲奴，終身不得任用。

位於涼州與開元之間的升平大草原上，矗立著一座雄偉的高臺，台高十五丈，六丈長寬，高臺之上，按照天、地、君、親、師地順序排列著五張大椅，香爐點燃檀香，煙霧嫋嫋，氣氛莊嚴、肅穆！

這座高臺是我耗時十五日，召集開元、涼州兩地居民不分晝夜完工。站在高臺之上，升平大草原美景一攬眼底，在距離這裏不遠處，就是修羅兵團的營地，那裏旌旗飄揚，號角陣陣，更給這高臺平添幾分雄壯。

自那日我趕回開元，立刻張榜大告天下，在升平大草原建招賢台，拜冷鏈爲師；並著人安排探查涼州、開元兩城土地，我在準備，爲了以後蓄積更加龐大的實力。

冷鏈之話果然不假，消息傳出，開元、涼州立刻士子雲集，他們要看一看，所謂的修羅禮賢下士究竟是怎樣的情景。那天我爲冷鏈療瘡吸膿的事情，已經被傳揚的沸沸揚揚，一個全新的修羅形象展現在眾人面前：他求賢若渴，他心懷蒼生，他並非一個只知道舞刀弄槍的武夫，他對於士子和賢士心懷尊敬……於是開元城守府中門庭若市，每天都有來自各地的士子前來求見，我來者不拒，和他們談風弄月，賣弄我肚子裏的那點墨水，嘿嘿，說實話，我真的是感謝夫子當年對我的教導，讓我面對這些個文人騷客卻絲毫不見半點的不妥。

如今開元、涼州兩城總督許正陽的名聲可以說是如日中天，但是冷鏈的名聲是臭了，他的癲狂，他的不知好歹，他的無禮，他的得寸進尺……但是冷鏈的名聲越臭，我的名聲也就越響亮，想想對這樣一個不知道好歹的傢伙，我依然保持著耐心，絲毫不見懈怠，而且還要建招賢台拜他爲師，這是一種何等的胸襟！

我此刻真的是佩服冷鏈，別看這個冷鏈是那個樣子，但是卻將天下人的心思都算盡了，這樣的一個人才，就算他要求再過分，我也會答應。

炎黃曆一四六四年七月十五日，天還沒有亮，開元城城門大開，我率領著五百修羅之怒飛馳出城。今天，我將要在招賢台祭天拜師，招募天下賢士，爲了表示誠意，我應該提前達到，以迎接冷鏈的到來！

招賢台四周密密麻麻的都是人，他們都是涼州、開元和聞風趕來看熱鬧的人，有普通百姓，也有各國的細作，還有朝廷派來的探子……畢竟我把這招賢一事鬧得沸沸揚揚，甚至還殺了人，見了血，今天就要有結果了，出名如我這樣的人，又怎麼能夠不招惹他們的注意呢？

不過我自己也清楚，凡事一利一弊，既然我要廣招天下賢士，就必然會被天下人注意，這裏面有真正的賢士，也有我的敵人。既然我要闖出一番局面，那麼我就不能在意許多，天下沒有白吃的飯菜，我遲早會被一些人盯上。但是我不怕，因爲我是修羅！

只是我沒有想到居然會造成這麼大的回響，有這麼多的人前來觀看，看來從今天開始，我許正陽想不出名都很難了。

當我出現在眾人的面前，原本鬧哄哄的人群突然安靜了下來，所有的目光都注視著我，人群自動的讓出一條道路。我沒有理會眾人的目光，打馬衝過，來到招賢台下，守衛在招賢台的士兵首領連忙來到了我的面前，單膝跪地，恭聲說道：

「修羅兵團先鋒營百夫長張武恭迎大帥！」

張武？我低頭一看，不由得笑了，這個張武就是我初到涼州，大鬧奴隸市場時收服的那個打手頭領，沒有想到短短兩年，他就已經從一個小小的士兵，成為了一個統領百人的軍官。

我翻身下馬，伸手將他扶起，說道：「呵呵，原來是張武，已經有很久不見了，看來你混得不錯呀！」

「都是大帥的指點，使張武迷途知返，現在張武在涼州街道上走動，胸脯都挺得高高的，再也沒有人在我身後指指點點，而且還討了一房媳婦。這一切都是大帥您所賜予的，張武一直想向大帥表示內心的感激之情！」張武有些激動地說道，上一次我們這樣近距離的接觸，還是兩年前在奴隸市場，之後他身為修羅兵團的一名士兵，只能遠遠地看著我，沒有想到，兩年後再次相遇，我還是能夠記住他的名字，一時間他感到有些受寵若驚！

「呵呵，張武不用這樣，你有這樣的成就，那是你自己的努力，本帥只是給你一個機會！」我伸手拍了拍他的肩膀，笑著說道。

說完，我大步的向招賢台走去，口中大聲地說道：「修羅之怒聽令！」

眾人同時一聲呼喝！

「傳我命令，嚴密守護招賢台，不得有半點的差池，所有的閒雜人等不得接近招賢台，凡意圖破壞今日的拜師大會者，殺無赦！」我厲聲說道。

「遵令！」五百修羅之怒成員同時應喝。他們手執兵刃，迅速將招賢台團團守衛。

我站立在高臺之上，天色已經放明，草原上的晨風徐徐吹來，我的心情不由得一陣舒爽。時間一點一點的過去，招賢台下的人越來越多，可是卻始終沒有看到冷鏈和錢悅的身影，我在高臺之上已經站立了許久，兩腿都有些麻木，可是卻始終沒有看到他們的蹤跡！日頭漸漸升起，越來越毒辣，台下的很多人已經無法忍受那炙熱的太陽，他們紛紛尋找蔭涼的地方，不少人因為受不了太陽的照射，都紛紛離去，但是還有大部分人依舊站在那裏，他們要看看我究竟會是怎樣的一個打算。

我運轉體內的真氣，絲毫不理會那炙熱的陽光，真氣運轉之處，我感到遍體的涼爽。直直站立在高臺之上，我沒有露出半點的懈怠之意，我知道這不過是冷鏈玩的另一場把戲，我只有堅持下來，等待他們的到來！

陽光越來越毒辣，不少修羅之怒的成員也感到無法忍受，但是經過了艱苦的訓練，讓他們有著頑強的意志，他們依舊站在那裏，站得筆挺，好像一支利劍。

中午時分，草原上的陽光格外毒辣，冷鏈兩人還是沒有出現，我心中不由得有些緊張，莫非是出了什麼事情？不應該呀！這涼州乃是我的轄區，而且還有錢悅帶領十名親軍守護，不會出什麼問題呀？錢悅經過我的調教，身手已經可以比擬當代的一流高手，而且還有幾個身手出眾的親兵，會有什麼問題呢？我心中胡亂猜想著。

不過，雖然我心中疑慮重重，但是卻沒有露出半點的不滿在臉上，就當是一次考驗吧！如果這場戲真的能夠有效果，那麼這些許的苦楚還是值得的……我繼續站在高臺上，等待著！雖然有真氣護身，但是我依然感到十分酷熱！

時間流逝，草原上出現了十幾騎人馬，他們緩緩地向這邊走來，我瞇起眼睛看去，隱約間我可以看到是冷鏈等人，心中的狂喜難以言表，終於來了！我立刻向台下吩咐，「來人，擂鼓迎接冷先生！」

鼓聲隆隆，人群再次騷動起來！

冷鏈騎著一匹駿馬，在錢悅等人的護衛下來到了高臺之下，他們神色悠然，絲毫沒有半點的焦急之色。經過許多天的護養，冷鏈的臉色已經紅潤起來，雖然還是有些蒼白，但是比起初次見他的時候，已經好了許多。他面帶一絲悠閒的微笑，翻身下馬，也不理睬上前爲他牽馬的兵丁，一副高傲的神態。

人群中響起一陣噓聲，他們萬沒有想到，我不遺餘力請來的賢士竟然是這個樣子，不由得眾人感到有些失望。

我連忙快步走上前去，來到冷鏈的面前，深施一禮：「先生總算來了，正陽恭候先生大駕已經有多時了！」

微微一笑，冷鏈伸手將我扶住，用幾乎是聽不到的聲音在我耳邊輕輕地說道：「大人辛苦了，等的有些著急了吧！」

我的臉上露出一絲不易察覺的苦笑，輕聲說道：「先生是爲了正陽好，但是也要通知正陽一聲，正陽一直擔心先生發生什麼危險，而說實在的，這高臺之上守候的味道著實有些不好受，先生下次萬不可再唱這樣的戲了！呵呵！」

爽朗的一笑，冷鏈大聲說道：「好了，我們開始吧！」

聲音傳入台下眾人的耳中，又是一陣噓聲，沒有想到這冷鏈竟然如此的不可理喻，想堂堂兩城總督，明月的國公大人在高臺之上等候這許久的時間，連一句說辭都沒有；而這個傳言中兇殘嗜血的許正陽也能夠容忍冷鏈的無理，這似乎與傳言中的那個人完全是不一樣的，一時間台下議論紛紛。

我和冷鏈沒有理睬騷動的人群，冷鏈在前，我緊隨其後，來到了高臺之上。我拜罷天地，高聲宣布拜冷鏈為師，行三拜九叩的大禮，冷鏈坐在大椅之上，對於我的禮節受之不恭，從這一刻開始，他正式的成為了我的另一個老師，雖然這其中演戲的成分很大，但是事實總歸事實，在此後的十年裏，冷鏈不遺餘力的為我出謀劃策，成為在我爭霸天下過程中一個十分重要的角色，不論我的大軍走到那裏，我從沒有為糧草輜重擔心過半分。

拜完師，我來到了高臺前，宣布將涼州、開元兩地的土地重新劃分，每一個平民都將會分到一塊屬於自己的土地，凡參與耕種的人，將可以免去其他各種稅賦，只交納耕種所得的半數糧食！這一宣布，無疑一顆石子投入平靜的水面，蕩起層層的波紋。

明月苛捐雜稅非常重，人頭稅，住房稅，購物稅等等加起來有二十多種稅賦，每年百姓辛苦一年所掙的那點錢財全部都交給了朝廷，如今我免去了各種稅賦，只留下了一個簡單的耕地稅，這等於可以有更多的金錢留在自己的身邊，一時間高臺之下嘈雜不堪，大家都在盤算著今後的計畫。

我微微一笑，扭頭看了看站在我身後的冷鏈，他也面帶笑容，這齣戲唱得十分圓滿，現在我們應該退場了！我恭敬地請冷鏈先行，走下了高臺，早有親兵將馬匹安排好，我們翻身上馬，打馬揚鞭，絕塵而去。身後留下了尚在議論的人群。……

第六章　朝中驚變

炎黃曆一四六四年七月十八日，我率兵團眾人來到涼州城外墾荒。

炎黃曆一四六四年七月二十日，涼州、開元兩城同時宣布發放土地，凡報名之人，全部都可以領到一塊屬於自己的土地，但是這土地不允許私自轉讓，只要發現有這樣的行爲，買賣雙方都要披枷遊行，土地沒收，還要處以高額的罰款；同時，如果發現有人在領到土地後，任由耕地荒廢，同樣要處以重刑。

炎黃曆一四六四年，被後人稱爲修羅帝國建國之年，在這一年，嗜血魔皇許正陽發動了務農之風，這也成了修羅帝國的建國之本；在這一年，修羅帝國的開國元勳之一，內務府總理大臣冷鏈正式出現在歷史的舞臺上；在這一年，魔皇迎來了他最不同尋常的一年。

我的手微微顫抖，眼睛直直地看著桌案上面的信件，這是高山讓廖大軍星夜送來的信件，上面告訴我，高占已經決定召高飛和南宮飛雲入京，恐怕朝廷要對我和梁興有所行動，此次高占的態度十分堅定，一排朝廷眾多的非議，一力赦免高飛的罪過！信中告訴我，這次赦免高飛和南宮飛雲，很有可能就是針對我，要我儘早打算，以免被朝廷打個措手不及！

看罷信件，我呆坐在帥椅之上，久久沒有說話。

太快了，實在是太快了，我雖然早就已經料到要和高占翻臉，但是卻沒有想到會這麼快，快的讓我感到有些不知所措！涼州、開元兵馬還沒有完全達到我的要求；糧草尚不足以支持一年；軍械也需要更換；城池的防禦還沒有做好；開元百姓尚沒有完全歸順，這一切的一切都需要時間，絕對不是朝夕之間就可以解決！怎麼辦？是馬上起兵，還是暫時忍耐，我心中猶豫不決。

馬上起兵，時機還沒有成熟，如果貿然興兵，勢必引起整個明月的反噬，到時就算是勝利，也是慘勝，實力大大的減弱，如今飛天、東瀛兩國對明月虎視眈眈，如果明月內戰興起，兩國絕對不會放棄這個機會，特別是飛天皇朝，一定會趁機奪回開元，使我根基全無，那個時候，我真的是一無所有了！

忍耐，那將要忍受朝廷對我的重重刁難，甚至有可能會將我的兵權拿下，那個時候我還是一無所有……

戰，不行；忍也有危險！該怎麼辦呢？我心裏顧慮重重。放下手中的信件，我看了看坐在我面前的廖大軍，沉思了一會兒，緩緩地說道：「大軍，此次你辛苦了！」

「主公莫要客氣，這本來就是大軍應該做的事情！」

「京中的情況現在如何？」我看著他問道。

「啓稟主公，在大軍離開京師的時候，高飛入京的消息已經鬧得沸沸揚揚，眾說紛紜，很多人都認爲此次高飛入京，勢必將要打破京師兩年來的平靜，皇上此舉，恐怕並不簡單！」廖大軍恭敬的回話道。

我點點頭，沒有說話，心中在不停地盤算著。

「主公，大軍離開京師前，曾經去拜見了國師！」廖大軍突然開口道。

我抬起頭，看著他，心中一動，「哦?不知道國師有沒有什麼話要你告訴我?」

「國師在大軍臨行前，讓我轉告主公，萬事不可衝動，凡事忍耐爲上，時機尚未成熟，不可輕舉妄動！」廖大軍輕聲對我說道。

我猛然站起，看著廖大軍，突然間，我笑了!老頭子果然比我多吃了幾年飯，瞭解我此刻的矛盾心情，他既然這麼說，那麼一定有他的道理，我瞬間做出了決定，忍耐!我倒要看看，到底是誰先忍耐不住!

高飛狼子野心，他的欲望不比我少，再加上有一個南宮飛雲爲他出謀劃策，他不會臣服太久，我相信用不了多久，他就會露出他的狐狸尾巴！至於高占，他那點小心思還瞞不過我，想要借用高飛的力量來壓制我，嘿嘿，恐怕他要偷雞不成蝕把米！這一次，我在明，他在暗，除了勢力有了變化，基本上和兩年前在東京之時一樣，同樣的對手，同樣的情況，我倒要看看這高飛能夠玩出什麼樣的花招！

「大軍，你一路辛苦了，先下去歇息，一會兒我還有事情要安排你去做！」我抬頭對廖大軍說道。

廖大軍應命走出了書房。我又坐了一會兒，高聲叫道：「來人，將夫人、冷先生、傅將軍和四位向將軍請來，就說我有急事要與他們商量！」

門外親兵應聲而去，我獨自坐在書房，低頭沉思下面的計畫。房門輕輕地被推開了，一個嬌小的身影輕手輕腳地走進了書房，一杯熱氣騰騰的香茗出現在我的面前，我抬頭一看，只見憐兒怯怯地站在我的面前。

「憐兒，怎麼是妳來倒茶？」每當我看到憐兒，我就會看到另一個自己，同樣的倔強，同樣的驕傲，甚至連遭遇都那麼的相像，我示意她來到我的身邊，一把將她抱起，放在我的腿上，輕撫她的秀髮，「怎麼樣？憐兒，功課已經做完了？」

輕輕地點點頭，憐兒小聲地說道：「叔叔，憐兒今天將清虛心法運轉了六個大周天，修羅斬也練了兩個時辰，還有姑姑交給我的功課也做完了，憐兒剛才看叔叔你的臉色有些疲憊，就去給你泡了一杯茶！」

我竟然露出了疲憊神情？我心中一驚，我可不能疲憊，有了新的敵人，我應該更加的振作，修羅兵團二十萬大軍都以我為馬首是瞻，我可不能讓他們看到我的疲憊！如果不是這個小丫頭，我還真的沒有察覺！

「叔叔不是疲憊，叔叔只是一時想事情出神，呵呵，憐兒乖，知道疼叔叔，趕明叔叔再送妳禮物！」我輕聲的哄著憐兒。

「憐兒知道，叔叔你有很多大事情要做，可惜憐兒太小，不能幫叔叔！」小丫頭懂事的說道：「嗯，禮物嗎，叔叔就送幾把鏇月鍘給憐兒好了！那個傢伙都有，憐兒也要！」

她口中的那個傢伙，就是我從天京回涼州路上遇到的陸非，沒有想到這個丫頭聽說我大讚陸非的資質並送給了陸非鏇月鍘之後，就念念不忘，而且練功也格外的賣力，說是有朝一日一定要和陸非比試一下！

我笑了，這個丫頭和我當年真的是一模一樣，永遠都不會認輸！「好，一會兒叔叔就送妳八把鏇月鍘，和那個傢伙一樣，好不好！」

憐兒的臉上露出一絲笑容，呵呵，這個丫頭將來也是一個美人胚子，不知道將來誰會有福氣和她在一起！我心中暗想。

梅惜月匆匆的從門外走了進來，看到梅惜月進來，憐兒十分乖巧地從我腿上滑下來，「叔叔有事情要做，憐兒先去練功了！」

我點點頭，看著她走出房門。然後對梅惜月笑道：「這個丫頭將來的成就不會小了，呵呵！」

「是呀，也不看看是誰教出來的？」梅惜月有些自豪地說道：「對了，正陽，你這麼緊急把我找來，有什麼事情嗎？」

我起身搬了一把椅子放在帥案旁邊，示意她先坐下，然後我將高山的那封信交給她，梅惜月打開信件，仔細地讀了起來。

緩緩的，梅惜月放下信件，看著我，從身上拿出另一封信件交給我：「這是高大哥以千里加急送來的，送信之人說，高大哥曾叮嚀此事十萬火急，你看看吧！」

我眉毛一挑，「哦？高大哥又有信件？說什麼？」我一邊自言自語，一邊將信件打開，上面寫著：

主公在上！高山知主公繁忙，但是此事萬分緊急，故連夜命人以千里加急送交！今夜高山參加左平章事岳清為屬下設立的席宴，酒席間，高山從岳清口中得知，朝廷已經開始行動，準備對付主公和梁興主公，高飛和南宮飛雲的入京只是一個先兆，至於下面會有什麼樣的變化，屬下尚在打探！屬下想借岳清的關係，混入高飛一黨，趁機刺探他們的計畫，所以在這封信到達主公手中之時，高山就不再是傲國公府的管家，而且在今後的一段時間裏，屬下將會設法接近他們的核心，以刺探高飛一黨的消息，今後難免會對主公有所不敬，這一點還請主公原諒！

高山本是一個破落戶，得主公賞識，待之為兄，一直無以為報，今借此機會，也是報答主公對我得知遇之恩，望主公能夠明白高山一片赤誠之心。現在，高山已經給了朝廷一個虛假的信號，那就是向寧，以主公的智慧，應該明白高山的意思，還望主公能夠善加利用！以後如果再有任何消息，我都將會通過國師轉達，此事只有你，我、國師和梅樓主知道，萬不可被他人得知，否則一切都將前功盡棄！

高山

「師姐，妳怎麼看？」讀完高山的信件，我看著梅惜月，緩緩地問道。

「高大哥乃是性情中人，他自失去右臂以後，一直認為自己是一個累贅，想要找機會報答，現在，他找到機會了！」梅惜月輕輕地說道。

我突然站起，有些焦躁地說道：「不行，不能讓高大哥冒這個險！他的右臂就是因為我才失去的，此去做臥底，勢必危險重重，一旦有什麼閃失，我……！不行，我立刻派人將他接出！」

「正陽，你冷靜些！現在你貿然行動，勢必會給高大哥造成更大的危險，他雖然沒有你的勇武，但是論起智謀絲毫不比你差，也許他真的能夠做些什麼，可是如果你貿然行動，就真的如大哥所說，前功盡棄！」梅惜月一把將我抓住，儘量壓低嗓門對我說道。

我痛苦地坐下，一時間心亂如麻。

「你們兩口子在唱哪齣戲呀！這麼一大早就拉拉扯扯的，呵呵，這可不好！」

正在我矛盾的時候，冷鏈和傅翎大步從門外走了進來，身後還跟隨著向家四兄弟，一進門，冷鏈就笑呵呵地問道。

我吸了一口氣，將高山的第二封信件放進懷裏，臉上露出了一絲微笑，「冷先生說笑了，快快請坐！」

待大家都坐好後，我沉吟了一下，對眾人說道：「今天將各位這麼緊急找來，是有一件十分重要的事情要和大家商議！」

看到我嚴肅的表情，眾人臉上也不禁為之一震！我將廖大軍帶來的信件念了一遍，然後看看大家，所有人的臉色都有些變了。我說道：

「根據我的情報，此次高占赦免高飛和南宮飛雲，矛頭就是在針對我和梁大哥，估計在不久之後，就會有所行動，我想聽聽大家的意見！」

「意見？有什麼意見！我的意見就是立刻起兵，兵抵東京，看看這些傢伙能把我們如何！」性格火爆的向南行不等我的話說完，立刻起身說道：「他媽的，老子在這裏爲他們高家守著大門，他們還來給我們穿小鞋，打了！」

我早就料到向南行如此的反應，看著他笑著說道：「三哥先不要發火，坐下來！今天讓大家來，就是爲了想想以後我們的出路！」說著，我又將目光放在其他人身上。

有些感到臉紅，向東行一把將向南行拉下，低聲說道：「打！打！打！三弟你就知道打！如果父親在這裏，又要把你罵一個狗血噴頭！老實給我坐著，聽聽大家怎麼說！」

向南行訥訥的沒有說話，只是嘿嘿笑了兩聲。

「主公，我以爲目前還不是起兵的時候，土地剛剛分發，百姓剛有點勁頭，我們就要起兵，實在不是時候！而且，我們糧草還是要依靠他人，如果貿然起兵，恐怕勝算不多！」冷鏈想了一下，對我說道。

「冷先生的話很有道理，不但如此，開元雖然打下來已經一年，但是民心還沒有穩定，如果我們這個時候再起戰火，這開元恐怕將會是我們的一個隱憂！」傅翎慢條斯理地說道：「修羅兵團剛增加的兵員，還沒有結束訓練，東京牆高城厚，當年主公在東京抵禦鐵血軍團的時候，也一定有了不少的體會，單純的攻城，恐怕我們的傷亡會很大！而且從涼州到東京，中間有十六個城池，到時恐怕都是我們的麻煩，一個一個的打，我們損失會十分嚴重，所以我建議還是忍！」

聽了兩人的話，我不住地點頭。

「不但如此，飛天還對我們虎視眈眈，一旦我們起兵，他們勢必要從背後攻擊，那時候我們腹背受敵，情況恐怕不美！青州兵和梁大人的夜叉兵團和我們距離遙遠，很難協同作戰，這……」一直默不作聲的向北行突然插嘴道。

我靜靜的聆聽著眾人的意見，但是始終沒有出聲。待到大家都說完之後，我看著冷鏈問道：「那麼各位的意見就是要忍了？」

「不，我們只是暫時忍耐！」傅翎說道：「我們要等待，畢竟我們現在的力量還不夠強大，待到時機成熟時，就是我們反擊的時候！」

「沒有錯，主公，我估計到了明年的六月，涼州第一批糧食就可以出來了，那時我們可以自給自足，不需看他人臉色！而且一年的時間，我們可以將開元、涼州的整個防禦系統完善，那個時候，即使是飛天想攻擊我們，也需要一段時間，我們有足夠的能力將東京解決！」冷鏈也插嘴道。

一年，那就是說還要一年！我心裏盤算著。恐怕高飛是不會讓我安生的過完這一年！而且完善城防體系，談何容易，那需要大量的金錢，關鍵是，我還能從明月得到支持嗎？

「各位，大家的意思都很明白！這也是我心中所想的！我們目前只有忍耐，萬不可有什麼差錯！特別是三哥，你的性子剛烈，但是也務必要忍耐！記得當年在奴隸營時，有人告訴我：百忍方能成金！我們今天就忍他一忍，看看到底能不能成金！」我緩緩的說道。

「主公英明！」眾人同時起身說道。

「好了，大家都去準備吧！我想下面我們要迎接的困難，恐怕不是我們能夠估計到的，大家都要心裏好好的計算！」

眾人領命出去。看著他們離去的背影，我扭頭看了看一直沒有出聲的梅惜月，「師姐，妳怎麼想？」

「我在想，任何一種果實腐爛一定是從內部，這個道理，高飛和南宮飛雲不會不明白！」她抬頭看著我，眼裏閃爍著智慧的光芒。

我心中一驚，馬上明白了她話中的含意，「師姐，妳馬上命令青衣樓從這一刻起，嚴密地監視華清，這個人很有來頭！還有溫國賢，在這個時刻，我想他不會那麼老實！」我腦海中突然浮現了華清那溫文爾雅的形象，心頭不由得有些緊張。

梅惜月笑了，她看著我點點頭。

我大步來到房門前，看著天邊漸落的夕陽，站在明處的敵人好對付，可是那些暗處的呢？我心中想著：高大哥，你要保重呀！

看著桌案上一份份的公文，我感到頭皮有些發麻：開元城牆需要加厚，加高；三十六寨請求修整防禦攻勢；新建於開元和涼州之間的防線同樣需要金錢；涼州城池要求修復防禦；修羅兵團要求購進新的軍械；還有軍糧、軍餉等等，等等！看到這一份份都是要求調撥金錢的公文，我簡直有些要瘋了！

這還是經過冷鏈等人仔細篩選過，認爲是重要的公文，在他們的桌案之上，還有堆著更多的公文，可是就是這眼前的報奏公文，已經讓我感到有些捉襟見肘了！

自從接到高飛等人回京的消息後，雖然知道會有很多的麻煩接踵而來，但是沒有想到會這樣的快！一個月前，接到兵部通知，由於國庫資金緊張，軍餉和一應軍需將要延緩發放，說的好聽，我想這延緩只是針對我和梁興兩人來說的！但是他們說得是那樣的冠冕堂皇，讓我無法反駁。想我許正陽乃是朝廷重臣，眼下朝廷有困難，我怎麼能夠再給朝廷增加麻煩呢？而且朝廷並不是說不給你，而是延遲發放。嘿嘿，好高明的措詞，延遲？天曉得要延遲到什麼時候，可是卻讓我說不出一句話來！

有心想要找梁興幫忙，但是一想，恐怕他目前的情況比我好不了多少，他同樣也是朝廷的眼中釘，肉中刺！他又能有多少的餘力來幫助我呢？哎，還是一切靠自己想辦法解決吧！

門外騰騰騰一陣腳步聲響，我抬頭一看，錢悅大步從門外走了進來，臉上帶著一種憤恨之色！一進門，他就大聲說道：「奸商！奸商！」

「怎麼了？錢悅！我不是讓你到程安那裏去購買軍糧，怎麼氣成這個樣子？」我看著他脹得通紅的臉龐，奇怪地問道。

喘了一口氣，錢悅平靜了一下自己激動的情緒，拱手回道：

「主公，我剛才去程安那裏，和他商量下兩個月的軍糧事宜，沒有想到這個傢伙說，由於今年明月大旱，糧食歉收，目前十分緊張，他在城外的二十個糧倉裏面已經空了一半，實在沒有平價的軍糧銷售，如果我們一定要，那麼只能購買高價糧！我問他高價糧什麼價錢，他居然說是平價的五倍！混蛋，我前些時日明明看到他二十個糧倉裏面滿滿的，怎麼會沒有？」

我一聽，立刻明白了這其中的奧妙，嘿嘿！看來真的是要對我下手了！我心裏暗暗想道：這哪裡是什麼沒有軍糧，想來是他程安聽到了一些風聲，所以這麼說！嘿嘿，想來這程安還沒有這麼大的膽子敢和我作對，一定有人在他身後給他撐腰，給他煽風點火，這擺明了是要加速消耗我的力量呀！

我抬手示意錢悅坐下，和聲地說道：「錢悅，不用這麼生氣，有這一天，我早就想到了！我們和程安的蜜月合作遲早是要結束的，只是沒有想到來的這麼快！一個小小的程安，想來還沒有這麼大的膽子，居然想要和我作對，他身後一定有什麼人！嗯，這樣吧，你立刻再辛苦一趟，和向大將軍一起前往涼州，找那個溫國賢要五十萬枚金幣，就說是兵團借的，讓他從涼州的稅賦中撥出一些，我會儘快歸還！」

錢悅點點頭，放下手中的杯子，起身離去。看著錢悅離去的背影，不知道為什麼，我心中突然有一種驚悸！來勢好快呀！看來這涼州一定還有什麼大有來頭的人物。我心中暗暗地盤算著：如果溫國賢很爽快的借給我，那麼說明他和這件事情沒有什麼關係，如果他推三阻四，這就說明一個和我作對的團體已經形成了！我必須要小心的應付。

沉思間，又是一陣腳步聲傳來，冷鏈急匆匆的從門外走進，「主公，出事情了！」

我看著冷鏈，不緊不慢地說道：「出了什麼事情？先生如此緊張？」

一屁股坐下，冷鏈喝了一口涼茶，緩緩地說道：「今天開元城中的糧店和一應物資全部上漲，不知道是誰說的，說朝廷馬上就要對大人降罪，開元戰火即將重新燃起！現在城內人心惶惶，紛紛搶購物資，以應付即將到來的戰火，傅將軍已經去平息，但是看來這是有人蓄意製造混亂！主公，看來朝廷已經開始行動了！」

我點點頭，沒有答話。心中在不停地盤算著，這一切看來都是有預謀的，不像是一群烏合之眾所為，溫國賢恐怕還沒有這個本事，他那點心眼都放在如何搜刮錢財了，那麼，這中間一定還有一個人，還有一個我不知道的人在和我作對，會是誰呢？我沉思著！

「主公，你看該怎麼辦呢？」冷鏈見我不說話，小心翼翼地問道。

我抬起頭，臉上突然露出一絲殘忍的微笑，「嘿嘿，這個簡單！來人！」我高聲叫道。

門外親兵應聲進來，我看著他說道：「傳我將令，從現在開始，但凡有人亂談國事，在城中妖言惑眾，造謠生事者，就地處決，剮！」

親兵先是一愣，馬上領命出去。

冷鏈連忙上前阻止，「主公，使不得呀！城中局勢本來就不穩定，主公再大加殺戮，勢必引起百姓反感，這樣一來，我們所做的一切，都算是白費了！望主公三思！」

我看著冷鏈，緩緩的臉上露出笑臉，「先生呀先生！論起治理天下，我許正陽是不如你，但是說起玩陰謀詭計，你卻差我很多！以仁慈對待百姓，並不一定會落得好名聲，自我拿下開元，已經對他們夠仁慈了，現在是要讓他們見到一些血腥的時候了！」

看到冷鏈還是沒有明白，我接著說道：「先生，就像你說的，這一切都是一場有預謀的行動，在他們的身後一定有一個組織，嘿嘿，如果給他們講什麼大道理，他們會認爲我怕了他們，會變本加厲！百姓們是無法分辨的，他們會相信開元真的馬上會有戰亂興起。現在我不會再理睬他們，他們有一張嘴，我手裏有一把刀，我倒要看看，究竟是他們的嘴硬，還是我手中的刀硬！如今一切都還沒有浮上檯面，我越強硬，他們就越害怕，而百姓會越相信！」

說到這裏，我站了起來，緩緩地走到了門邊，輕聲地說道：「先生不要以爲正陽喜歡殺戮，而是局勢不由正陽，半點姑息都會造成全盤的潰敗！自古身爲人主，都是左手持刀血腥屠殺，右手滿口道德文章，這兩種武器是相輔相成的，缺一不可！現在是你我大業初成之時，萬不可有半點的婦人之仁，這嗜血的罵名，就由正陽一肩擔之！反正修羅嗜血，天下皆知！我倒要看看，他們能夠給我耍出什麼花招！」

冷鏈愣了半晌，緩緩地站起，「主公，冷鏈受教了！冷鏈虛活四十年，卻不如主公看得透徹，實在是慚愧！」

我轉身拍了拍冷鏈的肩膀，「先生，看到你就好像看到夫子，你們都是一樣的人，胸懷天下，可是有一樣，就是先生不如夫子看得開，這也正常！正陽自幼生長在奴隸營中，人間的百般醜態看得透透徹徹，這個世界原本就是弱肉強食，拳頭大就是硬道理！嘿嘿，先生，你看著吧，這一切都是一個開始！」說到最後，我話語冰冷陰森，我感到冷鏈的身子在我的手下一顫。

當晚，我和梅惜月仔細考慮了以後的每一步計畫，我們一致認爲，眼前對我兵團節制還只是一個開始，還有更大的陰謀在醞釀，我必須小心謹慎！

第二天，我再次坐在帥案前翻閱公文，還是一樣的內容，只是傅翎的報奏中告訴我，昨日在開元城一共抓住了二十多名在散播謠言的人，其中六個人已經確查無誤，就地正法！其餘的人應該怎樣處理？

這有什麼難的，我冷冷的一笑，在那份公文上面用朱筆寫下了一個大大的「殺」字！

還是錢，都是要錢的公文，我現在一看到這個錢字就感到頭疼，昨日我已經問過了冷鏈，目前我們手中的資金已經不多，拋去必要的軍備開支，其他的都要縮減！但是這些呈報上來的公文，每一件都是十分緊急，實在讓我難以拿定主意！

「啓稟大人！錢將軍回來了！」門外親兵大聲的稟報。

「馬上讓他來見我！」

沒有一會兒的時間，錢悅大步從外面走來，向我抱拳拱手：「主公，錢悅前來覆命！」

「先坐下來，休息一下！錢悅，這次辛苦你了，快告訴我，涼州目前情況如何？」我急忙問道。

「主公，我昨日奉你之命前往涼州，那裏和開元情況差不多。不過，向大將軍和向四將軍已經派兵入城，協助治理！到處都是議論紛紛，說朝廷要對主公用兵，四將軍昨天已經開始抓捕在涼州造謠之人，現在已經有所好轉！」

我點點頭，向家四兄弟中，我最看好的就是向北行，他的心計深沉，心思縝密，這一點和我十分相像！雖然手段還不夠毒辣，但是卻已經做得很好了！我繼續問道：

「那麼溫國賢那邊怎麼說？」

「主公，提起這個肥豬，我就是一頭的火，昨天我把來意告訴他，他好像早就知道，笑眯眯的對我說：涼州今年的稅賦剛剛上交朝廷，所以財政上也沒有多少！恐怕一時間難以滿足大人的要求，還請將軍多多爲下官在大人面前美言兩句！如果大人真的是需要錢財，那麼下官手上還有一些，不多，大約有七八萬枚金幣，請大人先去應急！主公，你說這不是在把我們當成叫化子打發！」錢悅氣鼓鼓地說道。

呵呵，果然是這樣！我心裏暗暗想道。看著錢悅滿臉的氣憤，我搖了搖頭，「錢悅，不用這麼生氣，就像你說的，何必和一頭肥豬較勁呢？呵呵！」

錢悅一聽，也不禁笑了。

我接著說道：「其實在你去之前，我就已經猜到了這個結果，嘿嘿，果然不出我所料，連這個傢伙也敢在我面前張狂了！不過，想來他也只是一個單純的執行者，在他的身後，一定還有一個人物在支持他。」說到這裏，我突然神色一肅，「錢悅，再辛苦一趟，馬上再回涼州，告訴向大將軍和四將軍，讓他們從現在開始，派人全天秘密監視城守府，將每一個進出城守府的人都記錄下來！每天向我報告！還有，你再告訴涼州青衣樓的暗舵，不分晝夜，同時監視溫國賢，將他去的每一個地方，接觸的每一個人都報上來，還有，一旦發現可疑人物，立刻通知涼州帥府，讓兩位將軍定奪！」

錢悅立刻起身，「遵命，錢悅馬上前往涼州，主公還有什麼吩咐嗎？」

我搖搖頭，他轉身走出了帥府。

看來真是來勢洶洶呀！我心中感嘆道：連溫國賢那個蠢材都敢對我……

想罷，我低頭繼續閱讀公文，還是錢！錢！錢！梁興曾經說我是錢迷，看來我是對的：錢，是一個萬惡的東西，可是有些時候，那金燦燦的金幣真的是十分可愛呀。

「大人！大人！」一陣腳步聲傳來，門被推開了，一個親兵神色慌張的從門外衝了進來，「大人，城外，城外……」他上氣不接下氣地說道。

「城外怎麼了？」我心中一緊，難道飛天這麼快就發動攻勢了？我厲聲地問道。

「城外來了好多的車輛，上面都是糧草、物資！他們現在在外面求見大人！」

「什麼？」我心中一陣激動，怎麼會出現這樣的情況？這些東西是誰送來的？我感到一陣迷茫，是誰會在這種情況下來幫助我們？我和梅惜月對視一眼，立刻起身，「前面帶路，我們去城頭一看！」

漆黑的夜色裏，一片潔白的雪地上，一輛輛大車停在開元城外，車上堆滿了糧草和各種物資，拉車的牛馬口中噴著濕氣，顯然是經過長途而來。我站在城頭，心中一陣猶豫，放或是不放？我實在拿不定主意。這隊車馬來的過於突然，我甚至不知道他們的來歷，又怎麼能夠放心的放他們進來。

「是誰要見我？」我扭頭對身後的親兵問道。

親兵走上前來，向城下看了一看，指著車隊前的一個大漢說道：「大人，就是那個大漢！」

我凝神看去，只見那大漢胯下一匹斑點獸，在城下不停地打著旋，我提氣高聲問道：「城下那大漢，我乃是開元總督許正陽，你等是何來歷，快快報上，以免自誤！」

那大漢剛要回答，這時，就聽我身後響起一個聲音：「正陽，放他們進來吧，他們都是我的手下！」

我一驚，忙扭頭看去，只見從城樓下緩緩地走上來一人，卻是孔方，半年前我偶遇的奴隸營舊人。從將他帶到開元，我一直被各種公務纏得脫不開身，甚少和他一起，只是這個時候他突然出現在我的面前，我心中似乎有些明白。

「正陽，這些人都是我的兄弟，將來也是你的屬下。呵呵，開城門吧，沒有問題的！」孔方笑著對我說道。

我沒有猶豫，立刻吩咐手下，開門放行。但是卻疑惑地看著孔方，我從來沒有聽說過他有這麼一幫手下，又怎麼會突然出現在開元。

看出了我心中的疑惑，孔方慢步來到我的身邊，看著城下緩緩入城的車隊，用一種十分低沉的聲音對我說道：「正陽，我的外號是什麼？」

我張了張口，不知道該怎樣回答。

「呵呵，沒有什麼不好意思，我就是蝗蟲！不但是蝗蟲，還是一隻蟲王！」孔方的臉上露出了一種莫明的驕傲，他說道：「正陽，你應該知道我是因為什麼才被關在奴隸營中的，嘿嘿，想當年，我白手起家，打下好大的一片江山，卻沒想到，偌大一片家業竟被飛天的權臣霸佔，我哭訴無門，但是我有一幫手下，一幫與我肝膽相照的手下！嘿嘿，既然那群狗賊霸佔了我的家業，我就要讓他們付出代價，一不做，二不休，我帶著一幫人設計了一個天大的陷阱，從飛天的國庫中生生挖出十億金幣，嘿嘿，整整十億！讓那群狗賊心痛不已！」說到這裏，他的臉上露出一種莫名的快意。

我當然知道他這段歷史，想當年在奴隸營，誰不佩服他高明的詐術，有多少人想要拜他為師，說實話，有時我都在想，我那些演戲的本領，不就是從他那裏學來的！我點點頭，表示知道他所說的這段事情。

「那時我詐騙了十億金幣，自己沒有要多少，將所有的金幣分給我的手下，想讓他們能過上好日子！其實我自己也知道，鬧出這麼大的事情，飛天又怎麼會對我置之不理呢？於是我告訴我的弟兄，讓他們分散到各國，利用手中的金錢，做一些正當的事情。並且，我們留下了聯繫的方式！後來，我還是被飛天的人抓住，他們想從我口中套取那十億金幣的下落，但那是我保命的東西，又怎麼能夠告訴他們。我死活不開口，最後他們用盡一切手段，也沒有從我口中套出什麼，於是就把我扔到了奴隸營，想用其他的方法來套我的口風。……」

我似乎有些明白了，看著他的面孔，我心中充滿了感激之情，一時間不知道應該說什麼才好。

「我在四個月前，用我當年留下的方式和我的那些手下聯繫，這群傢伙很不錯，依靠著手中的金錢，他們已經打下了一個江山，在各個國家都有他們的機構，而且他們還認我這個主人，當看到我的信物以後，他們馬上和我聯繫！我知道你現在的難處，正陽，你孔叔別的什麼都沒有，就是有錢。所以我在兩個月前發出了指令，各地的蝗蟲們開始爲你效勞，如果不是因爲飛天和明月現在封鎖嚴密，本不只這些東西，不過正陽放心，你想要的一切，都會有的，這只是一個開始，你只管放手去做你想做的事情。」

我無語，上天待我當真是不薄，竟然派了這樣一個人來到我的身邊，有他的相助，我還有什麼憂慮？想想也真是笨，明知道他的底細，可是卻沒有想到他的用處，呵呵，也幸虧是沒有想到，不然又怎麼會有今天他的全力幫助！

頓時，我連月來的憂慮一掃而光，也不由得放聲大笑，深深的一揖，我說道：「多謝孔叔！」

「正陽先莫要謝我，我給你這些幫助，是因爲我看到了更大的利益，哈哈哈，還有，你那兩個兄弟你要好好的提攜，也讓他們有朝一日能夠有些功名，我這輩子吃虧就吃虧在沒有什麼背景，如果他們能夠有所成就，那麼也了了我的一個宿願！」他笑眯眯地說道。

「呵呵，這有何難，只要兩個兄弟願意，我馬上給他們一個功名，只要我許正陽在位一日，兩個兄弟就不會受到任何的委屈！只是害怕正陽這個廟太小，委屈了兩個兄弟！」我笑著說道，一時間，我又恢復了往日的豪放。

「哈哈哈！」孔方看著我笑道。

我也不由得笑了起來。扭頭看著城下陸續入城的大車，我心中充滿了信心，開元好大的一場雪呀！我感嘆道。不知不覺中，我心中突然湧現出一股殺機，嘿嘿，那些背叛我的傢伙，我不會讓他們好過的，所有背叛我的人都不會有好結果，現在我無法放手收拾，但是，嘿嘿，等到時機成熟，我要讓你們知道修羅的嗜血手段……

炎黃曆一四六四年十二月二十八日，有蝗蟲之稱的孔方正式加入了我的陣營，除了帶來了大量的資金和物資，緩解了我長達半年的窘況，同時還將一個龐大的，幾乎覆蓋了整個炎黃大陸的商業網絡掌握在我的手中，從這一天起，蝗蟲帶領著他麾下的小蝗蟲們，爲我不遺餘力的大肆搜刮炎黃大陸的財富。

孔方和冷鏈這兩個被後世人褒貶不一的人，成爲了我日後爭霸天下道路上非常重要的人物，由於有了這兩個人，修羅帝國的大軍再也沒有為軍需擔憂過半分，無論什麼時候，無論我的大軍走得再遠，我所需要做的就是如何的攻城占地，至於物資方面，我從來沒有考慮過。

我高坐在帥府大廳中，看著手中那封蓋有皇家印信的信函，一時間不知道應該如何是好。

自新年過後，在得到孔方全力的支持後，我再也不需要為金錢等問題而擔憂，我全力的關注於軍備和開元、涼州兩城的城防防禦，因為我知道，我的時間已經不多了，在朝廷得知我解決了軍需問題以後，他們是不會任由我這麼從容地準備我的軍備，但是我沒有想到，居然會這麼快，僅僅一個月，朝廷就有了反應，手中的這信函就是召我入京的。信中說的倒是冠冕堂皇，由於兩年未見我，高占對我十分的想念，希望我能夠放下手中的事情，馬上回京，以敘天倫！嘿嘿，好厲害的手段，如果我不回去，就說明我心中有鬼，馬上兵部的大令一下，我不回也要回去，不然一個密謀造反的大帽子就扣到了我的頭上；可是如果我回去，那麼……

嘿嘿，當我許正陽是三歲的孩子嗎？我心中冷笑道。看了一眼大堂之上的眾人，除了鎮守涼州的向東行、向北行和總督三十六寨的楊勇不在，目前在我眼前坐的都是修羅兵團的骨幹：巫馬天勇、向家兄弟、傅翎、冷鏈、孔方……

「大家怎麼看這封信？」我環視了大廳中的眾人，緩緩地問道。

沒有人出聲，好半天，傳翎低沉地說道：「主公，這分明就是一個陷阱，此時召主公入京，分明居心叵測，以在下來看，還是不要理睬的好！」

他的話一出，眾人都紛紛點頭，我看到只有冷鏈一聲不出，靜靜地坐在那裏，沒有半點表示。微微一笑，我問道：「冷先生今天很沉默，一聲不出，想來一定有其他的見解！」

感受到眾人的注視，冷鏈的臉上露出一絲神秘的笑容，他看著我說道：「主公早有定奪，何必要冷鏈獻醜？」

「哦？我有什麼定奪？」看著冷鏈，我饒有興趣地問道。

「正如傳將軍所說，這是一個陷阱，想必主公也已經看出，果如傳將軍所說，如果不理睬的話，那麼下次的信件必然是以正式的書函調主公入京！這一點主公也一定想到了！那時如果主公不遵從調遣，朝廷就有藉口對主公征討，所以主公想必已經決定入京！不知道冷鏈說的可對？」

聞聽冷鏈的話，我哈哈大笑，「冷先生果然妙人，許某正是這個想法！」

「那怎麼行？明明知道是個陷阱，還要跳下去，那不是自投羅網？」向南行依舊改不了他那副急脾氣，連忙阻止道。

我擺擺手，示意他坐下，緩緩地說道：「正如冷先生所說，雖然這是一個陷阱，但是我卻必須要入京！因為一旦讓他們拿到了把柄，那麼勢必涼州、開元戰火重燃，如今我們軍備尚未完成，實在不宜和朝廷對著來幹，這一點想必他們也明白，所以他們才這樣召我入京！」

「我不明白！」向南行那直腸子實在是無法瞭解這其中的原由。

我笑了，「三哥還是那個急脾氣，聽我慢慢的說。如果我不聽調遣，那麼勢必就成了明月的叛臣，那時，他們有足夠的理由對我們用兵，說實話，我實在是不希望走到那一步！如果開元、涼州戰火重燃，那麼飛天勢必趁機發兵，到時我們腹背受敵，勝算不多！辛苦打下的基業就要化為烏有，這絕對是不能允許的！」

向家兄弟都點點頭，他們當然明白我為何不希望開元再經歷戰火的原因。看到他們明白了我的意思，我接著說道：

「所以，我決定入京，因為這樣，就讓那些傢伙沒有藉口出兵，還可以給我們贏得足夠的時間，時間對我們來講，是很重要的！」我停頓了一下，接著說道：「而且，如果我不入京，又怎麼能夠知道他們下一步有什麼計畫呢？呵呵，他們要試探我，我何嘗不是要試探他們！」

「只是這樣太危險了！」傅翎臉上還是露出一絲的憂慮。

「不危險，我想他們一定還有其他的招數，嘿嘿，我可以猜到的一招，就是向家兄弟的方面！」

聞聽我的話，向西行和向南行臉上都露出困惑的神情，他們看著我，等待著我的解釋。

「根據我的消息，朝廷很可能會拉攏向叔父，因為我修羅兵團組建的根本就是青州兵，在他們認爲，如果將青州兵抽調，那麼修羅兵團也就會實力大傷！」我伸手阻止想要說話的向家兄弟，接著說道：「當然我相信向叔父！但是朝廷並不知道我們之間的關係，嘿嘿，如此一個大好的破綻如果不用，那麼我真的就要說他們是一群白癡了！所以在我入京以後，他們一定會派人拉攏你們！不但如此，我想梁大哥那邊和我的情況也一樣！」

「主公放心，我們絕對不會背叛你的！」向南行拍著胸脯大聲說道。

「不，恰恰相反，我就是要你們背叛我！」

我此話一出，大廳中立刻議論紛紛，只有冷鏈和孔方保持著平靜。

我笑了，「呵呵，向二哥想必已經明白了一些我話中的意思！我就是要你們向朝廷表示忠心，這樣會讓朝廷認爲我實力大減，不足以對他們構成威脅，同時，也可以讓向叔父那裏有足夠的時間來準備！這樣一來，就可以讓朝廷對我輕視，那麼就越容易露出馬腳，我也越清楚他們的算盤！」

說到這裏，大家似乎已經明白了我的意思。

「同時，我已經派人火速趕往通州，通知梁大哥萬不可入京，其實他們所擔心的只有我一個，只要我入京，梁大哥入京與否，都已經不再重要！這樣，梁大哥就可以有更加充足的時間來準備，嘿嘿，越是這樣，我就越安全！這樣大家明白了嗎？」

眾人紛紛點頭，一直保持沉默的巫馬天勇突然說道：

「主公，不如這樣，我和你一起入京，這樣也有個照應！我對這軍營裏面的事情並不瞭解，打架我在行，可是這領兵，真是難爲死我了！而且有我在你身邊，我相信大家也會放心不少！」

大家連忙表示贊同，我臉上露出溫和的笑容，搖搖頭，「天勇，不是我不讓你去，而是這次進京，我誰也不會帶！開元帥府乃是我命脈所在，冷先生、孔叔父都是我倚爲長城的人物，還有梅樓主，這些人都需要保護！師叔等人目前正忙於幫我訓練血牙，沒有時間來顧及這些，軍中的好手就只有你了！你是在我最困難的時候就跟隨我的老人，我當然對你相信，想來我入京之後，朝廷一定還會有別的行動，帥府這些人的安危就要靠你來拱衛！錢悅雖然能幹，但是畢竟過於年輕，還不足以獨當一面，只有你，你的身手，你的忠誠，都讓我放心！所以我將帥府的一應事務就交給你，望你萬不可辜負我的重託！」

「主公！」巫馬天勇聽了我的話，激動萬分，他看著我，半天也說不出話來。

「我不在的時間，軍務一應事務就由傅將軍處理，各位要全力輔佐！開元、涼州政務則由冷先生、孔叔父和梅樓主三人做主！許某的老家就交給各位了！」說著，我起身向眾人一揖。

「主公放心，我等必將效死命，決不容兩城有任何閃失！」眾人同時起身，拱手向我說道。

我又和他們商量了一些事情，將他們遣走。

此時，大廳中只有我一個人獨自坐在帥案前，我閉上眼睛，讓緊張的大腦鬆弛了一下，「雄海！」我沉聲叫道。

「屬下在！」不知道從那個角落中出來，雄海一如往常，如鬼魅般出現在我的面前。

「我讓你辦的事情進行的如何？」

「啓稟主公，從接到您的手令後，我就命人全面監視兵團中各個將領，從眼前的情況看，各將領沒有任何異動，他們應該是忠於主公的！」雄海恭敬地回答。

「嗯，繼續監視，一旦有異常現象，立刻通知樓主！」我緩緩地說道：「還有，我讓你監視涼州方面的溫國賢等人有什麼發現？」

「主公，溫國賢等人近來活動十分頻繁，但是依屬下看來，他們還不足爲懼，只有一人，那就是有神醫之稱的華清，此人行蹤十分詭異，而且依屬下看，他的功力也十分的驚人，恐怕只有如主公或是老神仙那樣的人物才能對付他！所以屬下一直不敢對他跟蹤太緊，以免打草驚蛇！而且，最令屬下奇怪的就是，華清這人的檔案中，有數年的空白，我們怎麼也無法查到他的行蹤，所以論起來，此人恐怕最爲可疑！」

我點點頭，沒有出聲，華清這個人對我來說，一直都充滿了神秘感，沒有想到這個傢伙還真的是有些門道！

「還有別的發現嗎？」我問道。

「嗯，還有就是那個古玩商仇隱，此人一樣是來歷詭秘，屬下雖然動用了青衣樓全部的力量，也沒有查到他的消息，但是隱約發現此人可能和墨菲有一種十分奇怪的聯繫，究竟是怎樣的一種聯繫，我們還無法確定！」

仇隱？沒有想到這個傢伙也不簡單，涼州四個大人物，管家已經被我消滅，程安也不足以對我造成威脅，剩下的這兩個人恐怕就不會那麼簡單了！我暗嘆道。

「好了，你下去吧，繼續加強對他們的監控！一旦有什麼發現，馬上報給你們樓主！」我冷冷地說道。

「屬下告退！」一如他的出現，雄海無聲無息地退了下去。

我依舊閉著眼睛，腦中卻在思索著：嘿嘿，這個遊戲越來越有意思了，東京？我倒要看看你們還能夠玩出什麼花招！

第七章　重返東京

看著眼前雄偉的東京城，我心中升起無限的感慨：兩年前，就是在這裏，我還在爲了高占捨生忘死，一心鎮守東京，就是在那時，我從一個屠夫成爲了一個將軍！那場血色攻防戰至今我仍然記憶猶新。兩年過去，東京城外的土壤中依舊可以發現森森的白骨，空氣中依然有一種難以形容的血腥氣瀰漫，那巍峨的東京城牆雖然經過翻新，但是卻透出斑斑的血印！

世事真的難以預料，兩年前，我曾經誓死拱衛的東京城，今天竟然成了一個對付我的陷阱；想當年和我那麼融洽的高占，而今也成爲了我的敵人；那時的叛逆，今天成了對決的敵人！老天真的是會開玩笑……

我想到這裏，臉上不由得泛起一絲苦澀的笑容。但是那絲苦澀的感覺只是在我的心頭一閃而過，這一切本來就是我的選擇，我又何必耿耿於懷！一催胯下的神駒，我打馬揚鞭，向東京飛馳而去。

東京城門守衛森嚴，想來都是用來防範我的！呵呵，好在我的長相平庸，並不是那麼的出眾，混在人流中，我悄然無聲地進了東京！

沒有急於回國公府，我先找到了一個不起眼的客棧住下，這裏是青衣樓的一處暗舵，他們早就接到了通知，我一到，就立刻將我安排進了一個僻靜的小獨院。

我洗漱完畢，剛剛坐下，房門輕扣，一個低沉的聲音響起：「青衣樓東京分舵舵主金大祿求見主公！」那聲音非常小，一聽就知道來人是壓低了嗓門。

「進來吧！」我輕輕地說道。

門推開了，進來的人讓我驚呆了，「大富！」我失聲叫了出來。眼前的人，腫脹泡裏有著兩顆細小的眼仁，淡黃的眉毛，蒜頭酒糟鼻，大嘴巴，招風耳，肥胖卻粗壯的身體，和走起來顫動的肥肉，簡直就是活脫脫一個金大富的翻版！

那人臉上露出一絲悲愴的神色，旋即又回復了平靜，用低低的聲音說道：「屬下東京分舵舵主金大祿，大富乃是屬下的孿生兄弟！」

我一愣，激動的心情瞬間回復了平靜，「坐吧，大祿！是我失禮了！你與大富實在是太過相像，我竟然……」我覺得自己再難往下說去，喝了一口茶，緩緩地接著說道：「大富乃是我這一生所見最為忠貞的人，他的剛烈，他的不屈，常常讓我想起！都是我的錯，那時如果不是由於我的疏忽，由於我的任性，又怎麼會……」

金大祿的臉上肥肉亂顫，一雙小眼睛瞬間被一層薄霧籠罩，「主公不必為家兄難過，這是命，也是家兄的福氣！我青衣樓本來只是一個被人喊打喊殺的過街老鼠，主公不計較我們的名聲將我們收留，青衣樓上下無不對主公感激涕零！我青衣樓延傳百年，就是為了能夠遇到一位明主，有朝一日能帶領我們翻身，家兄能夠為主公獻身，那是他的光榮！樓主說，家兄的靈位將永遠排列在我青衣樓的忠義堂中……」說著說著，他竟然有些不能自制，淚水無聲無息地流了下來。

我心中一陣悸動，好一個青衣樓，無怪能夠沿傳這許久！他們的實力或許很弱，但是他們卻擁有如此多的忠貞志士，這是一股何其大的力量！我慶幸當年將青衣樓的勢力接收下來，不然，他們必然會是我前進路途上的絕大障礙！我走上前去，輕輕拍了拍他的肩膀，沒有說話，屋中陷入了難言的寂靜中。

好半天，金大祿將心中的悲痛收起，他抬頭看著我，一抹臉上的淚水，「讓主公見笑了，大祿竟然露出這小女兒態，實在是有些丟人！」

「只有性情中人方能真情流露！大祿何來丟人之說？呵呵，坐下來，我們好好聊聊！」我笑著說道，心中卻十分佩服他那強大的自制力。

看到他坐下後，我喝了一口茶，緩緩地問道：「大祿，告訴我一些東京目前的情況！」

聽到了我的問話，金大祿臉上的神色一整，表情嚴肅地說道：

「主公，你實在不應該在這個時候回來呀！自從高占赦免了高飛等人，朝廷的風向立刻一變，高飛自從入京以後，開始時深居簡出，對任何人都是謙卑無比，對高占更是俯首貼耳；南宮飛雲也一掃當年元帥時的高傲，任勞任怨，絲毫沒有半點的怨言。高占時常在朝堂之上對他們兩人大加讚賞，兩個人漸漸的恢復了一些聲望！」

我點點頭，本來就是這樣，只要是明月的疆土，高占的態度就決定了一切，如果他認為誰可以，做臣下的又怎麼會看不出來，那還不是拼命的高抬！當年我不就是因為高占要對我大加扶持，所以才走到了這一步，眼下他改扶他的兒子，那不更是名正言順！嘿嘿，高占好手段，高飛和那個南宮飛雲更是作戲的一把好手！我示意金大祿繼續說下去。

「現在，高占突然托病不再臨朝，並宣布一切事宜都是由國師和高飛兩人做主，從那一刻起，大家都知道高飛正式從幕後走到了台前！」

「哦？有這樣的事情？」我疑惑地看著金大祿，這麼大的事情我竟然不知道。「那是什麼時候的事情？」我問道。

「大約是五天前的事情！其實從高飛入京那天起，京城中人就預感到會有這一天的到來，只是沒有想到來的會如此之快，沒有絲毫的預兆！」

此刻，我的心中不停的在盤算著，這究竟是怎麼一回事？難道高飛等人已經做好了準備？否則，這麼快就發動，實在是有些操之過急！

「京師現在的軍備如何？」我急急地問道。

「主公，在高飛掌權以後，立刻委任南宮飛雲爲十萬禁軍的統領，同時將城衛軍和御林軍一把抓來，安排的將領都是他的派系，如今京師的防衛完全都落在了高飛的手裏！」金大祿恭敬地回答道。

「什麼？」我騰的一下站起來，這麼快！他高飛這麼快就將東京的軍備握在了手裏？這簡直就是一個奇蹟！我心中突然開始佩服這個高飛，果然是厲害，短短的半年時間，他就已經將東京掌控在他的手中，我真的是小視他了！這高飛加上南宮飛雲的組合，實在是讓我感到吃驚！

「那麼國師難道沒有反對嗎？」

「在高飛剛入京的時候，國師曾經有過反對，但是高占一意孤行，國師也沒有辦法！畢竟他們是一家人。後來，國師漸漸地失去了對高占的影響，逐漸不再管理朝廷的事情，如今雖然說是國師和高飛共同掌權，但實際上是高飛一人獨攬朝綱，國師一句話也說不上！」

我明白了，原來鍾離勝也已經失勢了，作爲保皇一派，他自然會被高飛視爲眼中釘，肉中刺，恐怕現在他自己也自身難保，如果沒有武威的那幾十萬大軍，恐怕此刻他們早已經對鍾離勝下手了！

不知不覺間，我的額頭冒出細細的汗珠，好厲害的手段呀！看來我還要再做打算，鍾離勝已經不能成爲我的保障，那麼，我必須要找到另一個合作者。

想到這裏，我突然想起了一個人，急急地問道：「大祿，你可聽說過我的管家高山的消息？」

「高山？」金大祿先是一愣，接著，臉上露出一種奇怪的神色，「主公難道不知道高山已經背叛國公府，現在他在高飛面前十分吃香，聽說就要被封爲大理寺正卿，飛黃騰達了！」

我心中突然感到一陣的鬆弛，看來高山還沒有暴露！說話間，我臉上露出一種殺機，「我怎會不知道這個叛徒，如果被我抓住，我定要將他碎屍萬端，方能解我心頭之恨！竟然敢背叛我，嘿嘿，我要每一個背叛我的人都會在噩夢中生活！」說著，我恨恨地一拍身邊的桌案。

金大祿沒有說什麼！

我緩緩接著問道：「國公府目前的狀況如何？」

「國公府外表一切平常，但是已經被人嚴密的監視起來！根據屬下的觀察，國公府眼下也是十分的危急，陳大哥雖然竭力維持，但是卻也已經到了極限！」

「嗯，那麼還有其他的情況嗎？」

金大祿低頭仔細想了一下，突然抬起頭來對我說道：「還有，就是太子府！」

「太子府？太子府如何？」我不由得驚奇起來，高飛想來還沒有那麼大的膽子吧，畢竟高正乃是名正言順的太子，高飛不會這麼著急吧！

「是這樣的，自主公離開了東京以後，前太子妃一直十分的低調，這段時間突然和皇城來往十分密切，據屬下猜測，這裏面一定有什麼詭計！」

我點點頭，是呀，這裏面有詭計，其實此次將我召回東京，本身就是有著更大的陰謀，我突然感到自己此次的決定有些過於輕率了！眼下我在東京放眼看去，沒有一個人可以給我幫助，想當年我初來東京，那時還有高良和鍾離勝的幫助，如今高良已經早已屍骨無存，鍾離勝也已經失了勢，現在我是真的孤軍奮戰了！一時間，我陷入了沉思……

「主公！」金大祿看我半天沒有說話，他輕輕地叫了我一聲。

「哦！大祿，有什麼事情嗎？」我從沉思中驚醒過來，看著金大祿，問道。

「主公還有什麼吩咐嗎？沒有的話，屬下就先行告退了！」金大祿小心翼翼地問道。

「嗯，這樣吧，你想辦法通知國公府的陳可卿前來這裏見我，記住！要小心謹慎，在確定沒有人注意你以後再和陳可卿聯繫，而且來這裏的時候，萬不可被別人發現行蹤，我還不想被人知道我已經入京了！」我神色嚴肅地吩咐道。

「是的，屬下明白，主公放心！」金大祿起身向我躬身告辭。

我點點頭，閉上雙眼。

門悄悄被關上，屋中只剩下了我一個人，我坐在椅子上，仔細地分析著金大祿給我的情報，不知道爲了什麼，我突然覺得有些不妥，但是究竟是哪裡不妥，我還無法想到，不過此次我秘密入京，幸好先來到了這裏，不然又怎麼會得到如此多的情報！

不對，我突然睜開了眼睛，心中升起了一絲驚悸，是的，如此多的情報，就是情報太詳細了，有許多的事情，這個金大祿又怎麼會知道的如此清楚？如果是市井間流傳的消息，也就罷了，但是像高山將要成爲大理寺正卿，鍾離勝失勢，都應該是十分隱秘的事情，怎麼會這麼快的就傳到了他的耳中？高山和南宮飛雲都是做事十分小心的人，那麼怎麼會將這樣的消息流傳於市井之間？不對！這裏面才真正的有詭計！我不由得打了一個寒戰……

仔細回想剛才和金大祿說話時他所說的每一個字，每一個表情，我越想越感到有些不對勁，這個金大祿很有可能已經背叛了青衣樓！最後，我得出了這個判斷，不覺間，我冒出了一身的冷汗，高山！

我馬上想起了他，我剛才對他無意中提起了他，是否會對高山造成危險？細細地推敲我剛才說的每一個字，緩緩的從慌亂中平靜了下來，看來應該不會給高山造成什麼威脅！

沒有想到呀，實在是沒有想到，因爲他是金大富的兄弟，因爲他們兄弟長得是那麼的相像，我竟然在不知不覺間放鬆了對他的防範，龍生九子，各有不同，我怎麼忘記了這一句老話？

我端起桌案上的茶杯，絲毫沒有感到它已經冷了下來，喝了一口，努力使自己的心緒平靜了下來，看來我的行蹤已經被高飛等人知道了！我走到了門口，看著漸落的殘陽，心中在想：既然行蹤已經暴露，那麼再躲藏已經是沒有什麼意思了，嘿嘿，既然這樣，那就給你們撕開了臉面對著幹吧！

主意拿定，我馬上整理了行囊，大步走出了客棧，翻身上馬，沒有理會店夥驚異的目光，向國公府飛馳而去。

東京，拿出你的手段來吧！讓我們來看看究竟是鹿死誰手！早春清冷的微風吹拂在我的臉上，我心中默默地想著。

夜色深沉，昏暗的燭光將屋中的氣氛襯托得好生陰森，一個高大的身影在房間中來回踱著步。門輕輕地被推開了，一個人影悄悄地閃身進了屋中，他躬身向屋中的人施了一禮。

「他來了嗎？」

「來了，不過一號已經失了風，現在他已經回到了老巢！看來他已經明白了眼前的局勢，打算明著和我們來對著幹了！」

「嗯，老傢伙現在如何？」

「老傢伙現在每天都想著那個女人，哪裡有半點的心思來理會我們，呵呵！」

「很好，準備我們下一步的行動吧！」

「好的，一切都已經就緒，就等你一聲令下了！」

「雖然我們是敵人，但是我還是十分佩服這個人，我們都是一樣的人，明天如果他正式露面，那麼想辦法宴請他一下，也算是我們對他的尊敬！」

「是，我馬上就去安排此事！」

門輕輕的被掩上，屋中又只剩下了一個人，他負手來到了窗前，看著屋外，輕聲說道：

「修羅，如果你的野心小一些，我們真的會成爲朋友呀！不過，有了你這樣的一個敵人，我才會覺得更加刺激，不論誰勝誰敗，這是你我之間的一場遊戲！」

夜色陰森，天空中繁星點點，卻顯得更加詭異。

我伸了一個懶腰，從床上下來。一夜好睡，精力盡復！在自己的家裏，感覺就是不一樣，整個人都放鬆了下來。

緩緩舒展了一下自己的身體，默默運轉體內的真氣運行了一個周天，我精神大振。今天，我就要走上我的戰場了，怎麼能夠不好好振作起來！嘿嘿，我這個人只要有了對手，就會立刻精神起來，也許是天生好鬥的原因，使得我一直渴望著戰鬥。

「來人！」我大聲地喊道。

門外走進了兩個家僕，他們恭聲說道：「請大人吩咐！」

「馬上將陳可卿找來！」我精神奕奕地吩咐道。

兩人躬身領命，退出房間，我將白玉軟甲貼身穿上，外面又套了一件白色的長衫，將放在桌上的誅神拿起，一種血肉相連的親切感油然而生，雖然只剩下了一把，但是卻不會改變它半點的威力！輕輕的擦拭著刀身，森寒的刀氣讓我心中產生了一種欲望，一種渴望戰鬥的欲望！

「誅神呀誅神！這次我能否逃出生天，就要看你了！嘿嘿，讓我們再一次的準備讓那些人顫抖吧！」我撫摸著刀身，不覺中，話語間透出一種難言的殺意。

感受到了我心中的殺意，失去伴侶，又久未品嘗血腥的誅神歡快地發出嗡嗡的振鳴，我知道，它已經有些迫不及待了！突然間，我感到有一股氣機在向我接近。猛然轉身，手中的誅神如閃電般在空中劃出一道詭異的弧線，體內真氣瞬間勃發，誅神發出歡快的嘯聲，宛如有形的刀氣寒徹肺腑，向來人斬去。

「主公，是俺！」一個熟悉的聲音傳入我的耳中，體內真氣一轉，刀氣陡然消失，誅神在來人面門寸許的距離前停了下來，一張肥胖憨厚的面孔映入我的眼簾，此刻，這張胖臉已經變得煞白。

「胖子，你又胖了不少，呵呵，看來東京的生活不錯呀！」我臉上露出一絲笑意。昨天我回到國公府，胖子有事不在府中，這是我回京後第一次見到他！

「嚇死俺了！主公，你功力更加深厚了！」陳可卿長出了一口氣，接著他面孔一肅，拱手向我說道：「東京國公府陳可卿拜見主公！」

將誅神回鞘，我一把將陳可卿拉起，看著他笑著說道：「胖子，看來兩年的東京磨練，你成熟了不少！你我兄弟，不用這樣客氣！」

「主公，可把俺想死了，整整兩年了！俺在東京聽到你和梁大哥不斷地建立功勳，實在是讓俺高興！呵呵，可惜俺的武功太弱，不然就真的也去你那裏，和你一起征戰沙場！」說著，陳可卿的臉孔之上露出一絲激動的神色。

我笑了，看著這個日益肥胖的西環舊屬，我總會有一種親切的感覺，「胖子，有心了！就要快了，我這次回來，就是要將你帶走，我們兄弟一起征戰天下，何等的痛快！哈哈哈！」說著，我不由得仰天大笑。

「主公！」陳可卿激動得流下了眼淚，說不出話來。

「好了，你準備一下，我馬上要入皇城面聖，你隨我一起去！」我拍拍他的肩膀。

「主公！」陳可卿張口想說什麼，我伸手將他制止，「胖子，什麼也不用說，我都明白的！等我們面聖回來，我們徹夜暢談，但是現在，我們就去會會我們的對手！」

陳可卿點點頭，扭身出去。我走到桌案前，伸手將誅神拿起，扭身大步向外走去。

東京皇城，依舊是莊嚴肅穆地矗立在東京的中央，我突然有一種奇怪的感覺，命運真是會捉弄人，兩年前，我戰戰兢兢、小心翼翼的來到了這皇城前，兩年後我還是戰戰兢兢、小心翼翼地站在這皇城前！不過雖然是同樣的心態，可是情況卻已經大不相同，那時我站在高良的一邊，竭力地幫助高占，而今我則是高占眼中的一個敵人，這身分如此調換，還真的讓我有些無法接受。

午門前，御林軍手執兵器，緊張地看著我這個陌生的人，沒有想到，僅僅兩年，皇城的守衛竟然變化如此大，以前熟悉的面孔都不見了，看來已經有過一次大換血了。我心中暗暗地思量著。

「皇城重地，來人止步！否則格殺勿論！」守衛在午門前的御林軍顯然並不認識我這個乾殿下，他們一臉的戒備神色，神情緊張地看著我。

陳可卿連忙上前，和他們一番交談，守衛的臉上露出一種驚異的神色，他們看著我，神情緩和了很多。

我縱馬上前，「去通稟皇上，就說傲國公許正陽自涼州返回，求見聖上！」

早有守衛前去通稟，這時，一個御林軍統領模樣的人來到了我的面前，神色有些傲慢地說道：「皇城內有規定，外臣不得帶刀進入，許大人請將兵器交給下官保管！」

我心中不由得大怒，當年高占有旨，准我皇城內帶刀行走，沒有想到，區區一個御林軍統領，竟然敢要我交出兵器，而且神色如此的高傲，真是讓我無法忍受，手中馬鞭打了一個轉，我沒有說什麼，一鞭朝那統領抽了過去，馬鞭帶著尖銳的厲嘯聲，如閃電般落下。

一聲悠長淒厲的慘叫，那統領的身體被一股強絕的勁力帶起，飛落在我馬前兩丈之外，一道長長的血口從額頭到嘴角，鮮血自傷口中流出，瞬間佈滿了面頰，我知道這個傢伙的一隻眼睛已經廢了，我冷冷的一笑，沒有理會御林軍森寒的兵器，冷冷地說道：

「不知死活的狗東西！難道不知道當年皇上曾御賜本公皇城內帶刀行走的權力，一個小小的統領居然敢在本公面前耀武揚威，信不信本公可以將你立刻斬殺！」

這些御林軍顯然都是新手，萬沒有想到我居然如此的大膽，在皇城前鞭打他們的統領，在他們的印象中，這朝中的大臣，無論是大小，見到他們都是恭敬有禮，沒有半點的不恭，一時間他們無法接受眼前的事實！叫囂著，將我和陳可卿團團圍住。

我既然決定要擺明和高飛等人對著幹，正愁找不到藉口發威，重振我修羅的威名，看到這種情況，我一聲長笑，體內真氣流轉，一股龐大的氣勢瞬間自我身上發出，將那些御林軍牢牢地籠罩在我的氣場之中，背後的誅神也在此時發出嗡嗡的振鳴聲，似乎感受到了我的殺意，它歡快的鳴叫起來。

一時間，強大的殺意震撼著每一個人的心靈，他們被我那兇悍的氣勢所驚嚇，竟然不知道如何是好！我雙手轉眼間變得赤紅，午門前的溫度瞬間提升，被籠罩在我氣場下的眾人同時感到一股炙熱的氣流在場中流動，瞬間將他們身體內的水分幾乎蒸發一空。

「國公殿下，手下留情！」就在我蓄勢待發的時候，一個清朗的聲音在我耳邊響起，我感到這聲音好生的熟悉，真氣一收，炙熱氣流頓時消失，我扭頭向來人看去。

不再感受到我的殺意，那些御林軍神情一鬆，他們神色有些惶恐地看著我，就在那一霎那，讓他們真正地面對了死亡的召喚。

來人年齡在四旬上下，面如冠玉，三縷鬍鬚飄舞頷下，他氣質高雅，雙目精光閃爍，兩手如白玉般的透明，看到他，我不禁感到一愣，原來是他，我的宿敵南宮飛雲。

南宮飛雲快步來到午門前，大聲地訓斥那些御林軍，「瞎了眼的狗東西，難道不知道傲國公殿下乃是我明月第一勇士，就憑你們幾個人，就想在國公殿下面前伸手，當真是不知道死字是如何寫的！當年皇上賜殿下皇城內帶刀行走，你們不知道還在哪裡！憑殿下的身手，如果有什麼想法，就算是不用兵器也不是你們這群蠢材能夠攔住的！」

我一旁靜靜看著南宮飛雲，兩年的時間，他變得有些蒼老了！想當年他是何等的神采飛揚，如今雖然風度依舊，但是卻顯得有些老了，也更加的老辣了。我聽著他訓斥眾人，可是到了最後，卻隱隱覺得有些不是味道，看來南宮飛雲比以前更加老練了。

翻身下馬，我說道：「原來是南宮大人，實在是不好意思，沒有想到竟然在這裏碰到，呵呵，屬下無知，大人不用責怪！兩年不見，大人的風采不減當年，正陽也時時的想念大人呀！」我也話裏有話的說道。

南宮飛雲臉色絲毫沒有變，依舊是一臉的笑容，轉身對我恭敬地說道：「有勞殿下掛念，飛雲十分感激！當年飛雲一時糊塗，鑄下了大錯，如今想來實在是慚愧，如果不是殿下當年對飛雲的點醒，飛雲恐怕還是在糊塗中，說起來還要感謝殿下！呵呵！」

好一個南宮飛雲，兩年的流浪果然讓他更加的厲害，榮辱不驚！今天的南宮飛雲，較之以前更加難以對付。我心中暗暗的念著，臉上笑意更濃，「哪裡，哪裡！南宮大人如今更見老辣，呵呵，看來正陽說錯了，大人風采更勝當年了！實在是可喜可賀！今後與大人同殿爲臣，大人還要多多的照顧正陽呀！」

說到這裏，我話鋒一轉，「對了，令師祖的屍首我已經妥善安排，安葬在西山，不知道大人是否已經參拜？想起當年令師祖的風采與武功，至今正陽還時時的緬懷！」說著我輕拍他的肩膀，哈哈大笑。

我明顯的感受到南宮飛雲微微的一顫，眼中閃現出一絲冷厲的殺機，雖然只是一閃而逝，卻依然沒有逃過我的眼睛，我心中一陣冷笑，南宮飛雲，即使你作戲做的再好，終究是沒有逃過我的試探，我們的仇是怎麼也無法化解的！

南宮飛雲恭敬地說道：「多謝殿下費心，都是飛雲當年糊塗，累及師祖，如今知道師祖的葬身之地，飛雲定會前去在師祖墳前謝罪！」說完，南宮飛雲又接著說道：「聖上對殿下想念得緊，如今在殿上等候，我們還是趕快前往面聖吧！」

我點點頭，扭頭交代了陳可卿兩句，拉著南宮飛雲就向皇城中走去，走了兩步，我突然停下來，對那滿臉血污的統領說道：「狗奴才，以後眼睛放亮一些，不要像瘋狗一樣亂咬！」說著，我伸手將背上的誅神拿出，抖手扔出，誅神帶著淒厲的鬼嘯飛出，插進午門的城牆上尺餘深！刀身亂顫，每一次晃動都讓眾人的心弦顫抖一下。

南宮飛雲的臉色微微一變，這午門的城牆乃是用炎黃大陸上最爲堅硬的大理石所建，尋常的刀劍難以傷它分毫，而我看似輕鬆的甩手一扔，竟然插進尺餘，我的功力讓他感到有些吃驚！

沒有理會南宮飛雲的變色，我對那統領說道：「混蛋傢伙，好好的看管我的兵器，如果有半分的不對，你準備好用你的狗頭來償還！」

說著，我大步向皇城內走去。

金鑾寶殿之上，高占一如既往，高坐在龍椅之上。兩年不見，他顯得更加蒼老，臉上的血色不多，顯得格外的蒼白，微微發青的嘴唇和有些泛黑的眼圈，說明了他是如何的縱情於聲色。

看著他臉上的溝壑，我心中突然升起一絲憐憫，這個老人，爲了他的皇位，幾乎沒有過一天的安寧，現在他終於將矛頭指向了我！以往的那些情義已經沒有，現在只有你死我活。一時間，我心中有許多的感觸，也許這個世界上沒有永遠的朋友。

我恭敬的向高占叩頭，「兒臣許正陽參見吾皇！願吾皇萬歲！萬歲！萬萬歲！」

依舊是一臉的慈祥，高占緩緩地說道：「正陽快快請起！兩年不見，正陽的風采依舊，可是朕卻是老了！」

不再有以往的稱呼，從這一刻，我明白我和他現在只是敵人，沒有任何的親情了！我起身肅容說道：「臣兩年來雖然征戰在外，但是卻沒有半刻忘記吾皇！」

「呵呵，許卿什麼時候回到京師的？」

「臣昨夜才回來，因爲天色已晚，沒有馬上來參見聖上，請聖上恕罪！」我恭敬地說道。

「許卿一路勞累，是應該好好的休息！」

「臣接到聖上的信件，就不敢有半天的停留，不知道聖上召臣入京有什麼指示？」

「這……」高占一時間不知道應該如何回答。

「皇弟多慮了，父皇只是因爲許久沒有見到皇弟，對皇弟十分的思念，所以才派人請皇弟入京一敘！」一個低沉的聲音響起。

我抬頭一看，只見從群臣之中站出一人，俊朗的面孔，魁梧的身材，眼中透出一種難以形容的邪異，正是高占的六子高飛，兩年了，終於再次和他面對面接觸了，我心中突然湧動著無比的戰意。

「是呀，兩年來許卿征戰在外，威震天京，奇謀拿下開元，洗刷我明月六十年來的恥辱，實在是我明月的功臣！朕一直想讓許卿回京，與朕一敘分別之情，呵呵！」高占連忙說道。

「多謝聖上關心！六皇子也是多年未見，臣想念非常呀！」

「呵呵，此次叫正陽回京，還有一件大事，就是飛兒年齡已經不小，以前不懂事，想來是由於沒有家世的原由，所以朕已經決定將南宮將軍的女兒許配給飛兒，讓他也能安心，正陽此次回京，正好也參加這訂婚儀式！」高占緩緩地說道。

訂婚，哼，不過藉口罷了！我剛要回答，突然愣住，呆呆地問道：「南宮將軍的女兒？」

「呵呵，是呀！正是南宮飛雲的女兒南宮月！」

好像是一個晴天霹靂在我耳邊響起，我呆愣在金鑾寶殿，不知道應該怎樣說話。一時間，我的腦中亂成了一鍋粥，南宮飛雲的女兒，南宮月！那不就是……

我實在不敢想下去，此刻，我真的希望我聽錯了，雖然我不敢肯定南宮月就是小月，但是所有的一切都已經說明，我的猜想是正確的！兩年來，我從來沒有停止過打探小月的行蹤，但是好像是石沉大海，沒有半點的蹤跡！如今，當我再次聽到她的消息時，她卻要成爲我敵人的妻子！我真的不知道應該如何去面對這個事實！

「今晚爲兄在府中設宴，皇弟一定要去，也好見見你的嫂子！呵呵！」高飛的臉上露出一絲喜悅。

我麻木地點點頭，後面他們說些什麼我已經不記得了！如行屍走肉般走出大殿，走出皇城，陳可卿手捧誅神連忙走上前來。我機械地接過誅神，卻不知道如何回到府中……

天色已經昏暗，我獨坐在國公府的書房中，從皇城回來，我就一直沒有說話，只是一個人呆呆地坐在書房中發愣！

「主公，主公！」陳可卿從來沒有見到我如此的神情，看我一直不說話，他有些著急，終於他忍不住跑進了書房向我喊道。

猛然中從迷茫中驚醒，我有些困惑地看著陳可卿，「胖子，有什麼事情？」

「主公，天色已晚，你已經一天沒有吃東西了！」陳可卿神色有些擔憂地看著我。

天色已經晚了嗎？我此時才注意到屋中的昏暗，「已經晚了嗎？」我自己喃喃地說道。

「主公，發生了什麼事情？從皇城回來，你就有些魂不守舍！」陳可卿小心翼翼地問道。

皇城？對了！我晚上還要去高飛的府邸，我一定要弄個明白，不然我決不甘心！我猛然站起身來，「胖子，馬上備馬，我要再會一會高飛和南宮飛雲！」

「現在？」陳可卿對我情緒的突然轉變有些迷惑不解。

「沒錯！馬上！」我突然間心中充滿了鬥志，就算小月真的就是南宮月，我也要親眼看到，不然，我一輩子都不會死心。我知道，小月是我心中的一個結，如果我不能解開這個結，我將終生受到困擾，不論結果如何，我都要去面對！

雖然不明白到底發生了什麼事情，但是陳可卿顯然很高興看到我重新振作起來，他沒有再問什麼，扭頭離開了書房。

我整了整衣冠，漫步走到屋中的銅鏡前，裏面的我神色有些疲憊，我振作了一下精神，許正陽，你這是怎麼了？不就是一個女人嗎？你卻如此模樣，實在是丟人，看看現在，你還有半點修羅的樣子嗎？你還有惜月，還有小雨，還有梁興，還有一群與你肝膽相照的兄弟，就算是這個女人對你再重要，也不能如此的模樣！我對自己說道。

抓起桌案上的誅神，我大步向門外走去。該來的怎麼也躲不過！

燭光之下，高飛立在昏暗的書房內，南宮飛雲依舊恭敬地站在他的身後。

「找到了嗎？」高飛陰鬱地問道。

南宮飛雲搖搖頭，「主公，屬下已經查遍了東京，沒有發現他的蹤跡，按理說他身受酷刑，就算被人救走，也會留下痕跡！可是現在……」

「一定要找到他，他手裏的東西至關重要，萬不可流出去，不然你我只有一死而已！」

「如今東京城裏，只有傲國公府和太子府未曾去過，但是許正陽入京不久，聽金大祿的口氣，他似乎也不知道他的下落，所以他必然還沒有和許正陽聯繫；太子府雖然可疑，但是卻沒有什麼能人，而且一直都沒有和許正陽聯繫，屬下以爲如果他在太子府中，太子府必然全力和許正陽接觸，但是從現在看來，還沒有結果，不過，屬下以爲他一定還在東京的某個角落中！」

「那就去找！把東京給我翻一個遍！」高飛冷厲地說道。

「屬下這就去！」南宮飛雲躬身退下。

高飛仰天長嘆一聲，久久沒有說話，那昏暗的燈光將他的身影拉的很長，在狹小的屋中，卻又顯得那麼的孤絕……

如今的六皇子府與兩年前已經大不相同，它坐落在高氏家族宗人府的旁邊，自七月高飛入京以後，爲了便於看管，高占在宗人府旁邊修建了一座小小的宅院，同時南宮飛雲也住在這裏。後來雖然有大臣多次勸說高飛搬遷，但是高飛卻以爲以前的過錯贖罪爲由，始終住在這個簡陋的宅院中。如今東京城，誰人不知道如今的六皇子和兩年前的六皇子簡直就是換了一個人一樣，過著簡樸的生活，全心全意地輔佐高占。

我來到這座小宅院前，停下腳步。果然是簡樸，絲毫沒有半點的奢華之氣。如果不瞭解高飛兩人，我真的會相信這兩個人真的已經洗心革面了，但是，再也沒有人能夠比我更加清楚這兩個人，我心中冷笑道：雖然他們在經過失敗以後才明白了這個道理，但是卻不晚，如今的他們，勢力絲毫不見得比我差上多少，更重要的是，他們還有高占的支持！

我遞上名帖，不一會兒，高飛和南宮飛雲快步走出，一見到我，高飛立刻露出真摯的笑容，「皇弟怎麼現在才來，大家都已經等了許久，來來來，快快請進，今天一定要罰你三杯！」那親熱的態度，就好像是見到了許久不見的朋友。

南宮飛雲面帶微笑在一旁看著我，不知為何，他的眼中閃現出一絲複雜的眼光。

我也連忙客氣道：「皇兄實在是太客氣了！正陽怎麼敢勞皇兄親自迎接，呵呵，一定自罰三杯！」說著，我們兩人攜手走進院內。

「今天來的都是我的一些好朋友，都沒有外人，父皇說要在皇宮設宴，我說不用了，國庫目前如此緊張，怎麼能夠再行鋪張之事呢？所以，只叫了幾個朋友還有皇弟你，別人根本沒有理睬，呵呵，為兄知道以前就是因為太過張狂，才使得自己利慾薰心，如今又怎麼能夠再重蹈覆轍呢！」高飛一邊走著，一邊對我說道。

「皇兄能夠迷途知返，實在是皇上之幸，明月之幸呀！」我一邊應酬著，一邊想著：是呀，你現在是有些不再張狂了，如今的你更像一條毒蛇了，學會了掩飾，學會了隱藏，更學會了作戲！

院子不大，我們很快走進了客廳內，客廳中擺著幾桌簡單的宴席，席前坐著幾個人，看樣子都是江湖中的人士，絲毫沒有朝廷官員的樣子。想來是他在外流浪幾年中結識的人物，都是精神奕奕，神采飛揚，從他們兩邊太陽穴高高突起的情況來看，這些人的身手都應該不弱！一看到我們進來，那些人連忙站起，拱手向我們施禮。

「各位，這位就是我明月的第一勇士，有修羅之稱的許正陽！也是我的皇弟，今天來到這裏，大家要好好和他結交一番！哈哈哈！」高飛指著我對眾人說道。

酒席間響起一陣倒吸涼氣的聲音，顯然，我修羅的威名他們早已經聽說了。接著，高飛又一一將酒席間的眾人向我介紹，我面帶微笑地和他們打著招呼，只是其中一個人看著我的樣子好生怪異，好像和我有著血海深仇一般，眼睛冒著火！可是，我實在是想不起來他到底是什麼來歷。

一番寒暄過後，高飛一定要我坐在他的身邊，我沒有推辭，大家分賓主落座，相互舉杯，沒有官家的那種排場，沒有什麼歌舞表演，也沒有什麼從屬的禮節，大家毫無顧忌，開懷暢飲，看著高飛喝得通紅的臉膛，我心中暗想：眼前這個高飛真的是變了，我無法形容那種感覺，但是我卻知道，他比以前更加的危險了！

舉起杯，高飛站了起來，他對席間的眾人說道：「今天我很高興，哈哈哈，各位可知道是什麼原因？」

眾人立刻凝神，好奇地看著他。「這第一，就是我的皇弟今天前來，我們以前有許多的仇怨，但是他現在不計前嫌，坐在這裏，乃是給了我高飛天大的面子，爲了這，皇弟，你要陪爲兄乾了這一杯！」說著，他來到了我的面前，舉杯在我面前，「皇弟，喝了這一杯，你我再無仇怨，全心輔佐聖上和太子，共同爲我明月效力！」

好大的帽子！我心中不禁一笑。看著他搖搖欲倒的身體，在別人眼中看去，他已經喝醉了，但是，我卻從他那清醒的雙眼中感受到了一種寒意。拿起桌上的酒杯，我朗聲說道：「借皇兄吉言，正陽乾了這一杯！」

眾人齊聲叫好，這時，就聽見酒席間一個陰冷的聲音說道：「久聞國公大人武功高強，在下一直沒有機會見過，不知道能不能借此機會讓我等開開眼界？」

我低頭看去，正是那個剛才對我極端仇視的人，我記得高飛介紹他叫王絕，說是什麼門派的家主，在我的記憶中，實在是沒有他的印象。我微微一笑，「王先生過譽了，在下不過是一介武夫，哪裡有什麼高深武功，只不過是江湖中的朋友謬譽罷了！呵呵，王先生乃是一派之主，在下又怎麼能夠與閣下相提並論？」我婉轉地拒絕道。

「說的也是，看閣下的年齡，我實在是無法相信閣下能有這樣的功夫，想來當年摩天道長也是死在閣下的詭計之下！嘿嘿，徒有虛名之輩，卻要裝成一代宗師，真是笑煞我了！」他冷冷地說道，話語中充滿了挑釁之意。

酒席間霎時變得寂靜無比，連高飛的臉色也有些變了。我強壓著心頭的怒火，依舊是滿臉的笑容，「摩天道長乃是一代神仙人物，在下也是幸運，沾了這年輕的光，如果道長再年輕十年，那麼在下必然不是對手！」我話中充滿了對摩天的尊敬，不論摩天是我的敵人與否，但是，他是一個憑藉著真正的功夫和我拼鬥的絕世高手，我們之間只是由於上天的安排走到了對立，這絲毫無法影響我對他的尊敬。

高飛和南宮飛雲的臉色頓時好了許多，他們似乎也有些不耐煩王絕的無理取鬧，有些厭煩地看著他。但是王絕絲毫沒有覺察到，他冷哼了一聲。

我的怒氣有些無法壓制，體內真氣流轉瞬間加速，酒宴上瞬間被一股濃郁的殺氣所籠罩。

「王絕，你好生無禮，還不給我住嘴！」高飛厲聲地喝道，南宮飛雲也在我殺氣勃發之時站起，看著王絕。

接著，高飛扭頭對我說道：「正陽莫要責怪，王絕乃是酒喝多了，失禮之言，爲兄在這裏向你賠罪了！」說著躬身一禮。

我連忙將他扶住，「皇兄這樣不是折殺小弟了？」我有些惶恐地說道，但是心中卻在佩服他的演戲功夫。

「好了！好了！」高飛扭身對眾人說道，「剛才只是一個小誤會，哈哈哈，這第二件讓我高飛高興的事情，就是我今天和南宮將軍的千金訂婚，南宮將軍和我一直患難與共，今天又成爲了在下的岳父，哈哈哈，在下實在是高興呀！」

「殿下，讓新娘子出來，讓我們見見呀！」早有好事者喊道。

高飛看了一眼南宮飛雲，南宮飛雲點點頭，「那各位就請稍等！」說著，高飛扭身向後堂走去！

看著他離去的背影，我心中不由得一陣緊張。

我拿起桌案上的酒杯，突然覺得有一雙眼睛在看著我，我抬頭一看，卻看到南宮飛雲神色奇怪地看著我，我衝他微微一笑，他也向我一笑。

從後堂傳來一陣腳步聲，我的心也隨著那腳步聲的接近而提了起來！高飛攙著一個少女從後堂出現在我的眼中，這時，任何人都不能驚擾我的視線，我的眼光落在了和高飛一起出來的那少女的身上。婀娜的身姿，俏麗的臉龐，一雙眼睛秋波流動，不正是我日思夜想的小月，我幾乎脫口喊出聲來！

「這就是在下的未婚妻，南宮月！」高飛高聲地說道，從他的語氣中，可以聽出他的幸福，我知道他不是假裝出來的。緩緩地走到我的面前：「皇弟，這就是你的嫂子！」

我抬起頭，看著南宮月，緩緩地說道：「在下許正陽見過小月姑娘！」

顯然是驚呆了，小月的身體有些抖動，嘴唇輕顫，她看著我，臉色煞白，眼中被一層淡淡霧氣遮掩。

看到她這副樣子，我的心痛煞！但是，我不得不裝出一副笑臉，緩緩地說道：「修羅許正陽見過嫂嫂！」

小月一聲尖叫，身體向後倒去，人也隨著昏迷了過去！一旁的高飛連忙伸手將她扶住，緊張地救護著，南宮飛雲連忙上前，將小月抱在懷裏，扭頭就向後堂走去。

眾人疑惑地看著我，我不知道應該怎麼說，高飛的口張了兩張，最後還是扭頭匆匆地離去。我抓起桌上的酒壺，仰頭灌下，一時間神智也昏昏沉沉！雙眼通紅，我體內似乎有一種暴虐之氣激蕩，如果不爆發出來，我會瘋掉的！看著客廳中的眾人，那暴虐的殺氣瞬間瀰漫了我的全身！

「王絕，你不是要看我修羅的武功究竟如何嗎？好，我就讓你見識一下，來來來，讓我教給你什麼是真正的武功！」

我的話立刻激起了客廳中眾人的竊竊私語。王絕剛才被高飛喝止，原本就有些不是很開心，如今聽到我這麼一說，立刻站了起來，大聲說道：「王某也正想見識一下修羅的本領！」

我冷笑著，輕輕跨出了一步，眾人只覺眼前一花，我的身形已經立在客廳當中，右手點指王絕，「那麼還等什麼，讓我們開始吧！」

王絕顯然被我那至高的輕身功夫給驚呆了，他有些猶豫，但是情形根本不容他再多考慮，他大步來到我的面前，對我說道：

「王某也讓你弄個明白，我的兒子叫王哲，半年前他就是死在你的拳下，今天有你沒我！」

「嘿嘿，當然是有我沒你了！」我冷笑道：「我不管你是誰，接我三招再說吧！」說著，我真氣湧動，一股寒徹肺腑的殺意自我身上發出，「王絕，你準備好了嗎？」

有些顫抖，但是他知道自己沒有退路，王絕大喝一聲，握緊拳頭左右一砸，猛一頓腳，一時間毛髮聳立，氣勢沖霄而起，猶若龍騰雲間，方圓三尺捲起蕭蕭勁風，落葉颯颯，頓起駿馬、秋風、塞北之雄渾蒼勁之感。

我暗暗點頭，這王絕當真是一代高手，看他這一拳的威勢，絲毫不弱於南宮飛雲，我也不避讓，迎著王絕的拳勢，揮手即是一拳，極其簡單的一拳。兩拳凌空相交，彷彿輕輕地黏在一起，竟然毫無動靜。一片死寂之後，但聽得轟隆一聲響，狂風怒捲，肆起一股吞滅萬物的千鈞之力，凜然間塵土激揚。

王絕的身體似乎被一股大力拖起，向後凌空飛起，只見他在空中兩個翻滾，踉蹌著落在地面，面色雪白，頭髮散亂，嘴角流出一行血跡，他看著我，眼中流露出一種莫名的恐懼。

「很好！能夠硬接我五成功力一擊，王絕你有自傲的本錢，可是你卻不該招惹我，特別是我現在的心情很不好，再接我一拳！」我看著他狼狽的樣子，心中的暴虐似乎得到了一絲的宣洩，嘴角帶出一絲莫明的笑意。真氣陡然逆轉，霎時間，客廳中空氣變得好生寒冷，屋內眾人都不是平凡之輩，但是卻也無法忍受如此寒冷的氣流。

寒流湧動，寒氣陡然上升，我的雙手瞬間變得如玄玉般的潔白，隱約間還冒著絲絲的寒意，我的六識轉眼間進入了空靈，所有一切的情緒瞬間消逝，只有殺戮，我現在只想殺戮，真氣瀰漫，我全部的暴虐情緒似乎要在這一刻發出，若隱若現般的閃動，我如鬼魅般的身形飄向王絕，身前氣流瘋狂的溢出，奔湧而開，好像激散的噴泉，形成巨大的漩渦。

「王絕，你好自爲之吧！」我不帶任何感情的聲音還迴蕩在眾人的耳邊，客廳中陡然響起了隱隱的風雷聲，而且聲音越來越響，直欲將眾人的耳膜震破，真氣狂湧，我將王絕的氣機牢牢鎖住，一拳向他打去。

客廳中燭火暗淡，似乎整個天地都籠罩在我這一拳之中，王絕就覺得自己的身體再也無法控制，全身瞬間被徹骨的寒氣凍結，再也無法躲避這渾若天成的一拳。

「皇弟手下留情！」一個聲音在我耳邊響起，我的神智也不由得爲之一靜，對呀，我今天來不是爲了殺人！真氣回收，但是，卻又怎麼能夠一下子收回來，但聽到一聲慘呼，王絕的身體倒飛出去，身體瞬間被一層薄冰覆蓋。

我長出一口氣，不理會猶自躺在地上，不斷抽搐的王絕，扭頭對從後堂走出來的高飛躬身一禮：「正陽今日情緒不佳，皇兄萬勿怪罪！王絕沒有性命之憂，只是此生再無希望能夠習武！就算是他剛才對我冒犯的懲罰！正陽先行告退，改日再向皇兄請罪！」說完，沒有理會高飛驚疑的神情，我扭身向外走去。

從這一刻起，我心中再也沒有半點的牽掛，我將會爲我的將來而戰。

第八章　神秘良鐸

初春的晚風，帶著一絲冬的寒意，我離開了高飛的府邸，卻無心回自己的府邸，我漫無目的在東京城走著，遊蕩著。

已經是快要到子時了，大街上一個人也沒有，只有我一個人徘徊在東京的街道上，馬蹄敲擊在用青石鋪成的大街上，顯得是那麼清脆，那麼單調，隱約中卻又那麼的詭異！

「前面可是國公大人！」一個清朗的聲音在我背後響起，我猛然從迷茫中清醒過來，心中暗自慚愧不已，扭頭看去，我不由得一愣，心中也爲之一緊：怎麼會碰到了他？

在我的身後，不知道什麼時候燃起了兩盞氣死風燈，燈籠上寫著斗大的兩個字：趙府！在昏暗的燈光下，一個偉岸的身影站在街道中央，卻顯得是那麼的詭異。

這是我一直感到頭疼的人物，我最大的債主：趙良鐸！怎麼會在這裏碰到了他？我心裏連聲的暗叫撞鬼！但是臉上卻露出一種歡快的笑容，連忙翻身下馬，快步迎了上去。

「原來是趙老闆，呵呵！已經有兩年不見了吧，小弟著實想念得緊呀！」說著，我張開臂膀，將他緊緊擁抱。

「呵呵，果然是國公大人，在下遠遠從後面看去好像是您，貿然的叫了你一聲，沒有想到真的是大人，真的是巧呀！」顯然無法適應我熱情的擁抱，趙良鐸的身體在不經意地輕輕一晃，脫出了我的懷抱，拱手向我說道。

但是我心中卻是微微一驚，沒有想到這趙良鐸是一個深藏不露的高手，剛才那輕輕的一晃，是一種十分高明的身法，而就在那眨眼之間，我感到了一股微弱的氣流閃動，接著，他就離開了我的懷抱。

我不是自吹，即使是如南宮飛雲那樣的高手想要如此輕鬆的從我懷中脫身，也決不能如此的輕鬆，恐怕在我認識的人當中，只有梁興和亢龍山天一等人能夠做得如此巧妙！這趙良鐸平日裏都是一副老實商人的模樣，沒有想到卻還有如此的身手，讓我感到心驚！

不過，雖然我心中驚疑，但是臉上卻沒有顯露出半分的懷疑之色，好像根本沒有察覺一般，我哈哈大笑：「是呀，我與趙老闆真是有緣，沒有想到昨日才一入京，今日就與趙老闆碰面，趙老闆生意一向可好？」

趙良鐸只是微微一笑，「兩年不見，大人風采不減！今日午門前怒懲御林軍，更是大快人心！這兩年，御林軍在東京氣焰之囂張，已經有許多人看不下去，今天被大人這一教訓，想來有一段時間老實了！」他保持著他一貫的優雅風度，緩緩地說道：「沒有想到大人這才一入京，東京氣氛立刻緊張起來，一如兩年前大人初入東京，呵呵，如今整個東京都在注視著大人下一步的行動，如今您可以說是咱們明月的第一風雲人物！」

我臉上不由露出一絲苦澀，好端端的，誰願意出這樣的風頭，如果不是時勢所逼，我怎麼也不會來當這個出頭鳥，現在好了，我再次成爲了東京的風雲人物，這以後恐怕更加不能得到安靜了。

「趙老闆當真是說笑了，沒有事情誰會願意當這出頭鳥，今日午門前也是本公一時意氣用事，這下子把整個御林軍得罪，以後的日子恐怕不會如意了！倒是趙老闆，讓本公羨慕不已，無憂無慮，逍遙自在，呵呵，有時候真是想如趙老闆一般，做一個小生意，不必爲這許多頭疼事心煩！」

趙良鐸眼睛一亮，但是轉眼即逝，他笑著說道：「大人爲何口出這樣沮喪的言語？想大人乃是我明月的棟樑，鎮守涼州，短短一年的時間將那天下第一堅城開元攻陷，與梁大人並稱我明月兩大支柱，誰人敢讓大人您頭疼？」

「趙老闆不要笑話本公了，你在東京應該更加清楚這其中的形勢，呵呵，算了，不說也罷！說起來也是讓趙老闆笑話！」

趙良鐸突然嚴肅地說道：「看來大人沒有將趙某看成外人，趙某心中感激不盡，趙某自三年前與大人結交，一直把大人當成知心好友，我知大人非比尋常人，心中有遠大志向，只是這明月恐怕不是大人的永久棲身之地，我勸大人還是早做打算，如今東京風起雲湧，大人還是不要在東京久留，早早離去爲妙！」說到最後，他的聲音越來越小。

我心中一動，壓低聲音苦笑著說道：「非是本公不清楚，而是沒有辦法呀！如今我剛拿下開元，將飛天的臉面削得厲害，明月又不容我，哎，本公只好走一步算一步，如果不行，就拚個魚死網破，看看究竟是誰厲害！」

趙良鐸用只有我們兩人才能聽到的聲音，緩緩說道：「大人，如果真的有那一天，不妨告訴在下，也許在下能夠爲大人出些許小力！」說完，他的聲音旋即提高，朗聲說道：「呵呵，不過在下還是希望大人能夠遇難呈祥，有更大前途！」

雖然只是那短短的一句，但是我已經明白了，這趙良鐸絕不是一個來歷簡單的人物，他的身後還有一股更大的勢力，但是我現在還無法明白這股力量究竟是屬於哪裡，不過我相信只要時間一到，他一切的面紗自然就會揭開，那時我們是敵是友，恐怕還是另外一說。

「那麼，本公就借趙老闆吉言了！」我朗聲回道。

「好了，天色已經不早，夜風寒冷，在下就不陪大人再聊了！先行告退，你我改日再見！」趙良鐸衝我一拱手，高聲說道。接著，一個只有我能聽見的聲音在我耳邊響起：「大人有空不妨前往太子府，也許能夠有意外的收穫！」

我一拱手，和趙良鐸道別，看著他消失的背影，我心中思緒萬千，這個趙良鐸真是神秘呀！他究竟是屬於那一方？我現在很難判斷，但是有一點我現在知道，那就是他絕對不是高飛一黨！我突然想起他最後說的那句話，太子府！那就是顏少卿那裏，看來東京的情況決不是像我想像的那麼困難，也許我真的還有一絲勝算！

我翻身上馬，心中卻盤算著什麼時候去拜訪一下太子府。一時間，小月的痛苦被我忘記，我的心中又一次充滿了鬥志。

依舊是那昏暗的房間，高飛負手站立在窗前，他的臉色陰沉，緩緩的問道：「師兄，小月是怎麼一回事？」

身後的南宮飛雲恭敬說道：「主公，這件事情我已經問過，兩年前，我們在亂石澗伏擊許正陽，小月曾經偶然救下了他，兩人曾經有那麼一段的相處，但是小月並不知道他的身分，就如同他也不清楚小月的身分，所以今天小月一見到他，才會有這樣的反應！」

「師兄，你不必瞞我，我知道小月從來沒有喜歡過我，只不過是由於不敢違背你的命令，所以才同意嫁給我！我一直不知道這其中有什麼原因，但是現在我明白了！造化弄人，師兄，如果那時我們知道他們有這樣一段的事情，兩年前我們就不會有那一敗！我高飛雖然不是什麼好人，但是卻希望小月能夠有一個美滿的歸宿，如果那時我知道是這樣的情況，索性成全他們又有何妨，但是現在一切都晚了！」高飛緩緩地說道。

「主公！」南宮飛雲不知道應該如何說才好。

「師兄，我說的乃是真心話，許正陽一代人傑，他的武功，他的膽識，還有他的用兵，都在你我之上，如果那時我們能夠將他收服，兩年後的今天，明月早已經不是如今的模樣！可惜，可惜！」高飛有些悵然若失地說道。

「那主公……」

「如今說什麼都已經晚了，今天看他在酒宴上那暴虐的一擊和他決絕的離去，我就知道，我們勢必要站在敵對的位置！這已經是無可避免了！」他低沉地說道，「不過，我也知道了他的一個弱點，只要我們能夠好好的利用，也許……」

南宮飛雲默然無語。

「前往青州的人是否已經回來了？」高飛突然問道。

「啓稟主公，還沒有，不過估計沒有什麼問題！也許再有二十天就可以有消息了！」

「很好，高山此人當真是一個人才，竟然被他想到了這樣一個法子來分化許正陽的力量，很好，很好！可惜這樣的一個人才了！」高飛說著，臉上露出一絲陰險的笑容，「師兄，你看那老頭子現在應該怎麼樣處理？」

「我們現在已經將東京牢牢控制，如果再有一個替罪羊，那麼要他又有什麼用處？」南宮飛雲的話語中閃出一絲殺機。

「呵呵，替罪羊已經有了，那麼現在我們就只有等待了，飛空十二槍現在訓練得如何？」

「已經基本完成了，只是今晚看了他的身手，我認爲需要再加強一些，這樣把握更大！」

高飛點點頭，「那這件事情就拜託師兄你了，另外，再從崑崙山將三代弟子中最爲精幹的人選來一百人，讓他們秘密入京，萬不可露出半點風聲，務必要將他一擊必殺！師兄，我再給你一個月的時間，我已經秘密聯絡了其他一些人，時間不能再拖延，否則恐怕會有變數！」

「那通州那邊……？」

「梁興？只要許正陽一死，他只是一頭沒有爪子的老虎，我會收拾他的！」

「那屬下就告退了！」

高飛沒有再說話，他看著窗外漆黑的夜空，快要起風了！他心中念叨著。

回到東京已經有三十天，我一面安排陳可卿等人撤離，一面試圖與高山和鍾離勝聯繫，但是高山彷彿失蹤了一般，沒有半點音信！鍾離勝的府邸則是被人嚴密地監視起來，想來和我聯繫困難重重，我心中感到發冷，偌大的一個東京，我竟然找不到一個可以聯繫的人，看來東京已經是高飛的天下了！這高飛好快的速度呀，我心中時常感嘆道。

一應事情都已經有了安排，陳可卿等親信已經被我用各種理由派出了東京，而目前，國公府只剩下了我一個人，那些僕人中有多少是高飛的眼線，我不知道，但是此刻我真的是要依靠我自己了！

兩天前，我秘密拜訪了趙良鐸，對於這個趙良鐸，我越來越無法捉摸，那天夜裏和我在長街之上推心置腹，但是當我再次來到他的府邸時，整個人好像變了一個模樣，冷冰冰的，絲毫沒有半點的親熱，讓我有些懷疑是否找錯了人。但是我回來一想，也馬上明白了這箇中的原由，東京已經被高飛嚴密的控制，像他這種在京師有著極高聲望的人物，又怎麼可能躲得過高飛的偵察，想來他的府中此刻也有高飛的密探，我現在只有孤軍奮戰了！

坐在書房中，我無聊的翻看著一本《炎黃雜論》，這是一千年前文聖梁秋所著的一本書，記載了自軒轅王朝的建立到七國爭霸千年的歷史，這本書我早已經翻看了不知道多少遍，每次看都會讓我有很多的感觸，但是現在我卻根本無法看進去，手中拿著書，心裏面卻已經不知道跑到了哪裡。

「大人，府外有趙府管家求見！」一個僕人悄悄地走進書房，躬身說道。

趙府？我一愣，問道：「是哪一個趙府？」

「就是珠寶商趙良鐸！」

趙良鐸，他怎麼會在這個時候派人前來，難道他不害怕牽連自己？前兩天去他府上時，就沒有什麼話講，現在……

我腦中升起一個個的問號，連忙起身：「有請！」

沒有一會兒，趙峰大步從門外走進，他的臉上依舊帶著樸直的笑容，看到我躬身一禮：「趙府管家趙峰參見國公大人！」

我臉上沒有半點的表情，「趙管家好久不見，不知道此次前來有什麼指教？」我冷冷地說道。

「是這樣，我家老爺說，大人欠的錢已經有很久了，而且數量比較大，最近我家老爺因爲馬上要置辦一批貨物，所以十分需要資金，請大人儘快歸還！」趙峰笑容可掬地說道。說著，從身上拿出一疊紙張，「這是我家老爺給大人的賬目，一共是一千八百七十六萬枚金幣，還請大人早日歸還！我家老爺說，大人只需要歸還一千八百萬就可以了，那七十六萬枚金幣就算了！」

我的頭嗡的一聲有些發脹，這個趙良鐸在搞什麼鬼？我從僕人的手中接過那疊紙張，緩緩地問道：「你家老爺有沒有說什麼時候讓我償還？」

「當然是越快越好！我家老爺還說，請大人好好看看這賬目，如果有差錯的地方，就請大人指出，如果沒有的話，那麼請大人定下一個日子，小人也好來收！」趙峰恭敬地說道。

我突然間在腦海閃過一線靈光，緩緩地翻動那疊賬目，上面詳細地記載了當年我入京時他所花費的每一筆開銷，字跡潦草卻又有一種娟秀的味道，只是當時我並沒有注意，一頁一頁的翻動，終於在中間的一張帳單上看到一行蠅頭小字：

「大人請馬上赴太子府，會有意外的收穫！從太子府離開後，大人要立刻離開，萬不可在東京停留！」

這行蠅頭小字穿插在賬目之間，如果不仔細看，恐怕無法覺察，我心中立刻瞭然，抬頭看看還在堂下站著的那個趙峰。「這個賬目有些不清，有些地方本公無法認同，回去告訴你家老爺，再好好的計算，下次再拿給我看！」說著，我將手上的賬目一扔，起身說道：「送客！」

「大人！」趙峰還要說什麼，但是看到我陰沉的面孔，又止住了話語，「小人告辭！」說著，在僕人的引導下轉身離去。

待到屋中沒有別人，我立刻將那張寫有蠅頭小字的帳單抽出，真氣運轉，一股炙熱真氣流轉，那張紙立刻燃燒起來，瞬間化為灰燼。

我長出了一口氣，根據趙良鐸這次的消息，看來高飛對付我的步伐已經加快，也許就在這兩日間就要動手，他兩次提到了太子府，看來我是應該去一趟了！只是高山至今沒有消息，我始終放心不下，而且鍾離勝從我入京到現在，還沒有見到，我心中突然有一種不祥的預感升起，高飛等人已經開始了行動？

我緩步在屋中走動著，究竟要如何是好？好半天，我下定決心，不管了，立刻前往太子府！我走到門前，高聲說道：

「來人，給我備馬！」

太子府前靜悄悄的，沒有半點往日的熱鬧，一片死一般的沉寂籠罩在太子府。

我翻身下馬，來到府前，輕扣門扉。府中一片寂靜，好半天才聽到一陣匆忙的腳步聲從府中傳來，一個低沉的聲音在府內響起：「門外何人？」

「傲國公許正陽求見太子！」我壓低聲音回答道。

沒有回答，門吱的一聲打開了一條縫，一個門官模樣的人從裏探頭出來，他看看我，低聲說道：「敢問閣下就是許大人？」

我點點頭，他的臉上馬上露出一絲喜色，警惕地看看我的身後，他閃身將我讓進府內，馬上把府門關閉，壓低聲音說道：「大人怎麼現在才來？娘娘和太子已經恭候大人多日了！大人請直接前往書房，娘娘和殿下目前正在那裏！」

我一愣，但是沒有多問，立刻向書房走去。太子府我已經不是第一次前來，但是卻從來沒有見過如此的戒備森嚴，沿途我清楚地感受到府內的角落中隱藏著無數的高手，他們竭力將自己的呼吸聲壓住，但是卻無法逃過我的耳目。好一派如臨大敵的景象！

來到了書房門前，我停下腳步，用低沉的聲音說道：「明月一等傲國公許正陽參見娘娘和太子！」

屋中傳來一聲驚喜的叫聲，接著，一陣雜亂的聲音響起，書房門扉打開，我看到闊別已久的那張俏臉！顏少卿依舊是楚楚動人，依舊是一身素色宮裝，臉上流露出一種激動的神色，她看著我，眼中流露出濃濃的情意。

「參見娘娘！」我不敢和她的目光接觸，面對著我生命中的第一個女人，我突然有些手足無措的慌亂感覺。

「正陽，你回來了！」聲音依舊是那樣的嬌媚，但是卻透出一種疲憊的感覺，顏少卿緩緩地說道：「快進來！」說著，伸手將我拉進屋中。

一進書房，我隱約間聞到了一股淡淡的藥味，但是我沒有在意，因爲在書房中還站著一個十一二歲的少年，他正神色緊張地看著我，那蒼白的臉色說不盡他心中的恐懼！

「正兒，還不見過你正陽皇叔！」將門關上，顏少卿看著那少年說道。

我搶先兩步，躬身一禮，「臣許正陽見過太子殿下！」

聽了顏少卿的話，高正的神色一鬆，連忙將我扶住，「皇叔這樣折殺小侄了！剛才沒有認出皇叔來，實在是罪過，望皇叔不要見怪！」

我神色有些奇怪地看著眼前的這個少年，這不是一個簡單的人物，小小的年齡已經知道怎樣來拉攏人心了！我微微一笑，「太子已經這麼大了，臣走的時候，太子還是一個天真少年，如今已經有了一代人君的手采，正陽看在心裏，實在是高興的很呀！」我扭頭對顏少卿說道。

「正陽說笑了，本來想讓正兒拜在你的門下，可惜你一直在外，也沒有機會！不過正兒也算是爭氣，這兩年來也有了很大的長進！」說著，顏少卿對高正說道：「正兒，到外面去看著，我要和你皇叔說些事情，不叫你不要進來！」

高正點點頭，他轉身走出了書房。待到屋中只剩下了我和顏少卿，她一頭扎進我的懷中，將我緊緊地抱住，身體顫抖著，口中抽泣地說道：「正陽，總算把你盼回來了！」

那溫軟的身體在我懷中輕輕的顫抖，每一次顫抖都會讓我感到心弦的顫動，我僵硬地將她摟在懷中，一手笨拙地撫摸著她柔軟的秀髮，「少卿，別哭！這是怎麼了？其實我早就想來，但是如今東京形勢已經不像我離開時的模樣，我害怕給妳帶來不必要的麻煩呀！」

緩緩地抬起頭，顏少卿緩緩說道：「正陽不要解釋，其實妾身明白！一點也不怪你！」她緩緩地掙開我的懷抱，恢復了往日的冷靜，看著我說道：「如今東京已經被高飛把持，妾身知道正陽每一刻都身處危險之中，雖然有心去國公府看你，但是卻始終不敢！今日正陽前來，也正好了了妾身一個心願！」

我點點頭，「太子府目前情況如何？」

「正陽在路上應該已經看到，這府中戒備森嚴，妾身以重金請來了許多的高手，就是為了防止意外發生。自高飛入京以來，妾身就已經知道這一天遲早要到來，只是沒有想到短短的一年，高飛的羽翼已經豐滿！唉，妾身實在無法理解，高占為什麼要赦免高飛，結果落到了如此的田地！」

「什麼田地？」我有些奇怪地問道。

「正陽難道還不知道？」顏少卿聞聽我的話，不禁有些驚奇地問道，看到我疑惑地搖頭，她緩緩地說道：「高飛在月前，已經將皇城牢牢控制在手中，御林軍、禁軍和城衛軍都已經換了一批！如今這朝中大部分都是他的人，不僅群臣，就連高占也被他控制在手中！」

我聽了這個消息，整個人呆若木雞，原以為高飛羽翼未豐，一切都是由高占掌握，可是現在看來，我錯了！自我來到東京前，高占已經沒有了任何權力，如今的明月，真正的完全控制在高飛的手中，甚至連那封信都可能是出自高飛的意思！

「那皇上……？」好半天，我開口問道。

「不要提那個老混蛋！」顏少卿柳眉倒立，她怒氣沖沖地看著我說道：「那個老混蛋每天只知道享樂，甚至還對妾身想入非非，直到月前才明白了形勢，可是已經晚了！」

「啊？」我一時間有些沒有明白顏少卿話中的意思。

「不要說了！」顏少卿的臉上露出一絲羞憤之色。我馬上明白了她話中的含意，沒有想到，這個高占真的是色心包天，連自己的兒媳婦都不放過，我雖然不知道這箇中的細節，但是卻隱隱猜到了一個大概，搖搖頭，人常說這皇宮中荒淫無度，乃是天下最骯髒的地方，看來不假！

「那現在高占怎麼樣了？」我低聲地問道。

顏少卿的臉上露出一絲快意的笑容，她緩緩地說道：「也不知道高飛給他用了什麼催情藥物，每天都給他安排了數個女人供他淫樂，現在的他，恐怕已經……」

雖然她沒有往下說，但是我已經明白了，臉上顯出一絲憂慮：「那國師爲什麼不管？」

「國師他如今也是自身難保，被高飛軟禁在皇城中，動彈不得！」

我此時完全明白了，爲什麼我始終無法和鍾離勝聯繫上，原來是這樣！

「正陽隨我來！」顏少卿突然起身向內室走去。我疑惑的跟著她走去。

一進內室，屋中的藥味更加濃郁，只見一個人躺在床上，臉色焦黃，神色萎頓，他雙目緊閉，安靜地躺在那裏，右臂赫然空蕩蕩，無力地垂了下來。

「高大哥！」我失聲叫了出來，那人赫然就是我尋找許久都沒有消息的高山！

我連忙走了上去，掀開他身上的被褥，只見他的身上縱橫佈滿了傷痕，有鞭傷，更有烙傷，傷痕重重疊疊，佈滿了全身，我心中突然升起了一股無名的怒火，扭頭看著顏少卿，厲聲地問道：

「少卿，這是怎麼一回事情？」

長嘆一聲，顏少卿沒有怪罪我的無禮，她緩緩地說道：

「高先生不知道什麼原因，在十天前被他們抓起來，後來趙老闆通過自己的關係知道了這件事情，於是在七天前派出手下進天牢中，將高先生劫了出來，並且送到了我這裏，高先生來到這裏時已經是奄奄一息了，就是現在這個樣子，我也不敢找大夫治療，只有用大內的藥物為他延長壽命，就是為了讓他能夠見你一面！」

我扭頭看著躺在榻上昏迷的高山，心中有一種莫名的酸楚。將自己的情緒平息，我以手抵住高山的命門，一股祥和中透著生機的真氣緩緩的注入他的體內。

緩緩地睜開雙眼，高山的精神不由得為之一振，他看著我，眼中透出一種異彩，「主公，是你嗎？」

我眼中含著淚水點點頭，「大哥，你受苦了，正陽來晚了！」

臉上露出一絲笑容，高山笑了，「主公，高山一直留著這條殘命，就是在等你的到來！總算皇天不負，總算等到了你！」

「大哥，都是正陽不好，讓你受到如此的折磨！正陽心中愧疚不已呀！」

「咳咳咳！」高山一陣劇烈的咳嗽，他柔聲說道：「主公，高山本是一個破落之人，能夠有幸跟隨主公，已經是感到滿足！可惜我手無縛雞之力，胸無點墨，難以幫助主公太多，一直是高山心中最大的遺憾！咳咳咳！」說著，他又連聲的咳嗽，臉上泛起一絲血色。

我連忙輸入真氣，「主公，不用了，高山已經是一個垂死之人，身體八脈已絕，生機已斷，不用再浪費了！只是高山心中有一件緊要的事情，必須要告訴主公，不然死不甘心！」說著，他看看屋中的顏少卿。

顏少卿明白高山的意思，她微微一笑：「正陽，你先和高先生說話，我在外面爲你把風！」說著就退了出去。

高山嘴唇蠕動，我趴上去輕輕的聽著他如蚊哼的聲音：

「主公，我告訴他們，向寧對你不服，他們已經全然相信，十幾天前，他們派去青州的使者已經回來，想來向將軍也已經明白了這箇中的奧妙，所以他們將要發動，但是這將是他們最大的錯誤！咳咳咳！」

他口中湧出一口鮮血，將他的衣襟染紅，我心中大急，卻不知道該如何是好，淚水無聲的流下。

「主公，這第二件事情，就是高占已經被他們軟禁，再無半點的自由，他心中時常悔恨，但是已經晚了！所以在十幾天前，當我輪值皇城的時候，我秘密會晤了高占，將我的身分告訴了他，他囑託我轉告給主公，要你為他報仇！同時，將傳國玉璽和他書寫的一份血詔交給了我，我因為無法和主公聯繫，所以已經派親信之人連夜將玉璽和血詔送出了東京，想來現在已經在前往涼州的路上，主公，你拿著那玉璽和血詔，可以名正言順的起兵討伐，再也不用擔心師出無名了！」說著，高山臉上的紅潤漸漸地暗淡了下去，嘴中不斷地湧出黑血。

「大哥！」我低聲地叫了一聲，再也說不下去。

高山此刻笑了，他輕聲地說道：

「主公，能看到你的淚水，高山死也瞑目！世人都說修羅殘忍，卻不知道修羅也有溫柔的一面，如果傳出去，又有多少人能夠相信？呵呵，高山托大，叫你一聲兄弟，你心中有太多的苦楚，但是卻總是一個人承擔，到了最後就化成了無邊的殺意，大哥勸你，少作殺戮，一個帝王是不能依靠殺戮完成大業的！做一個成功的帝王會很累，而且會很孤獨，兄弟，你心中有一塊淨土，大哥希望你永遠保持著那片淨土！咳咳咳咳！」說著，他又劇烈的咳嗽著。

我點點頭，輕聲說道：「大哥，你放心！我不會忘記你的話，將來如果正陽有了孩子，一定會讓他們承接你的香火，大哥……」

高山臉上的笑容好燦爛，「主公，高山一生……一事無……但是有一件事還是做，咳咳咳，做到了，那就是找到了……咳咳咳，找到了一個明主！千古江山，咳咳咳，英雄無覓！少年狂放時。舞榭歌台……萬年青史記！茫茫升平，巍巍東京，人道修羅夜叉……哈哈哈，正如今，金戈鐵馬，氣吞萬里如虎。塞北萬里，雄霸南天，贏得天下同顧，贏得天下同顧……」

高山的聲音越來越小，臉上的紅潤已經消失不見，他的頭輕輕一歪，倒在我的懷中，再無半點的聲息。

我心中充滿了悲哀，想當年我們一起在西環指點江山，笑論天下；東京城中，他捨身爲我，丟去了一臂；爲了探聽更多的消息，他不計榮辱，臥身敵榻；爲了我的將來，他更付出了他的生命！我口中輕聲吟唱道：

「血染征衣，猶記兒時，指點江山笑。莫待白髮，回首遙想，一陣默然無語！憑何說，英雄風流，只出帝王家？只出帝王家……」這一刻，我的淚水盡情的奔流，往日的一幕幕都浮現在我的面前。……

太子府的後花園中，高山平靜地躺在一堆木柴之上，他已經完成了他的使命，如今他要睡了！我手中拿著火把，慢慢地走上前去，將他身下的木柴點燃，熊熊的大火燃燒，將他瘦弱的身體吞噬。

大哥，原諒我不能將你埋於黃土，從現在起，我將要和你一起來征戰天下，我要讓你親眼看到你用生命託付的人是怎樣將天下握在手中！我心裏默默地念叨著，看著熊熊的烈火，我心中突然有了無盡的殺意。

我扭身對身後的顏少卿說道：「娘娘，請妳和太子殿下準備，想辦法和趙老闆聯繫，秘密離開京城，前往開元、涼州！順便將我大哥的骨灰帶回去，交給開元的冷鏈先生，告訴他在開元建立起一座忠義堂，將大哥的骨灰好好保存！」

「那正陽你呢？」顏少卿輕聲地問道。

「我還不能離開！」我緩緩地說道：「娘娘，人多目標大，容易被高飛等人察覺，你們先離開，我隨後就走！記住，不要在那些城市裏面停留，火速前往涼州！」

顏少卿點點頭，她明白我的意思，但是卻還是有些擔憂地說道：「正陽，你還是和我們一起走吧，我們在城外等你！」

「少卿，萬萬不可這樣！高飛一夥主要對付的就是我，如果我和你們一起，勢必要給妳和太子造成威脅！妳現在要做的，就是想辦法將太子安全的送到涼州，我來吸引他們的注意力！」我壓低聲音厲聲地說道。

「那正陽不是會十分危險？」顏少卿臉上露出一絲憂慮。

「嘿嘿，想要我許正陽的命，恐怕沒有那麼容易，我一個人逃跑容易，跟著你們反而有麻煩！

你們能夠早一日到達涼州，我就可以安心的對付他們。哼！大哥的仇還沒有收回利息，如果這麼就走了，那不是便宜了他們？如果不把東京攪個天翻地覆，我又怎麼對得起高飛爲我安排的這些大餐！」

我冷笑著說道，話音中透出了無比的殺機。

「好，正陽，我們聽你的，立刻動身，離開東京！」

「還有，請妳轉告趙老闆，就說正陽有一件事情請他幫忙，就是讓他想辦法將國師救出來，當我離開的時候，東京必然大亂，正是動手的時機！如果國師不救出，武威勢必會被高飛節制，那麼我們的困難會更加的多！趙老闆將國師救出以後，讓他馬上帶著國師前往通州，不要理睬這東京的家業，造成多大的損失，我許正陽加倍償還給他！」看看院中無人，我輕聲在顏少卿的耳邊說道。

「正陽放心，少卿明白！」

我笑了笑，在她的肩膀用力的一拍，「少卿，妳自己保重！我不能在太子府停留太久，以免高飛懷疑！妳一路小心！」

點了點頭，顏少卿的臉上露出嬌媚的笑容，「正陽，我們涼州見！」

我笑了笑，轉身向太子府外走去，這一刻，我的心中已經充滿了殺機！

回到了國公府，我再也沒有出去，我知道我的時間已經少的可憐，我將要面臨一場也許是我從來沒有經歷過的大戰！所以，我靜靜在房間中打坐，運氣！我要將我的身體調節到最佳的狀態，以迎接將要到來的大戰！

第二天，我依舊沒有離開國公府。一夜好睡，我的身體達到了一個完美的狀態，我靜靜地在屋中擦拭著誅神！森寒的刃身帶著無比的殺氣，誅神似乎明白了即將到來的殺戮，它有些迫不及待，當我用手輕輕擦拭的同時，它發出了歡快的嗡鳴。

我將一把一把的鏇月鍘拿出，輕輕地擦拭，我似乎要將我心中的殺意告訴它們，讓它們準備爲我的盛會增添絢麗的色彩！

門被推開了，一個僕人手中拿著一封信來到了我的面前，「大人！」他輕聲地叫道。

「什麼事情？」我沒有抬頭，依舊在仔細地擦拭著我的兵刃。

「剛才有人送來了一封信，說是十萬火急，要馬上交給大人！」那僕人小心翼翼的說道。

「嗯，放在桌上吧！」我冷冷地說道。

悄悄的退下，僕人將房門再次關閉。

我拿起信件，信封上隱約間有種熟悉的蘭花香氣，我微微一愣，這香氣分明是女人的香味，爲什麼這麼熟悉？好像在那裏聞到過！我認識的女人不多，高秋雨、梅惜月、顏少卿，可是她們的香氣似乎與這個味道不同，難道是……

我的身體不由得微微一震，難道是她？南宮月？不會吧，她現在已經是高飛的未婚妻，怎麼會給我寫信？我不由一陣激動，將信件打開，一行娟秀的字跡映入我的眼簾，那字跡如此的熟悉，卻又有些陌生！兩年了，整整兩年了，當我再次接觸到這相同的字跡時，我的思緒不由得飛到了兩年前那段快樂的時光。

我定了定神，認真地看了看信件：

「鄭陽大哥，我不知道是稱呼你鄭陽，還是正陽！但是我想都是一個人，還是鄭陽大哥比較親切一些。沒有想到會再次遇到你，而且，也沒有想到你就是傳說中那凶名卓著的嗜血修羅！這兩年裏，你的名字已經在我耳中磨出了繭子，但是，我始終無法將那個修羅許正陽和我記憶中傳授我武藝的鄭陽大哥聯繫在一起！直到那天，在酒宴上遇到你……

首先，我要請你原諒那天我的失態，但是我想你是可以理解的，日思夜想的人原來卻是我父親最大的敵人，我心中的驚駭是可想而知了，但是，我並不怪你向我隱瞞了你的真名，因為任何人在那樣的情況下都會那樣做的，更何況你當時重傷在身！

第二件要請你原諒的，就是我的食言，我背棄了我們的誓言！但是我無法拒絕高飛大哥，在我們流亡的路上，他照顧我，對我噓寒問暖，讓我沒有吃到任何的苦楚，我不開心，他就會在旁邊給我講笑話，逗我開心；我生病，他會整日陪伴我，不吃不喝，一直到我康復。我無法拒絕他，所以當他向我父親提親的時候，我沒有拒絕，因為那個時候，我只是一個流亡的叛逆之女，我不敢想像我們有一天還能見面，只有高大哥，他始終相信，他會重新回到東京！有很多的地方，高大哥和你很像，有時我真的希望你們能夠成為朋友。

但是一切希望都破滅了，你們只能夠是敵人，我不知道該如何去做，我感到迷茫，小月現在真希望這只是一場夢，一場虛幻縹緲的夢。……

鄭陽大哥，如果可以的話，小月希望能夠與你見上一面，今晚子時，在皇城御花園，小月恭候大哥的大駕，不見不散。

南宮月」

我將這信件看了一遍又一遍，不知不覺間，我臉上露出一絲苦澀的笑容，小月，妳終於也成爲了我的敵人！這封信擺明了就是一個陷阱，小月卻成了誘我上鉤的誘餌。

去，或是不去，我的腦海中激烈的做著抗爭！去，我不知道將會面對什麼樣的危險；不去，他們顯然已經做好了準備，我同樣不知道要面對什麼樣的危險！我的心裏一片混亂……

好半天，我站了起來，在這一刻，我已經拿定了主意！我要去，我要看看小月究竟要如何來對付我，無論如何，我終究要面對這一刻，索性就做個了結吧！我將小月的信摺好，放進了懷中，默默地坐下，我又開始細細地擦拭著我手中的利刃！

夜幕降臨，夜色漆黑，看不到半點的光亮，月亮和星星都不知道隱藏到了何處！巍峨的皇城依舊矗立在東京的中心，一片令人心悸的寂靜籠罩在皇城之上。

我依舊是一件白色的長衫，背上背負著誅神，斜挎的兜囊中裝盛著十把鏇月鍘。如黑夜中白色的幽靈，我穿梭在皇城中，今夜的皇城沒有見到半個守衛，安靜，除了安靜，還是令人感到恐懼的安靜。

無聲無息地來到了御花園，我凝神靜聽，四周靜悄悄的，好像沒有半個人。我靜靜地站在花園中的假山之上，等待著最後的時刻。

時間靜悄悄地流逝，天空中一輪明月緩緩的露出半個頭，皎潔的月光灑在我的身上，我感到心都是冷的！時間已經過去，小月還是沒有出現，我知道所有的一切都已經過去了，我將要開始今晚的盛宴。

「高飛！南宮飛雲！你們可以出來了，許正陽在這裏恭候兩位！」我突然提氣說道，聲音中夾帶著我雄渾的真氣，迴蕩在蒼穹中，久久不息！天地間似乎在這一刻充斥了我的聲音！

「修羅果然是修羅！明知道是一個陷阱，還要前來，在下實在是佩服！沒有想到修羅還是一個情種，哈哈哈！」高飛低沉的聲音迴響在我的耳邊，霎時間，御花園中燈火通明，無數的御林軍轉眼間不知道從何處鑽出，轉眼間將我圍困住，明晃晃的兵器在燈火的照耀下，閃爍著奪人心魄的寒光。

高飛出現在御花園的圍牆之上，身邊還跟隨著南宮飛雲，他朗笑道：

「皇弟，說實話，我本來也不相信你居然會來，但是南宮將軍說你一定會來，看來我還是不如南宮將軍瞭解你！呵呵，當年亂石澗，你因爲被圍攻而認識了小月，而今你又因爲小月而再次落入了圍攻，不知道你如何想？這世上的事情多麼的奇妙，這簡直就是一個美妙的輪迴！哈哈哈！」

我苦笑著，卻不知道應該如何訴說，是呀，真是一個美妙的輪迴……

「正陽，允許我這麼叫你！如果不是敵人，我一定會與你成爲朋友，你和我都是一樣的人，爲了自己的野心不惜一切，可惜這個世界太小，不能夠有兩個梟雄並存，所以我也只能感嘆：既生我高飛，何必又生許正陽！也許我們之前一切的爭鬥，都不過是爲了今天的這場盛宴！不知道正陽如何說？」高飛笑道。

「讓小月出來，我現在只想見她一面，別的沒有話說！」我冷冷地說道。

高飛聞聽我的話，臉色一變，但旋即又恢復了笑容，「正陽，你當真是一個情癡，小月將你騙來，你卻還對她念念不忘！」

「不要廢話，我只想見過小月一面，然後就是你我決一死戰的時候！」我有些不耐煩地打斷高飛的話語。

冷冷的，一旁的南宮飛雲插口道：「不用再想了！月兒在寫完這封信以後，就當著我們的面削髮離去，這世間再也沒有南宮月這個人了！」南宮飛雲的話語冰冷，不帶有半點的感情。

緩緩的，高飛說道：「正陽，這一場感情之仗你勝了！小月爲了父女之情寫了那一封信，但是她沒有背叛你，她離開了我，離開了東京，永遠地消失在這個世界上！正陽，有時我真的是嫉妒你，所以，今夜你必須要死！」說到了最後，高飛咬牙切齒地說道。

我對著明月放聲大笑，笑聲中充滿了歡快，充滿了自信。

「你笑什麼？」南宮飛雲厲聲地問道。

「我笑自己，我一直以爲小月背叛了我，現在我知道，她沒有！這只是一種悲哀的背叛，哈哈哈！南宮飛雲，你失去了女兒；高飛，你失去了妻子；我許正陽也許會失去性命，但是卻得到了真愛，這世上還有什麼比這更讓我開心呢？」我笑著說道，眼中卻不覺地流出兩行眼淚。

「是嗎？那你就去死吧！」南宮飛雲的臉色陰沉，他手一揮，「放箭！」

「嗡！」隨著南宮飛雲的令下，白色的雕翎箭將明月遮擋，漫天的箭雨向我射來。

就在南宮飛雲的話音剛落，我的身體如輕煙般隨風飄起，身體以極小幅度動作，真氣將全身護住，我好像一個白色的幽靈穿梭於白色的箭雨中，沒有半點的呆澀。

箭雨剛過，我的身影已經出現在御林軍中，一聲長嘯，背上的誅神似乎感受到我的戰意，「嗡」的一聲脫鞘而去，在空中劃過一道銀色的閃電，一陣慘叫聲響起，數十個身影跌飛出去，倒在地上呻吟，慘號著，血雨中夾雜著殘肢飄落下來。

那聲聲慘號將我心中的嗜血殺意完全激發出來，我大笑著，雙手如刀，身體盤旋於空中，狂野在人群中穿梭，堅硬掌沿已在瞬間劈碎了三顆頭顱，而那頭骨的碎裂聲還在輕響，我身形陡轉又已抖掌擊倒七名敵人！一道銀光電射而來，我微笑著，將那迴旋而來的誅神抓在手中，真氣運轉，誅神的刀身發出圓暈的刀芒！鮮血四濺中，我的身體如一道無法捉摸的幻影，我大笑著，積壓在心中多時的鬱悶似乎要在這一刻宣洩。

血映幻著血，尖號聲、厲嗥聲、暴叱聲、慘叫聲，揉合著金鐵的交擊聲，發自丹田的怒吼聲，組成一曲慘烈無比的音律。我的雙眼通紅，左掌右刀，暴閃猝掠，倏東倏西，忽左忽右，我挪移如閃電般劃過，經過之處，只見人體拋彈，此起彼落，號叫如泣，聲聲不息，殷紅的鮮血，就像是瞬開瞬謝的一朵朵腥赤的花朵！

「圍住他，不要讓他移動！」一個暴虐的聲音響起，他的話音剛落，我突然閃現在他的面前，臉上帶著詭異的微笑，「告訴我，如何將我圍住？靠你嗎？呵呵！」

笑聲沒有停歇，我左手如閃電般伸手，一把將他的頭顱扣住，真氣再轉，一股炙熱氣流注入了他的身體，如殺豬般的慘叫聲迴響在眾人的耳中，我的身體猛然騰空而起，駐留在空中，對著明月，我放聲大笑，左掌下的人不斷地抖動，身體發出一陣刺鼻的惡臭，「轟」的一下，他的全身被火焰包圍，我甩手扔向人群，身體電射向發怔的人們。

「修羅！」「魔鬼！」終於有人經不住我肆意的殺戮，失聲的喊叫著，他們的心中開始顫抖，恐懼的心理立刻傳遍眾人。

我沒有理睬他們，手中誅神如臂轉，在空中劃過一道詭異的弧線，空氣中隱隱傳來風雷之聲，周圍的空氣頓時炙熱難耐，似乎要將眾人身體內的水分蒸發，誅神瞬間變得赤紅，拖出三尺長的刀芒，以我爲中心的方圓三丈內，空氣急劇地收縮，我冷冷地說了一聲：

「碎陽斬！」

一陣刺眼的光芒讓眾人的眼睛無法睜開，如烈陽破碎，無數道赤紅的光點飛射，淒慘的叫聲迴蕩在夜空中。

光芒消逝，我所站立的四周焦土一片，橫七豎八的倒著近百具屍體，他們身上焦黑一片，彷彿是被烈陽灼燒，我站在屍體的中間，臉上帶著一絲殘忍的笑容，好像是在嘲笑著生命的無奈。

一片寂靜，所有的人似乎被這恢弘的一刀震驚，他們無法相信眼前的景象，在眨眼前還活蹦亂跳的活人，轉眼間就成爲了一堆沒有生命的爛肉！我冷冷地看著站在圍牆之上的高飛和南宮飛雲，帶著一絲笑意，緩緩地說道：

「南宮將軍，六皇子！如何？修羅的手段還差強人意吧！」

「屠夫！」好半天，南宮飛雲從牙縫中迸出了兩個字。

「屠夫？不，南宮將軍，我是修羅，我是從地獄中走來的死神！現在盛宴的前餐結束，讓我們開始今天的主菜吧！」我冰冷的聲音不帶有半點人的情感，柔和中卻還有兩分詭異摻雜其中。話音剛落，我身體飛射而起，在空中九轉，大聲喝道：「南宮將軍，讓我們開始吧！」

如箭矢般，誅神和我的身體合而爲一，在空中形成一道粗若丈餘的光柱，光柱發出刺耳的厲嘯，向圍牆上的兩人衝去！

數道人影從圍牆下飛射而起，迎著我的攻勢而來，光柱微微一頓，我感到攻勢似乎有些不暢，我大喝一聲，真氣陡然流轉，光柱大漲，那迎上來的幾人轉眼被光柱籠罩，絞成肉糜，他們連慘叫都沒有發出，就化成一片血雨飄散在空中。

就是在那一頓的光景，南宮飛雲和高飛身體倒飛而去，我緊隨而進，如鬼魅般電射而去，身後留下一道淡淡的殘影。

衝出御花園，我不由得愣住，百餘人蓄勢而發，站在我的面前，趁著我一愣的功夫，將我團團圍住。他們的身後，高飛神色嚴厲地站著，他厲聲說道：

「逆賊許正陽，深受朝廷恩寵，不思報國，密謀造反，刺殺吾皇！罪不可赦！凡傷逆賊者，官升三級，賞金幣十萬；活抓逆賊者，封千戶侯，賞金幣五十萬；斬殺逆賊者，封五千戶侯，賞金幣一百萬！」

高飛話音未落，更有無數御林軍一擁而上，將我圍在中間，一時間，皇城中刀光劍影，我將要面對我一生中最爲血腥的一戰。

第九章　血鑄威名

聽到高飛的話，我不知爲何，心中竟然在這一刻產生了一種酸楚。高占已經死了，死在了自己的兒子手中，或者說，是死在了自己的手中。他只想到了如何來對付我，但是卻沒有想到他的兒子原本是一個什麼樣的人？兩年前他既然敢弑父奪位，那麼兩年後，當他重新入京，又怎麼會心慈手軟？

我看著火光中的高飛，突然笑了，我真的有些喜歡這個高飛了，他說的沒有錯，我們都是一樣的人，爲了自己的野心可以不擇手段！

「皇兄！」我看著高飛突然說道：「這是我第一次真心誠意的叫你一聲皇兄，我只能說，我佩服你！正陽或許是心狠手辣，但是卻遠遠無法與你相比！只是這一點，我佩服你！」

高飛的臉上露出一絲陰冷的笑容，「正陽，你已經可以驕傲，爲了將你困住，我調用了一萬御林軍，就是爲了將你擒殺！在我明月建國以來，還沒有人能夠享受到如此的待遇，正陽你是第一人！你好自爲之，如果今天你能夠逃出，那麼天下將再也無人能夠與你並論！」

我哈哈大笑，我實在不知道是應該高興還是應該難過！身形如輕煙般地飄起，卻沒有想到身體剛動，便有一種強大的束縛力將我牢牢困住，再也無法暢快的行動。我此時才留意到，將我困住的百人，凌亂地散立著，可是卻隱隱暗合天罡地煞之數，就在我剛才一愣的功夫，已經陷入了一個奇怪的陣勢裏面，這陣勢彷佛如一個大網，一個可以將天地籠罩的網，將我束縛於其中，我感到氣機有些滯澀，再也無法如剛才一般暢快運轉，好像有千絲萬縷的線將我的氣機束縛，這是什麼怪陣？

看出了我的困惑，高飛呵呵笑道：「正陽更應該感到自豪，這是我崑崙的鎮山絕學，天羅地網陣！自我崑崙建派以來，這個真是動用了不過三次，每一次動用，都是對付天下間最爲知名的人物，正陽應該高興，爲兄對你是何等的重視！哈哈哈！」

眼前這一百零八人緩緩地移動，我感到自己的氣機越來越滯澀，行動再也無法如往常一般，自己的身形竟然隱隱隨著他們的移動而動。我心中大驚，如果這樣下去，我豈不是將要受他們的控制？我長嘯一聲，真氣狂湧，向其中一人攻去，卻見陣勢轉動陡然加快，一百零八人宛如一體，渾若天成，我的對手突然失去了蹤跡！

這一百零八人如蝴蝶穿花般地轉動，我的心情也越來越急躁，身體也隨著他們而加快了動作，可是眼前卻好似一縷不可捉摸的輕煙一般，根本無法起到效果，只是徒勞地做著無謂的攻擊。

自我踏入江湖以來，我從來沒有遇到過這樣的情況，像現在這樣被動，我急躁的跟隨著他們的身形運動著，時間一點一點的過去，我漸漸的產生了一絲疲憊的感覺。

「嗡」的一聲劍鳴，我感到自己的心弦一顫，一股強絕的真力自我身後湧來，我大喝一聲，身體倒翻，手中的誅神在一剎那間閃電般迎著那道真氣劈出。

就在誅神劈出的光景，我耳中又響起了嗡嗡的劍鳴，大陣頓時收縮，漫天的劍影讓我防不勝防，我無奈地收回攻勢，誅神舞成一團銀光，護住全身，我被動地去防守著那鋪天的劍網。

「噗」的一聲，我一個閃失，一道劍氣襲過，在我的肩頭劃出一道深可見骨的血痕。但也恰巧是這一劍，疼痛使我的神智在瞬間恢復了清醒，我為什麼要跟隨著他們轉動，這天羅地網陣運轉起來，猶如天成，連綿不絕，如果跟著他們轉動，那麼結果只有真氣耗盡，不被他們殺死，也要被他們累死，這樣下去，對我沒有半點的好處！

身體原地旋轉，我緩緩靜止下來，立於陣中，外界的種種表象此刻我全然不見。我漸漸恢復了平靜，急躁的情緒轉眼消失，我的靈台在瞬間進入了空靈之境，閉上眼睛，我可以清晰地感受到他們移動的軌跡，再也不做無謂的攻擊，我的身體在一個極小的幅度中擺動，玄之又玄地躲過了那漫天的劍影。

我在等待，等待時機的到來，等待著他們的破綻，我卓立於陣中，看似不動，卻是在不停地動，由極動還為極靜，我不再理會他們的種種變化！

這天羅地網陣本就是依靠著不停的移動來牽制陣中之人，乃是崑崙的鎮山絕學，但是這個陣勢最害怕的就是陣中的人不理會他們的運動，以不變來應付萬變，本來就是此陣的要害，我無意中的頓悟，恰恰就是破除此陣的最佳妙法！天羅地網陣一旦運轉，決不能停下，於是，他們只有不停地奔跑，並向我發出攻擊。

面對發出的攻擊，我絲毫不在意，身體繼續以微小的幅度擺動，我知道，這是一場耐力之戰，看誰最後能夠堅持住！我以靜制動，養精蓄銳；而崑崙眾人不停地奔跑，徒勞消耗，這轉眼之間，我們的情況已經發生了極大的變化！

陡然間，我耳中響起南宮飛雲的一聲大喝：「飛空十二槍何在?!」

我心中一緊，自我上方氣流湧動，我感受到了十二股強絕的真氣向我襲來，耳邊響起一陣暴喝：「殺、殺、殺！」殺字宛如三個霹靂在空中炸開，聲音未落，十二個黑衣人手中執著沉重的銀槍，凌空撲擊下來，彷佛自十二個不同的方向暴撲而來！

我陡然睜開眼睛，無法再保持寂靜不動，手中誅神揮舞，銀蛇猝閃，刀光有如同時出自千百隻手，布成一個千尖萬刃，參差不整的刀陣，在一個時間裏往無數個方向飛出。

一片急劇的金鐵交擊震響，在一溜溜絢麗的火花中迸跳；十二條黑色的人影又分成十二個方位側翻出去，但是，僅只一刹那，十二柄銀槍在空中交互一架，十二條身影在空中交錯穿織，十二個人各自換了一個角度，再度暴撲回來。

天羅地網陣再次催動起來，長劍發出森寒的光芒，將我的氣機再次牢牢地束縛，我一面要面對凌空撲擊的飛空十二槍，一面要試圖擺脫天羅地網陣連綿不絕的攻勢，一時間，我再也無法保持以靜制動的策略，靈台空明不再，我竭力的和他們纏鬥在一起。

就在我萬分危急之時，突然有人喊道：「紫心閣著火了！」

皇城東面，火光沖天，濃煙瀰漫，火勢瞬間蔓延開來，整個皇城被籠罩在一片大火之中。

我笑了，看來趙良鐸終於行動了！就在我今天前來皇城之前，我秘密前往趙府，與趙良鐸會晤，約定今夜自皇城喊殺聲起之時，趙良鐸帶人潛入皇城，趁亂救出鍾離勝，沒有想到他做的更好，這一把火想來是告訴我事情已經辦好，讓我儘早脫離！

被這突如其來的大火驚嚇，所有人都不由得一愣，天羅地網陣和飛空十二槍的攻勢也不由爲之一頓，就是這一頓的功夫，天羅地網陣露出了一絲破綻！機不可失，我沒有猶豫，口中暴虐的大喝一聲：「天地同悲！」

誅神在瞬間依照不同的角度劈出四百餘刀，空氣極度收縮，天地間迴響起一陣刺耳的厲嘯，誅神在瞬間幻化出一個巨大的光球，狠狠向我前方的眾人砸去。

一聲驚天的巨響，那由真氣化成的光球直落地面，淒厲的慘叫聲此起彼伏，鬥場中煙塵瀰漫，瞬間血肉橫飛，殘肢斷臂飛濺，漫天的血雨灑落，在火光的照映下，顯出一種詭異的美麗。

一個如幽靈般詭異的身影沖天飛起，我擺脫了天羅地網陣的糾纏，飛身躍起，一直在空中的飛空十二槍，此刻顯然沒有從我威力恢宏的一招中清醒過來，我沒有理睬他們，手中寒光一閃，鏇月鍘破空而出，五把鏇月鍘發出刺耳厲嘯，向我周圍的御林軍飛射而去！

又是一陣淒慘的哀嚎聲響起，鏇月鍘帶起了漫天的血雨在人群中飛舞，剎那間，天地被一片銀亮的閃光所囊括，片片光芒暴烈翻飛，尖銳的風聲，在空氣中迴蕩呼號，似是死神的召喚！金鐵的撞砸聲，宛如正月的花炮，密密連連，四射迸濺的火星，卻交織成一張燦爛的圖案，穿梭引領著眾人走向死亡。

五柄鏇月鍘如五個閃爍著血紅仇焰的魔鬼，在淒怖的呼嘯舞動著，輪番偏斬斜砍。自不同的角度，用迴異的刃口奇幻的翻折而來，彷彿隱隱之中一個狂笑的惡神，操縱擺佈著要吞噬眾人而甘心。那是猙獰的，更是血腥的……

我趁亂穿梭在人群中，目的已經達到，我再也無需逗留此地，朗聲大笑著，我身體再次騰空而起，手中誅神擺動，無聲的勁氣在嘆息，嘆息減縮的空間中，那些被擠壓爆裂的亡魂。鮮血自眼中、鼻中、耳中激射而出，眼珠也隨著噴灑的豔紅墜落塵泥，隨之又被雜亂的人群踩成肉糜。

不再停留，宛如輕煙般，又恰似流光閃過，我眨眼間消失在眾人的眼中，蒼穹中迴蕩著我的笑聲：「六皇子，南宮將軍，歡迎來到我的修羅盛宴！希望你們今天玩得開心，哈哈哈！」

看著我消失的背影，高飛的臉上露出一絲恐懼的神色，南宮飛雲不甘心，起腳就要追去！

「南宮將軍，不要追了！」高飛連忙出聲道：「追上去也沒有用處，你又怎麼是他的對手？修羅兇殘，果然名不虛傳！這些將士已經沒有心思再戰下去了……」他話語中帶著一絲苦澀，看著南宮飛雲苦笑著。

南宮飛雲向眼前的眾將士看去，果然，眾人的臉上都是那麼清晰地寫著恐懼兩個字，看看眼前的景象，秀麗的花園已經不再，遍地的屍體和殘肢，那圍牆之上，還掛著無數的血肉和內臟，儼然是一幅地獄修羅圖。

「沒有想到他還有後著，原以爲他在東京已經孤立無援，卻沒有想到他手中還有這樣一支奇兵，功虧一簣，我不甘心呀！」南宮飛雲恨恨地說道。

「咦？飛空十二槍去哪裡了？」高飛突然問道。

南宮飛雲此刻才注意到原本在空中飛旋的飛空十二槍不見了蹤影，他的心中突然又生出一絲希望，「想來他們已經追蹤下去了，飛空十二槍乃是你我合力訓練，合擊之術天下無雙，許正陽雖然功力卓絕，但是久戰之下，必然疲勞，我們還有希望！」

「難道飛空十二槍會比那大林四僧更加厲害？一年多前，大林四僧親自出手，結果一死一傷，徒勞無功，飛空十二槍恐怕是性命難保！」高飛憂慮地說道。

南宮飛雲的臉色十分難看，但是他沒有反駁高飛，因爲他知道高飛說的是事實，緩緩地長出一口氣，他問道：「主公，那我們下面該怎麼辦？」

高飛苦笑著說道：「希望飛空十二槍能夠有所建樹，但是我們不能寄希望於他們，你我還是早做打算，老頭子將玉璽交給了高山，高山如今卻不知下落，如果那玉璽落到了許正陽的手中，我們一切的努力就全然白費了！只要許正陽活著，我們的危險就大上一分，傳令全國，重金緝拿許正陽，爭取在他到達涼州之前擊殺！還有，快馬通知涼州向家兄弟，就說如果能將許正陽的人頭拿來，向家世代永享萬戶侯！」說著，他扭頭看看南宮飛雲，「南宮將軍，你我此刻真的是只有背水一戰，再無半點退路了！」

明白高飛的意思，南宮飛雲點點頭，「主公放心，南宮飛雲明白這箇中的利害！我將全力整備軍隊，以應付即將到來的危機！」

炎黃曆一四六四年四月，明月帝國皇帝高占亡故，當晚魔皇許正陽火燒皇城，搏殺千人，東京皇城血流成河，修羅凶名再次震驚炎黃大陸，這一年，距離浴火鳳凰戰旗重新飄揚炎黃大陸還有一年……

我如飛一般離開皇城，皇城中的拼殺早已經驚動了整個東京，街道上一片混亂。我不敢停留，運足功力，向城外飛逝而去。

不敢和趙良鐸等人會合，因爲我知道我將是高飛等人全力格殺的目標，我不能將趙良鐸等人的行蹤暴露，更何況，他們身邊還有一個鍾離勝，他將是在未來非常重要的一個人物，決不能讓他有任何的閃失！我主意拿定，全力飛奔，我離東京遠一分，我的安全就增加一分！

不敢在大路上出現，我躲進了東京城外連綿的群山之中，一晚的拼鬥，我的真氣已經消耗了大半，必須要找一個地方休息，不然，如果再有幾個南宮飛雲這樣的高手出現，我勢必要陷入苦戰！而且這一身的血污也著實要清洗一下，衣服也要換上一件，不然我將無法出現在各個集市。

全力奔行間，我突然感到一陣心悸，似乎有什麼人始終跟在我的身後，我停下了腳步，緩緩的調運真氣，使自己的氣機與天地相合，我隱隱感到一絲微弱的氣流湧動，並且清晰的感受到了一股強烈的殺氣！

我立在曠野中，靜靜的等待，體內的真氣做著圓滿的運轉，我不知道身後的是什麼人，但是必須在這裏做一個了結，不然他們始終跟在我身後，我將很難脫身。我加快真氣的運轉，以恢復我已經消耗了的真氣。

遠處，在路的那一邊，一陣低沉地、帶著一股空洞而又恐怖意味的「咯咯」之聲，已遙遙傳來；這聲音十分古怪，似敲人皮鼓，又像一個巨人的腳步在沉重的行走，但不論是什麼，它已緩緩向這邊移近。

緩緩的，十幾個黑乎乎的影子出現在我的視線中，這些影子極高大魁梧，在沉鬱濃黑的夜色中，有一股出奇的陰鷙及幽渺的感覺，宛如那不是人影，似是魔鬼的形象，來自煉獄的魔鬼形象！

飛空十二槍？我心中突然升起了一種疑問，這飛空十二槍以前從來沒有聽說過，可是看他們的功力，卻不弱於南宮飛雲，從剛才皇城中的兩次交手，他們完全是以凌空撲擊，配合之巧妙，絲毫不遜色於大林四僧，可是爲什麼沒有聽說過他們呢？還有，他們的輕身功夫如此了得，我全力奔行，卻無法將他們甩掉，這讓我感到更加的心驚。

緩慢地，十分有節奏地，飛空十二槍的右臂規律地上下移動著，他們握在手中的銀槍閃著銀芒，一下又一下地敲擊在地面，發出「咯咯」的恐怖聲音，就宛如鬼魂的咒語般，這情景，足可使一幫膽小的人嚇得神迷魄散！

這到底是什麼人，怎麼會有如此恐怖的清醒，宛如從陰曹地府中走來的鬼魂！我心中暗暗吃驚：南宮飛雲是從哪裡找來的這些傢伙，怎麼如此的詭異？

我沒有出聲，只是靜靜看著他們，雙眼緊張地看著這些怪物，留意著每一個人影的動態，他們的黑色衣衫被夜風吹拂得飛揚飄舞；手上握著的長長銀槍，上下不停的邊走邊頓，形態陰森得宛如一隊來自地獄的索魂使者，飄忽的似一群冷血、冷面、冷心的幽靈。

「哦！」「哦！」的怪異喉音配合著「咯咯」的鈍物震地之響，眼前的黑影飄渺晃動，這情景，在邪惡與恐怖裏，帶有難以言喻的神秘意味。

他們排成一列，步伐整齊地來到了我的面前，每張面孔俱皆若白如蠟，看不出一絲表情，是那麼肅然、冷漠，以及僵硬；就似是一列方自墳墓中站起來的僵屍！神情呆滯地看著我，他們沒有說話，但是一股莫明的殺氣已經讓我感到有些心顫！

大林四僧雖然厲害，但是畢竟是人，還有人的氣息，可是我眼前的飛空十二槍卻完全沒有人的氣息，我可以和天下間最強的高手拼鬥而絲毫不懼，但是此刻，我的心中卻產生了一絲恐懼！在剛才的拼鬥中，我無暇注意到他們的樣子，可是此刻，他們的模樣已經深深地刻印在我的腦海中，我執刀的右手有些發顫。

努力平靜下自己的情緒，我緩緩開口道：「在下許正陽！」

沒有出聲，好半天站在最中央的一人緩緩地開口道：「我們知道，你是許正陽，你的功夫很好，我們要殺你！」聲音生澀，好像是很久沒有說過話一樣。

我愣住了，他的語法讓我有些迷惑，不過，他已經將他的意思表達得很清楚，我也無需再囉嗦了！冷笑著，我大踏一步，心中的恐懼一掃而光，既然說話，那說明還是人！

「就憑你們？恐怕還不易將我留下！」我冷冷地說道。

「你的功夫很好！耗費了好大的功力，我們可以！」那人說道，話語中似乎流利了許多。

「好，你們是叫做飛空十二槍吧！就讓我來領教你們這十二槍是如何飛空！」說完，我雙臂微向內曲，上身微傾，靜默著不再說話，而在靜默中，形態更見猛悍！

笑了，那人居然笑了！

他為什麼笑？我不知道，他也沒有說話，手中銀槍一指，身體後退一步，自喉中發出一陣刺耳的厲嘯。隨著他的厲嘯聲起，十一條身形暴射而出，手中銀槍發出嗡嗡的聲響，十一道銀光在空中交織成一片絢麗的槍網，將我牢牢籠罩。

上身依然微傾，我目光不動，手中誅神如飛，已經看不見刀身的舞動，只見銀光千條萬道，蓬散縱橫，握刀的手掌熟練而又迅速地轉動，時而正握，時而反折，時而橫斬，時而直戳，在十一柄沉重巨大的銀槍圍攻裏翻騰旋掠，做著生死一霎間的搏鬥！

我們的行動已經快得不能用人類的目力去看。動作是那麼連貫，變化是如此詭異，一刀掠出的過程裏，已掠過了十多種甚至數十種不同的招式，一溜銀毫的晃動中，已經組成了千百道不規則的刀山及流光，十一條人影的飛掠下，換了多少個不同的角度，銀槍鋒利的槍刃之上，轉眼間，我們幾度在生死界下轉了幾個來回！

好詭異的配合，我感到這是我自出道以來最爲危險的一次拼鬥，這十一人加起來，甚至超過了摩天，更絲毫不遜色於大林四僧，而如今我更是已經有些感到疲憊，所以更加的凶險萬分，鋒利的槍刃多次被我玄之又玄的躲過，但是我不知道這樣下去還能夠堅持多久。

這飛空十二槍果然厲害，開始出手至此，完全是凌空而搏，沒有一個人腳沾實地，十一個人在飛掠換移之間，皆是借著兇器與臂腿互相碰擊提架而維持不墜，如此一來，他們占著沒有極限的攻擊空間，進退翻騰有如魚游在水，鳥翔於空，可以做著幅度很大的如意施展！

此刻卓立場外的那個人神態冷漠，垂眉低目，彷彿泥塑木雕般紋風不動。眼前的激烈拼戰，他好似全然無動於衷，像是屬於另一個世界，而又與他毫無關聯的事情一樣。

我的真氣在不知不覺中消耗，身上已經有了數處傷痕，這十一人如此難纏，場外還有一個人虎視眈眈，不能再如此糾纏下去，我瞬間做出決定，鋒利的槍刃自我頭頂掠過，手中的誅神一揚，「噹」的一響，另一柄銀槍被我硬砍出去，在其他的銀槍尚未及攻來的剎那，我雙臂猛掃，銀芒暴閃中，身體直旋出去！

「嗤」的一聲，兩柄銀槍疾風似地直追上來，我旋轉的身形硬生生停止，單足將身軀斜撐飛起，就在飛起的同時，我左手探入兜囊，一抹寒光閃現，狠辣的襲捲而去，一溜火花飛濺，兩柄銀槍被鏇月鍘強絕的力道飛蕩開來。

其他眾人微微一愣，就在這瞬間，我身體微微蹲下，空中兩輪玄月再現，在空中詭異的舞動，一抹血光噴射而起，飛空十二槍中的兩人好像是兩根沉重的木頭一般跌落在地上，頭顱不見，身體尚在不停地抽搐著。

面容平靜，絲毫不見半點的激動，其他的人依舊是漠然的表情，似乎沒有什麼生離死別的驚懼和悲愴，就像死去的兩人不過如一株花草的凋零，一抹雲彩的消逝一般，如此淡漠，又是如此無動於衷。

沒有出聲，其餘眾人的手上沒有停頓，九柄沉重的銀槍已組合成一片層層重重的寒芒刀山，毫無間隙，毫無空檔的襲捲上來，隱隱的有風雷之聲，空氣也在激蕩呼號！

沒有想到這些人完全沒有人的情感，我微微的一皺眉頭，右臂同時微彎揮動，誅神「嗡」的一顫，頓時幻映出一個組成輪形的數十道光芒，閃射伸縮著暴迎而去！口中冷冷地喝道：「碎風斬！」身體在刀出同時，如輕煙般掠過，左臂一伸，探手將斜插於地面的一柄銀槍抓在手中。

劇烈的撞擊聲震耳欲聾，九名飛空十二槍倒飛撤出我的刀芒範圍。沒有遲疑，我右手一甩，手中誅神電射而出，一聲淒厲的慘叫聲響起，離我最近的那個人被誅神強大的勁力將整個人帶起，在空中飛舞著，噗的一聲，死死地釘在一棵三人合抱的大樹之上，掙扎著，顫抖著，最終歸於沉寂。

沒有半點的憐憫之情，剩餘的八人大喝一聲，絲毫沒有被那人的慘叫聲影響，八柄銀槍有如八條銀龍盤捲而起，銀芒輝映夜空，備覺輝耀奇迷，令人心神為之動搖！銀槍舞捲起層層勁力之牆，似波湧浪翻不息，在陰暗中，銀色槍身顫動似蛇，瘋狂地向我撲擊。

我眼中煞光一閃，這些人當真是兇悍無比，絲毫沒有死亡的恐懼，我不能再拖延下去，身體騰空而起，掌中銀槍帶著刺耳厲嘯，迎著他們兇悍的來勢，瞬間揮出五百餘槍，剎時，漫天的槍影，自表面看去，五百餘槍好像是沿著不同的軌跡刺出，但是，那只是一種我快速揮槍的視覺錯覺，五百餘槍沿著一個方向，連綿不絕的刺出，後力推動前力，舊力未逝，新力已經湧到，剎那間，天地間充斥著我強絕的勁氣，蒼穹中迴蕩著銀槍的厲嘯聲，天地為之變色，似乎也感受到了這一槍恢宏的威力，月亮不知何時又躲藏了起來，一直站立於場外的那人雙眼猛然睜開，他臉上的肌肉抽搐著，扭曲著……

「噬天一擊！」由修羅斬演化出來威力宏大的一招，自我出道以來還沒有人能夠在這一招之下逃生。

飛空十二槍剩餘的八人，臉上此刻露出一絲祥和的笑容，這是我第一次見到他們的笑容。也許是很久沒有笑過，他們的笑容是那樣的生硬，突然他們放聲大笑，笑聲中帶著無邊的快樂，無邊的歡愉，八柄銀槍空中交叉，各自劃出詭異的點、線，銀光劃過，在空中形成了一幅圖案，一隻大鳥，一隻展翅欲飛的大鳥，雖然有些模糊，但是我依然能夠認出那大鳥就是一隻展翅欲飛的鳳凰。

八個人沒有躲避我的攻勢，他們繼續笑著，臉上流出淚水，迎著我無比強勁的槍勢飛身撲去！

在這一霎那，我心中有了一絲了悟，失聲喊道：「浴火鳳凰！」話音中，我真氣回收，可是如此威力宏大的招式一旦發出，又如何簡單的收回，倉促間，我收回了五成的功力，但是手中的銀槍依舊夾雜著恢宏的威力呼嘯而去。

笑聲是那樣的暢快淋漓，他們像是投身怒火的鳳凰，迎著我無敵的真氣而來，一聲巨響，灰塵瀰漫，我呆立在場中，久久沒有出聲。

灰塵散去，地面上橫七豎八地躺著八個人，他們的身上除了一個令人感到恐懼的血洞外，再也沒有任何傷痕，顯然是一槍斃命！但是他們的臉上依然帶著笑容，那是一種滿足的笑容，像是熟睡去一般，他們在等待著另一個輪迴。

「修羅斬！」那生澀的聲音響起，語氣中帶著喜悅。

我抬起頭，看著緩緩走近我的那人，他的面孔已經恢復了平靜，沒有半點的傷心，他停下腳步，看著我！我點點頭，雖然我不明白到底是怎麼一回事，但是那空中的鳳凰，我心中隱隱又有些明白。……

「二十四年！看到修羅斬！」那人喃喃自語著，突然他也放聲大笑著。

「你們到底是什麼人！」

「你姓許？修羅斬！哈哈哈！」那人沒有回答，他仰頭笑道。

好半天，他止住笑聲：「我是誰？打贏我！」說著，手中的銀槍一頓，龐大的勁氣勃然發出，我頓時感受到了無邊的殺氣。

感受到那人無比凌厲的殺氣，我連忙喝道：「且慢！我有話說！」

但是已經晚了，那站立於我身前的飛空十二槍的生存者，沉重的將手中銀槍頓在地上，於是「咯」的一聲空洞響聲傳來，在這聲響聲裏，他修長的身軀竟飄然而起，像是已經失去重量般冉冉自空氣中浮沉而來！

我心頭不由微微一震，失聲喊道：「修羅奪位！」他此刻所施展的，竟然是我許家修羅斬的正宗心法！而且，他那一雙原與常人無異的眸子，為什麼竟在這瞬息之間已變為瑩瑩鬼火般的慘綠之色？我心中無法理解，有些呆呆的看著他，竟然忘記了我們正在拼鬥！

「你，打敗，我！告訴你！修羅，對修羅！鬆懈，不要！」他話語間生澀無比，但是卻隱隱含著一種威嚴在內，一個字一個字的迸出，我明白他的意思，他是在責怪我無端的鬆懈！既然要對決，那麼就開始吧！我神色一肅，真氣運轉，身體一如那人緩緩的升起，修羅斬對決修羅斬，我同樣使出了修羅奪位的心法，全神面對眼前之人。

滿意地點點頭，他笑了，笑得十分難看。那在迷濛的夜色中飄蕩的軀體，那慘綠綠的眸光，而黑色長衫迎風拂動，冉冉而來，這情景，宛如惡夢中映現的鬼影，寂靜中無聲獰笑的凶魄，令人心悚而驚悸！

我沉靜地凝注著這個虛幻的黑影，以那麼不可思議的方式向自己接近，手中的銀槍已突地仰轉朝上。

尚有丈許，他的身影驟然較方才快上千百倍的掠到面前，這一丈的距離，彷彿在察覺它長度的時候已經完全消失，像是一種錯覺，一種視線上的虛幻感應。

絲毫不敢懈怠，我上身一扭，銀槍閃電般揮出，猛迎而上，幾乎沒有看見他的出手，一串暴響倏起，滿空的火花迸濺中，我們已在這瞬息之間，相互攻拒了以十八個動作組成的二十招八十餘式！同樣的招式，同樣的修羅斬，我們根本不用去看對方的出手，就知道下面一招是怎樣的情況。修羅斬對決！

臉上的笑意更濃，他飄忽的影子，一展之下凌空翻轉，那種翻轉的姿勢十分美妙，在美妙中卻又無比的狠毒，銀槍帶著燦麗的銀芒，像煞夜幕上飛舞的翩翩流星，發出刺耳的厲嘯，破空之聲裏包捲向我襲來，出手完全沒有半分的留手！

我非常明白，他的功力之強，較之原先那十一人實在高出太多，甚至不弱於天一和摩天！修羅斬下無弱士，自我開始修習修羅斬以來，從來沒有像今天這樣的暢快，我們彼此瞭解對方的招式，這樣的對練，甚至比與梁興對練更加的刺激，只是這短短的幾個接觸，已然使我對修羅斬的體悟更加透徹！

那道道的芒影是如此炫目迷神，如此繽紛美麗！但是在這繽紛美麗的後面，隱藏著，只要撞上一下，則一切俱休！

對準那些飄飛的流星，手中銀槍大開大合，呼嘯著縱橫掃掠，圍繞著我的身體，銀槍幻化出一條條匹練似的光帶，宛如一層層銀光燦然的錦帛被急速抖開，而這些錦帛卻又永無休止，流閃如波的旋迴轉舞！

兩條手臂與兩條手臂，一柄銀槍和一柄銀槍，暢快呼嘯，在剎那間，變成了千千萬萬的臂膊在同時揮動，他的銀槍狂猛如浩海波濤，我的修羅斬宛似馭風飛凌九宵的銀色之龍，身影在翻翻滾滾的槍影裏，在閃電似的交擊中分合，只在眨眼之間，我們已經拼鬥了四十餘招！

這時，我的汗水已經浸透了內衣，呼吸也比方才急促了些，一種強烈的疲憊感湧上來，自子時至今，我已經連續拼鬥了快三個時辰，即使內力深厚如我，也有些感到無法支持。可是他的功力真是好強，即使是在我全盛之時，如果要勝他，也需要百招之上，更何況現在？而且我又不能傷他，這種種的原因使得我有些束手！

他在空中一個迴旋，手中銀槍再次發出淒厲的鬼嘯，向我飛撲而來！

「你到底是什麼意思？難道真的要見血不成？」我大聲喝道，心中已然有些不快！

沒有出聲，回答我的是凌厲的勁氣和鋒利的槍芒。

不能再拖下去了，我一咬牙，手中銀槍掄圓，化成千道毫光向他飛射而去，每一道槍影看似虛幻，但又是那樣的真實，虛實之間難以捉摸，修羅千幻！修羅斬中的最後三式，也是修羅斬的必殺絕技！

那人的臉上喜色更加濃郁，他喉中發出一陣令人發怵的「呵呵」聲，但是我知道，他是在笑！耳邊響起他生澀的聲音：「修羅絕殺，招出無回！」

銀槍的爛銀槍身倏忽揚起，在揚起的同時又驀然翻罩而下，宛如一片疾落的透明水晶，又像暴掀而降的波浪，銳利的槍風呼嘯著朝四周撲溢，鋒利的刃口吐著冷森的寒光，似是一張張野獸的血嘴，而這些血嘴卻布成了一面鋒利的光牆，在如此近迫的距離急速向我揉身迫近！

手中銀槍圓轉柔和，一條兩丈餘的銀龍瞬間出現，龐大的真氣將那光牆吞噬，帶著無比的威勢向他飛撲而去，修羅斬的絕殺：修羅長恨！

眼中的精光更盛，他的面孔幾乎因爲喜悅而扭曲一起，鬼一般的厲嘯，他迎著我的銀槍飛撲而來，手中的銀槍同樣幻化出一條光龍。兩條銀龍在空中相撞，發出了震天的絕響，在曠野中迴蕩不止！

我一手拄著銀槍，喘息著，這一槍幾乎耗盡了我所有的真氣，體內此刻空蕩蕩，沒有半點的力量，如果不是依靠著手中的銀槍，我恐怕已經倒在地上！我的右肋上，有一道深可見骨的血口子，那威力恢宏的一擊，我雖已卸去了大半的勁力，但是卻無法完全的擋住，依然被他的槍刃劃過我的右肋！那傷口讓我痛徹心扉，但此時我已經沒有心情來顧慮他了。

他渾身是血，站在那裏，身上的衣服已經被血水浸透，胸腹間有一個拳頭大小的血洞，腸子順著那血洞滑出，左手無力的耷拉著，顯然已經骨折，右手握槍而立，臉上依舊帶著那鬼一樣的笑容，他看著我，喉頭抖動了兩下，緩緩地出聲說道：

「王爺後人，許家弟子，好樣的！」

我疑惑地看著他，沒有出聲！緩緩的聽他用那生澀的語言說了下去，雖然依舊是那樣的不通順，但是我隱隱聽明白了。

這個人名叫許天，那飛空十二槍都是同樣的姓氏，名字以天地玄黃排列下去，他們都是無父無母的孤兒，自幼被我曾祖收養，乃是我許家的家臣。當年開元城破之時，他們夾雜在居民之中，所以得以倖免。但是他們沒有忘記這仇恨，偷偷來到了明月，十二個人躲進深山，苦練修羅斬，這一練，就是二十年！由於不能露出開元地方的口音，更爲了斷絕六識，全力修煉，他們不說話，只是依靠著各自的心感來交流，久而久之，他們忘記了如何說話！

大約在兩年前，他們功夫練成，出了深山，卻發現這個世界已經變了，仇人們都已經死的死，亡的亡，許家的後人沒有半點音信。他們迷茫了，二十年苦練，就是爲了消滅仇人，可是現在仇人沒有了，他們也失去了方向，他們不會別的，只有一股力氣，如何生存於這個世界，他們不知道。就在這個時候，高飛和南宮飛雲出現了，他們一眼看中了這十二個人的身手，用盡方法，他們將飛空十二槍收在帳下，並且將崑崙的合擊陣法傳授給了他們。

飛空十二槍心思簡單，而且二十年的苦練，他們之間的默契是常人無法體會的，於是飛空十二槍就成爲高飛等人手下的秘密武器！不過，他們並沒有將自己的真實身世告訴高飛，連南宮飛雲那樣的人也只是知道他們身手高絕，但是也只是和自己相若，因爲他們知道，如果鋒芒太露，就會有殺身之禍，我曾祖就是一個很好的例子！他們只知道他們要對付的是一個叫許正陽的人，但是他們並沒有去想很多，在他們的想法中，戰神的後人已經不在這個世上。可是就在今天的拼鬥中，我最後使出了天地同悲，雖然已經有了改變，但是修羅斬的印記依然存在，他們震驚了！

於是在我逃離了皇城之後，他們緊跟在我的身後，沒有驚動任何人，他們要清楚我的身分！所以飛空十二槍一直是由其他的十一人主攻，而許天則是一直在旁邊觀察！如果他們十二人一起上來，我恐怕此刻早已經魂歸黃泉了。

雖然探知了我的身分，但是飛空十二槍已經不再完全，他們十二人自幼生活在一起，當年爲了復仇，發出同生同死的誓言，如今老主人家還有後人，他們又無法向我復仇，所以在最後，那八個人決意做一個等待重生的鳳凰！

許天早在認出了我的來歷以後，就已經有了死意，但是他卻發現我的修羅斬中依舊有著破綻，苦練了二十餘年的修羅斬，對修羅斬的瞭解，絕對不是我可以比擬的！更何況自童飛去世後，我一直是自己在摸索著，方才那一戰，已經讓我對修羅斬有了更深的瞭解！

看著許天，看著地面上的屍體，我心中突然有一種震撼，這十二個人，爲了我許家，過著沒有身分的生活，以他們的身手，可以享盡榮華富貴，可是他們沒有，二十年苦練，那種寂寞，那種孤獨，沒有執著的信念是無法做到的！突然間，我的腦海中閃現出了兩個字：死士！他們才是我許家真正的死士！沒有爲名，沒有爲利，他們想的只有復仇……

看著我，許天的臉上露出了欣慰的笑容，「我，慚愧，復仇，沒有！但，高興，遇到少主！今天，能死在少主修羅斬下，我們光榮！可以去看王爺，呵呵！」他的笑聲是那樣的可怖，可是我聽在耳中，卻又覺得是那樣的親切。

我以槍拄地，緩緩地走到了他的身邊，沒有淚水，此刻如果我流淚，那是對這些死士的一種侮辱！

「少主，莫要難過！王爺常說，每一個人都有不同的運勢，我們的命就是這樣，修羅斬下無弱士，小人只盼少主牢記，莫要負了王爺的威名！」他說話間越來越流利，臉上的笑意也越來越重，伸手從懷中取出一個小包遞向我，「這是王爺當年修煉修羅斬的筆記，我們幾個兄弟將它偷偷取走，二十年來，就是依靠著它來修煉，今天將它物歸原主，小人也算是了了一樁心事，將來見到王爺，小人也可以有個交代了！」

我伸手接過那個被鮮血浸透的油包，許天的身體順勢向我懷中倒下，我連忙將他抱住，黎明的曙光照在他的臉上，他的面孔依舊是那麼的僵硬，但是我此刻看上去，卻是那麼的親切。

淚水在我眼眶中轉，我沒有流下，用沙啞的嗓音說道：「許天，你是我許家的一份子，你們飛空十二槍的兄弟將永遠位列於我許家的忠義堂中！」

露出激動的笑容，許天看著原處緩緩升起的朝陽，喃喃地說道：「回家了，回家了……」話語間他頭一歪，身體再無生機！

突然間，我仰天嘶聲嚎叫，那聲音好像一匹受傷的孤狼！爲什麼，爲什麼老天對我許正陽如此嘲弄！許家家破人亡，所有的親人離我而去，而我許家的死士卻又死在我的手中，爲什麼！

我手中握著那油包，朝陽初生，溫暖的陽光照在我的身上，可是我的心卻是冷的，冰冷的如萬年的玄冰！

我將飛空十二槍的屍體擺放在曠野中，沒有將他們埋葬，因爲我知道高飛等人一定會將他們埋葬的。而我現在也已經是精疲力竭，沒有半點的力量再去照顧他們的屍體。將誅神收好，我一手拄著銀槍，緩緩地離開了鬥場，我必須要找一個隱秘的地方休息，儘快的恢復功力，從現在開始，我又一次要開始逃亡……

在山中一個隱秘的山洞中調養了十天，我每天不敢離開山洞三里的範圍內，有了飛空十二槍這樣的人物，我不知道高飛還有什麼秘密的殺手，好在山中生有不少的野果，倒也可以充饑。就這樣，我整整休養了十天，十天的時間裏，我的功力盡復，同時，我更將曾祖留下的練功記錄看了一個透徹，與飛空十二槍的拼鬥，使得我對修羅斬的體會更加深刻！

秘密地潛出山中，我不敢在官道上行走。短短的十天，明月到處流傳著我弒君的消息，轉眼間，我從一個明月的英雄成爲了一個萬人所指的逆賊。高飛傳令明月，凡發現我蹤跡的人，獎賞豐厚，於是整個明月動了起來，所有的城市全部都張貼著我的圖像，成群結隊的江湖人士搜索著我的行蹤。

高飛沒有去動梁興，因爲梁興手上握有重兵，一時間他還不敢去觸動，甚至用重金企圖收買；青州向寧表明立場，堅決站在朝廷一方；涼州方面的消息更加不妙，向家四兄弟更宣布將跟隨向寧。所有的一切都對我不利，但是我根本就不擔心，梁興絕對不會買高飛的賬，他在等待我的消息，向寧等人的這番表態，在我離開涼州之前，就已經商量好，這不過是作戲給高飛看，以便有更多的時間來準備。涼州，呵呵，那是我的老家，如果向家兄弟真的要反，恐怕此刻人頭已經不在，我更無需擔心！只要能夠順利回到開元，一切都將落入我的掌握之中。

穿梭於山野之間，我曉行夜宿，不敢有半點的懈怠，天爲被，地爲床，我過著野人般的生活，不過，即便是這樣，我依然被數批江湖人士發現，無數次的搏殺拼鬥，我依靠著我強大的武力一次次的脫險，短短二十天的時間裏，我廝殺不下於十場，從東京到涼州，無數的江湖人士埋骨於荒野之中，一路上，我用鮮血鋪出一條長長的血腥之路！

如野人一般，我整整逃亡了四十天。遠遠的，涼州城已經出現在我的眼中，一別數月，涼州依舊雄偉，如今的涼州已經不同於兩年前我初到涼州時的模樣，城牆高聳，巍峨而雄壯，借依十萬大山的天險，涼州已經真正的成爲了一座堅城！

不敢馬上進城，我悄悄地潛入了涼州城外的一個山村之中，在村中的一處小茶坊中坐下，如今的我已經不再衣帶光鮮，一件普通的灰布短褂，誅神已經用布包好，頭上戴著一個斗笠，一路上的廝殺使我知道，我如今真正的成爲了明月最出名的人物，每一個人都知道我的長相，爲了減少不必要的麻煩，我只能這樣的一個普通旅人的打扮。

茶坊中三三兩兩的坐著幾個客人，看打扮，聽口音，他們好像都是本地的居民，我也就沒有在意，仔細聆聽著他們的談話。我要知道，這些日子以來，涼州開元究竟是怎樣的一個情況！

果不其然，茶坊中的人談論的是關於我的事情。

「大哥，實在不明白，許正陽身爲咱們明月的國公，深受皇上的信賴，怎麼能夠做出這種大逆不道、弒君犯上的事情！」

「兄弟呀，知人知面不知心，那許正陽從一來涼州，我就知道不是一個好東西，光看他在奴隸市場的大開殺戒，然後滅掉了陳指揮使和管記，就知道這個人殺孽有多重。說實話，我從來不看好他，這個傢伙就是一個屠夫，這樣的人又有什麼事情做不出來呢？」一旁的人接口道：「現在連他的修羅兵團也都分成了兩派，向家幾位將軍一力要歸順朝廷，嘿嘿，你說這個傢伙是個怎樣的人物？」

我在一旁聽得心驚，原來我在涼州人心中就是如此的形象？斜眼向那說話的人看去，這個人長得尖嘴猴腮，讓我感到生厭。如果這涼州的百姓都是如此的想法，那麼我就真的打錯了算盤。

「這位大哥，我看你說的也不見得正確！」這時，一個清朗的聲音傳入我的耳中。「許正陽在東京究竟如何，你我都不知道！這弒君一說，乃是六皇子和南宮飛雲一家之說。如今皇上身亡，連太子和太后都不知道去了哪裡？至今都沒有蹤跡，這未免有些說不過去！難不成太子也說明許正陽弒君？嘿嘿，我看這裏面還有推敲的地方！」

我扭頭看去，只見一個年齡在三旬左右，書生打扮的人神情悠然，緩緩地說著。頓時，我看這個人感到順眼很多，沒有想到這小小的山村裏面竟然還有這樣的人物！

「張先生怎麼能這樣說？別忘記了，你也深受許正陽之害，過了一年多的牢獄生活，如今許正陽倒臺，正應該高興才對，怎麼反而為他說話？」一個村夫打扮的人說道。

這人是誰，為何說曾受我之害？我有些奇怪，更加注意那書生，小心聆聽他的說話。

「張某就事論事，當年許正陽初來涼州，根基未穩，滅掉管記這涼州一大勢力，這只是時勢所迫，張某當時在管記效力，管記失勢，張某受到株連，這乃是很正常的事情，雖然被關進大牢，張某沒有半點怨言！這許正陽自來涼州，所做種種，都是為我涼州百姓所想，更洗刷我明月六十年恥辱，單是這一點，就讓我張燕感到佩服。再者，東京一事，我們都不在場，究竟當時情形如何，你我都不知道，但是高飛想當年就曾有弒君的舉動，如今……！嘿嘿，我看這裏面不簡單，而且向將軍雖然說歸順朝廷，但是究竟沒有說要歸順高飛，所以一切還未可知。大哥如果想要多活幾年，我勸你少開尊口，如果此刻許正陽在此，一旦事情不如你所想，恐怕你……」張燕輕輕地說道。

那村夫立刻臉上露出一絲恐懼之色，他嘴唇蠕動了兩下，似乎想說什麼，張燕搶先說道：「這種朝廷裏面的事情，不是你可以預測到的，如果想快樂的繼續生活，最好不要開口說這樣的話！」說著，他的眼角輕輕的向我瞄了一下。

我笑了，看來這個張燕果然不是簡單的人物，當年向家兄弟就曾經向我說過，這張燕有幾分才能，但是當時我沒有在意，後來我攻破了開元，涼州大赦，想來他也是在那個時候被放了出來。這樣的一個人物，如果不為我所用，就不能再讓他生存在這個世上，不然就會給我造成很大的麻煩。而且，這個傢伙似乎已經認出了我，我舉杯向他遙遙一敬。

張燕也笑了，他呵呵的對其他的人說道：「這茶坊之中，乃是閒聊的地方，朝廷中的事情，不是你我所要談論的話題，還是不提爲好！」

我沒有必要再停留，看來這涼州的情形和我預料的差不多，高飛的勢力還沒有完全地控制這裏，但是我還是要做些準備，起身站起，扔了一個銀幣在桌上，扭身走出了茶坊。

走出村落，我展開身形，迅速潛入了十萬大山，等待著夜幕的到來。

第十章　重返涼州

深夜，我避過了在城頭守衛的兵士，無聲無息地潛入了涼州，認清了方向，我輕車熟路地來到了涼州帥府，這裏曾經是涼州指揮使陳琳的府邸，自從被我滅掉以後，這裏就成爲了我來涼州的帥府。

輕身越過了高牆，我進入了帥府。

帥府中一片黑暗，看上去守衛鬆懈，但是我知道，無數的暗樁就隱匿在這片黑暗之中，稍有不慎，就會落入那些暗樁的眼中。不能被任何人發現我的行藏，我提氣凌空飛起，如一隻夜鴿般閃電劃過夜空，來到了向家兄弟就寢的地方。

輕輕的拍打窗櫺，一個沉穩的聲音自房中響起：「誰？」

是向東行的聲音，我壓低聲音說道：「向大哥，是我！」

屋中立刻燃起燭火，門輕輕的打開，我閃身進入了房中。

此刻，向東行身上的戎裝未卸，看來他時刻保持著自己的警覺。看到我，他臉上露出如釋重負的笑容，輕聲地說道：

「正陽，你總算回來了，我都要急死了，自東京消息傳來，我一邊應付高飛，一邊打聽你的消息，卻只是聽說你在搏殺了攔截你的人之後就消失了，但是究竟去了哪裡，卻查不出來，父親那邊多次著人催問你的下落，你要是再不回來，他就要來了！」

沒有回答他的話，我先急急地問道：「太子和太后是否已經來到涼州？」

「放心，已經來了！他們很機靈，沒有立刻進城，先是讓人給我送信，我藉口出城練兵，將他們接進了帥府，然後在十天前將他們送到了開元，前些日子，太后還著人前來詢問你的消息！」說到這裏，他臉上怪怪地笑道：「正陽，太后好像十分的關心你呀！」

我微微一愣，臉上露出尷尬的笑容，「大哥說笑了！」

「呵呵，我才不和你說笑，你最好回頭和梅樓主好好說說，她這些日子有些不高興，呵呵！」向東行偷偷地笑道。

我的頭嗡地一聲大了，想當初時間緊迫，沒有考慮太多，我居然忘記了如果兩個女人聚到了一起，究竟會是怎樣的情形。

感到有些頭疼，我連忙轉變話題，輕聲地問道：「如今帥府中是否安全？」

「放心，帥府中都是我自青州帶來的親兵，不會有任何的問題！」

「北行是否現在府中？」

「今夜我四兄弟都在，西行和南行今天來這裏打探你的消息，晚上大家喝了一些酒，就沒有回去！」

「那還是請大哥將他們都找來，我有事情和你們說！千萬不可讓別人知道，大哥要非常謹慎！」

向東行地神色嚴肅，點點頭，他扭身打開房門，走了出去。

我坐在屋中，連日來緊張的神經此刻放鬆了下來，我感到一陣疲倦，閉上眼睛，緩緩的調息。

門外傳來一陣雜亂的腳步聲，就聽一個聲音響起：「大哥什麼事情呀，神神秘秘的，這麼晚將我叫起來，我剛睡著！」正是向南行的聲音。

向家兄弟湧進了房內，看到我坐在那裏，頓時都吃驚得說不出話來，一行人呆愣在那裏，看著我，特別是向南行，他嘴巴張得簡直可以咧到了耳根。

「呵呵，怎麼，不認識我了？」看到他們吃驚的表情，我輕笑著說道。

「主……！」向南行大聲地喊道，「主」字剛出口，身後的向西行一把將他的嘴捂住，我聽見從他的喉間發出嗚咽的聲音：「……公！」

「老三，怎麼這樣沉不住氣！」向西行責怪道：「主公這樣秘密地將我們找來，就是不想讓別人知道，你一喊，那整個帥府不就都知道了！」

向南行面孔通紅，有些羞愧地看著屋中的眾人，半天沒有說出話來。

我擺擺手，輕聲說道：「二哥不用責怪三哥，呵呵，大家快坐！」

這時，向東行從屋外走了進來，他們在我面前坐好。向南行有些激動地說道：「主公，你可是回來了，如果再不回來，我就要急瘋了！」

微笑著，我輕聲說道：「多謝三哥的掛念！正陽現在將你們秘密找來，這原因大家都已經知曉了，如今非常時期，我們還是小心為妙！」

「主公，到底東京發生了什麼事情？這次搞出這麼大的動靜！」向西行壓低聲音，急急地問道。

看來他們並不知道顏少卿等人的到來，我讚賞地看了看向東行，緩緩將東京的事情說了一遍，他們的神色變了數變，最後，我看著他們說道：

「高飛等人如今已經羽翼豐滿，情況不同以前，我之所以不敢露面，是因為涼州一定還有他們的耳目，如今我們大計未定，實在不宜和他們糾纏，所以我今天來到這裏的事情，你們不能告訴任何人！」

點點頭，向家兄弟表示明白。

我接著說道：「涼州情況現在如何？」

想了一下，向東行緩緩說道：「自東京傳來消息，涼州反應不一，大體上是不太相信。不過現在溫國賢等人較之以往，更加猖狂，他和李英勾結，秘密地培植私兵，這意圖十分明顯！程安借守衛糧庫的名義，大肆地招兵，我想高飛對我們還是不放心！」

「那個華清這段時間如何？」

「華清？」向東行一愣，輕聲說道：「華清這些日子深居簡出，根本不與外人打交道，正陽，我實在不知道爲何要對他如此的注意！」

我搖搖頭，「大哥，現在還不是時候，對於華清，我只是懷疑，還沒有證據收拾他，先等等！」說著，我臉色一肅，看著眾人說道：「兄弟們，現在我們的時機已經成熟！嘿嘿，我原來還沒有想到要這麼快，但是高飛這樣一來，就給我一個藉口，我們可以接收明月的政權了！」

眾人神色都是一愣，他們看著我，有些迷惑。

我笑了，輕聲說道：「高飛此次弒父，顯然是已經做好了準備。但是他沒有想到，我將太后等人秘密送來涼州，更沒有想到，高山大哥和高占接頭，將傳國玉璽送來，嘿嘿，沒有這兩樣東西，高飛恐怕難有作爲！」說到這裏，我突然想起了高山，心中升起一陣莫明的痛楚。

「太后來了涼州？什麼時候？」向南行張大嘴巴問道。

「這個三哥就不用再問，如今朝廷的正統血脈在我們手裏，我們就可以詔告天下，起兵討逆！太子如今只能依靠我們，我們要做的，就是將太子更加嚴格地控制在我們手裏，待到明月局勢穩定，我們下一個目標就是飛天！」說到這裏，我看看他們，「接著，就是鳳凰戰旗飄揚在炎黃大陸的時候！」

眾人的眼中這一刻流露出一種狂熱，他們看著我，低聲地說道：「向家兄弟緊跟主公身後，赴湯蹈火，在所不辭！」

我點點頭，負手站起，在屋中徘徊，「你們現在要繼續和高飛糾纏，不可有半點的懈怠。將溫國賢、李英和程安等人嚴密控制，一待時機成熟，就將他們一網打盡！同時，大哥馬上修書給叔父和梁興，將這裏的情況告訴他們，並派遣心腹之人秘密送出，當他們的回信到達之時，就是我們起事之時！」

說到這裏，我神色莊重，看著他們緩緩地說道：「我立刻要趕回開元，一時間不會露面。你們要一如平常，小心謹慎，不要露出馬腳，時間對我們十分重要，我們需要一百天到一百五十天的時間，來做足各種準備！」

「屬下明白！」四兄弟起身說道。

「各位，現在是到了決戰的時候了，究竟是我們背負叛逆之名還是高飛等人遺臭萬年，就看我們的了！」我神色堅定地說道。

四兄弟躬身壓低聲音齊聲說道：「主公放心，我等兄弟誓死跟隨！」

我緩步來到窗前，不知道什麼時候，天邊曙光初露，這是新的一天將要到來，是否也是一個新的時代的到來？

離開了涼州，我依舊隱藏著自己的行蹤，不敢在大路上行走，我依然潛入了十萬大山。在離開涼州前，我交代向東行，將張燕秘密送往開元，我不允許有這樣一個人平白的浪費。

自三川口出了十萬大山，已經是三天以後。我趁夜潛入了開元帥府，來到梅惜月的房外，以真氣將房門震開，潛入了房中。

梅惜月躺在床上熟睡著，我輕手輕腳地來到床前，剛要伸手將她喊醒，一道凌厲的劍氣從梅惜月的身邊衝起，一個嬌小的身影騰身而起，如驚鴻一閃，向我撲來。

我心中一驚，這劍氣雖然尚不足以威脅我，但是由於我完全沒有防備，而且在如此近的距離，讓我也有些措手不及，匆忙中，我身體後仰，劍氣自我上方掠過，我一指輕伸，飄然不帶有半點的火氣，但是勁氣直襲那人胸前大穴。嬌小身影微微一頓，順著我的手指方向凌空飛旋，手中短劍幻出銀蛇數道，將我的身形籠罩在劍下。

只是這瞬間，我已經認出了那嬌小的身影原來是憐兒。我沒有出聲，騰身而起，劍指凌空虛點，憐兒發出的劍氣頓時如石沉大海，而我那一指已經將她的身形完全籠罩，憐兒身形數閃，卻始終無法躲過我這輕飄飄的一指，我清楚地看到她的臉上露出了一絲慌亂的神情，銀牙輕咬，短劍勁氣狂湧，身形如流星飛墜一般向我撲來。

「憐兒，不用打了，難道沒有看出來是妳許叔叔嗎？」梅惜月懶洋洋的聲音此刻突然響起。

憐兒的身體在空中一頓，一個迴旋，如乳燕歸巢般撲向我的懷中。我連忙將她的身體接住。此時屋中燈光一亮，梅惜月已經起身將燭火點燃。

燭光下，憐兒的臉上紅撲撲的，眼中充滿了淚水，她看著我，臉上流露出驚喜的神色。

我輕輕把手指放在嘴邊，示意她不要出聲，壓低聲音緩緩地說道：「憐兒的身手大有長進呀，叔叔如果不是功夫好，恐怕就要敗在憐兒的手下了！」

憐兒聲音哽咽著，低聲說道：「叔叔，憐兒好想你，憐兒還以為再也見不到你了！」

輕拍她的臉頰，我低聲說道：「憐兒乖，叔叔這不是回來了？別哭！」

「正陽，你怎麼偷偷摸摸地進來，像個賊一樣！」梅惜月緩緩地來到了我的身邊，語氣有些責怪地說道：「前兩天向大哥說你已經回來，算算日子，也就是這兩天就要到了，我們一直等到深夜，也沒有看見你的影子，想著你可能不會回來了，剛睡下，你就像個鬼一樣溜進來！」

看著梅惜月有些蒼白的面龐，她瘦了，這許多天不見，她的臉色好生的蒼白，眼圈微微有些發黑，想來已經有很多天沒有休息好了。我輕笑著，有些憐惜地說道：「師姐，這些日子真的辛苦妳了！」

梅惜月笑了，笑得依舊是那樣的嬌媚，帶著一絲欣慰，她緩緩地說道：「我並不辛苦，倒是你，在東京每天都如履薄冰，更加辛苦！」說著，她坐在我的身邊，靜靜地看著我。

輕輕的拍著憐兒，我悄聲問道：「師姐，開元情況現在如何？」

「幸好有傳將軍和冷先生，還有孔先生支撐，不然光我一個弱女子，恐怕很難支持下去。開元帥府多次遭到了刺客騷擾，好在有巫馬將軍守衛，一切都還正常！」

「刺客？哪裡來的刺客？」我奇怪地問道。

「我也不知道，但是那刺客似乎只是爲了打探消息，並沒有對我們不利，巫馬將軍曾將他攔住，但是卻沒有能夠擒拿，那人的功力似乎十分超絕，後來師叔他們也住進了帥府，協同防衛，那刺客就沒有再來過！」

我微微皺動眉頭，這樣的刺客倒是少見，而且能夠從巫馬的手上逃出，看來功夫當真是非同小可！這是哪一派的人物呢？我思索著。

突然我問道：「對了，師姐，太后和太子是否安全？」

白了我一眼，梅惜月冷冷地說道：「這麼關心他們，你怎麼不早些回來，省得她每天都來盤問！」

聽了梅惜月的話，我有些訕訕地回答道：「師姐怎麼這樣說？太后和太子乃是我們翻身的本錢，當然要關心一些了，呵呵！」

「不要給我傻笑，我是女人，我看得出來那太后問你時的神情是如何的，這個你不要想瞞混過去，說，你和太后究竟是怎樣的關係！」她話中的醋意越來越重，冷冷地看著我說道。

「我，我……」我喏喏地不知道該怎樣回答，我知道聰明如梅惜月般，想要騙住她是很難的，心裏一橫，我將和顏少卿的那一段事情告訴了梅惜月。

梅惜月的臉色好轉了許多，她看著我的惶急神色，噗哧地笑了出來，「正陽，你不用急，這種事我可以猜測出來，只是看你對我老實不老實！」說到這裏，她神色一正，嚴肅地說道：「不過正陽，顏少卿的來歷不簡單，我一直在懷疑她身後還有一股勢力在支持，至於是什麼勢力，我現在沒有辦法查出來，你一定要小心。如今她是依靠於你，但是如果你和她發生了利益衝突，那麼……」

我點點頭，心中不由得想起來鍾離勝在兩年前曾經說過的話，心中深有感觸。突然我心中一動，輕聲說道：「師姐，我想請妳幫我查一個人！」

眉毛輕挑，梅惜月輕輕的問道：「什麼人？」

「東京的古玩商趙良鐸妳可認識？」

「趙良鐸？」梅惜月若有所思的點點頭，「這個人行蹤詭秘，很難查到他的資料。不過，後來因為他並沒有對我們造成什麼威脅，所以也就放下了，怎麼？正陽難道懷疑他？」

「是的，此次我前往東京，得到他的很多幫助。只是我不明白，他為什麼要這樣的幫助我。而且他手下擁有大批的高手，還和顏少卿有聯繫，我在想，這趙良鐸會不會就是顏少卿身後的主人！」

「哦？聽你這麼一說，我也覺得很有可能！」梅惜月緩緩地點點頭，「不過現在看來，他還和我們沒有什麼衝突，那麼，我想你暫時不要考慮這個人，我會讓青衣樓著手調查此人，想來是可以有一些蛛絲馬跡！」說到這裏，她臉上露出一抹羞紅，「正陽，此次青衣樓東京分舵背叛之事，我後來才得知，實在是……」

「師姐不用慚愧，青衣樓組織龐大，難免會有一些叛逆。我只是可惜，以金大富的忠義，怎麼會有一個叛徒的弟弟，難道真的是龍生九子，各有不同？」

梅惜月點點頭，緩緩地說道：「顏少卿眼下我著人秘密安排在開元東城的一處民居，那裏都是對你臣服的平民，所以十分安全！你下面想要怎麼做呢？」

想了一想，我低聲說道：「這兩天我就留在帥府，但是不能露面，修羅兵團的幾個將領以外，不能讓其他人知道我已經回來，同時命令巫馬將帥府嚴密保護，不能有任何一個人隨意進出！」

點點頭，她看著我，等著我繼續說。

「師姐，妳命令青衣樓將開元和涼州兩地徹查，凡是和東京方面有關係的人物，都要秘密監管起來。明天一早，妳著人將傳將軍等人找來，我要和他們商量一下起兵的事情。晚上將向東行秘密送來的張燕送到府中，我要和這個人談談；還有，命令雄海等人將青衣樓重新翻查一遍，將所有有可能會背叛的人都……」我看了一眼梅惜月，她的眉頭輕輕一皺，我說道：「師姐，青衣樓的體系過於龐大，難免有些不肖之徒，我們現在這次的清洗，也是爲了以後讓青衣樓更加強大！」

點點頭，雖然有些無奈，但是梅惜月知道，這是一個必需的行動。

「還有，不要將我的行蹤告訴顏少卿，我現在還不想和她見面，時機尚不成熟！」

帶著一絲歡愉的神色，梅惜月點點頭。女人！這就是女人！我心中暗暗地笑道。這最後的一句話，就是爲了平復她心中的不快！

「我已經在涼州寫了一封信給梁興，讓他在接到鍾離勝以後，火速通知武威的鍾離世家，看鍾離世家是怎樣的反應！還有，向家兄弟已經和向寧聯繫，我們現在就等待，等待他們的消息！師姐，我們就要開始了！」我看著梅惜月說道。

她點點頭，眼中帶著一絲仇恨。

看看懷中不知道什麼時候已經熟睡的憐兒，我無奈地說道：「師姐，看來我們今夜要秉燭長談了！」

梅惜月臉上一紅，她當然明白我話中的含意，輕輕的將頭靠在我的肩頭，我騰出一隻手將她摟住，聞著她身上淡淡的清香，我連日來的疲憊瞬間消緩了許多。

第二天，我秘密召集了傅翎等兵團將領，商議起兵的事宜。大家見面自然是一番驚喜交加。整整一天，我們在房間裏沒有出來，我將東京發生的事情向他們做了一個說明，然後讓他們著手準備起兵的事宜，直到傍晚，他們才秘密離去。

深夜，我坐在帥府的書房中，看著手中的各種簡報，心中卻在思索著下一步的打算。門被人輕輕的敲響，一個低沉的聲音響起：「主公，人帶到了！」

這是巫馬天勇的聲音，我輕聲說道：「讓他進來吧！」

門被推開了，一個中年人走進屋中，他看著，沒有說話。我借著搖擺的燈光看去，來人正是張燕。

我微微一笑，輕聲說道：「先生來了，我們這是第二次見面了！請坐！」

張燕冷漠地說道：「張燕乃是一個罪人，得您開恩，過著普通平靜的生活，這裏如何有在下的座位？國公大人將在下召來，不知有何指教？」

我站起身來，拉過一張椅子放在張燕的面前，「張先生此話許某不甚同意，你我敵對，非是私怨，各為其主，勝敗本來是平常之事，說起來許某還要向先生請罪，先生如此高士，許某卻將先生置之牢籠中，實在是不該！」說著，我躬身向張燕一揖。

張燕面孔微微抽搐，依舊是冷漠地說道：「大人如此大禮，張燕受之有愧！」

從他的話語中，我聽到了一絲暖意，我繼續說道：「先生那日在山村中爲許某仗義執言，許某著實感激，但是如今許某不能出面，所以將先生請來，失禮之處，還請先生不要責怪！」

我一邊說著，一邊看著張燕的臉色，他神色已經鬆動，不再如初時的冷漠，我恭敬地說道：

「今日將先生請來，是想請先生能夠助許某一臂之力。先生大才，那日雖然聽先生短短兩語，但是許某卻知道先生乃是大賢之人，先前曾經聽到我的屬下多次稱讚先生，只是許某愚昧，一直未曾在意，所以委屈了先生，今日這屋中只有你我兩人，許某真人不說假話，開元起兵在即，許某想要先生幫助，不知道先生意下如何？」

半晌沒有說話，張燕沉吟道：「諸侯並立，各國勢力強橫。大人如今自身難保，勢力不過兩城，縱有夜叉襄助，依然是中氣虛弱；開元內有朝廷大兵臨近，外有飛天虎視，內外交困。」他語鋒逼人，看著我說道：「如今各國勢力有成，西部墨菲更是強橫，如有道之人在位，十年即可大成。」

我微微一愣，但是旋即微笑道：「如今大家都說墨菲強橫，天下賢才趨之若鶩，但是在下想請問，墨菲能用者有幾何？」

張燕沉默，不由得深重嘆息了一下。

我淡淡緩緩地說道：「況且天道悠悠，事各有本。大才在位，弱可變強，庸才在位，強可變弱！先生安知道許某就不是一個大才？這強弱之說，豈能一時論就！許某雖然不才，但是卻相信比那些所謂的明主好上百倍！雖然現在背負罵名，但是天下悠悠眾口難封，我隨他們說去，只要許某行得正，坐得直，隨便他們去說，如今正道在我許某這一邊，弱勢只是一時，安知道許某就不會翻身？」

「大人所說的翻身是何意思？」張燕從椅子上站起問道。

「既然先生這樣問，許某就不妨告訴先生，許某絕沒有弒君！高飛雖然詔告天下，那也只是一時，如今太子與太后在我帥府中，許某更有先皇手書血詔玉璽，現下時機不成熟，許某就忍了這罵名又能如何？待時機成熟，許某隻手就可翻天！」我冷冷地說道。

「好，如果大人真有此本事度過眼前難關，張燕自然對大人心服口服，否則，大人也恐怕只是一個徒會吹噓的人物！」他看著我，眼中發出奪目異彩。

我突然笑了，「張先生快人快語，和先生談話果然不需費力！哈哈哈！」我笑著走回桌後，坐在椅上：「就這樣說，請先生暫且留在我的軍團，看看許某是怎樣扭轉乾坤！」

「好！張燕拭目以待！」張燕看著我說道。

我點點頭，也看著張燕，沒有說話，屋中一下子寂靜了許多。半晌，張燕開口道：「只是不知道大人如果扭轉乾坤，要怎樣治國？還是依照儒家之法嗎？」

我突然放聲大笑，「先生真是妙人！儒家之法，克己復禮，遵從上古之法！我說都是狗屁！老百姓吃西北風的時候，哪裡有什麼禮可講？人心非比千年之前，文聖學說也要活學活用，否則只是一個書呆子罷了！」

「大人更是快人，如今天下之人，務虛者多，經世者少；懷古念舊者多，推動時勢者少；糾纏細目者多，緊扣大要者少，嘿嘿！」張燕點頭說道。

「好一個三多三少！先生推崇創新，注重致用，深得我心。呵呵，如果能和先生一同做這推動時勢者，想來一定十分痛快！許某無所長，破壞是一把好手，只是這建設卻難倒了許某！呵呵，此刻許某真的有些迫不及待了！」我走到張燕面前說道。

「方今天下，群雄爭霸，諸侯圖存，是爲大勢！爭雄者急功近利，惟重兵爭，卻不思根本之爭。所以爭而難雄，雄而難霸，霸而難王，終未有成大氣候者！張燕今天雖不是大人家臣，但是卻有一言不得不說，若大人只是想成爲一個小王，那麼如今就是機會，若大人想要大成，此時機會尚且不到，古人有云：廣積糧，緩稱王！大人要好好的琢磨！」

我看著張燕，半晌沒有說話。突然間我仰天大笑，「哈哈哈！如果不能將先生收爲帳下，許某就一定要將先生除掉！如今許某放膽一句：內有孔、冷，外有你我，天下已然在我手中！呵呵，就算是爲了先生，許某也要將明月翻上一個天！」

張燕看著我，突然也笑了，我們先是輕聲的笑，最後同時放聲大笑。燭火搖擺，似乎也在爲我歡舞。

此後的數天裏，我藏身在帥府之中，始終沒有露面。閒暇時教導憐兒，和張燕談論軍事和時勢，更多的時間，我則是站在了地圖面前，考慮今後的進軍路線。

自涼州起兵，只有一條官路直往東京，其餘的道路崎嶇不平，讓大部隊很難行進。我將距離東京六百里的建康作爲會師地點，因爲這裏恰巧是青州、通州和涼州三處交界之地，也是東京最後一個屏障，拿下了建康，東京就在我的眼皮底下了。但是從涼州到建康，其間有粟陽、獨松關、常州和五牧城四處雄關，都是地勢險要，易守難攻的城池，如果一處一處的打，我兵團的勢力勢必要消耗過多，那麼就算到了建康城下，我也再無力量。

建康可以說是明月的建國之本，早年間，在明月建國之初就有「重兵皆在建康，東京倚之爲重」的說法，這建康的重要性可想而知。後來隨著我曾祖將明月打敗，就有了建康撤兵的說法，將建康這個軍事重鎮取消，也正是因爲如此，才造成了南宮飛雲當年奇襲東京。高飛等人東京兵敗，高占就將建康重新建立，特別是在我離京以後，建康兩年的時間裏完全地恢復了舊貌，甚至較之以前更加的險峻，如今有二十萬大軍駐紮於建康，身後更有東京雄師數十萬，是一塊難啃的骨頭。

我仔細地探查著地圖上每個城池的位置，這張地圖是當年我離開東京，開拔向涼州時，梅惜月用她無比的智慧和記憶將各個城池的方位、地形和配置情況詳細地寫了下來。我的手指沿著地圖上的官道徐徐移動。

如果我發兵起事，自涼州進發，梁興和向寧同時自青州和通州起兵，梁興一路可以將兩邊地區的勢力完全的牽制並消滅；向寧自青州西進，將牽制住青陽一線的勢力，也就是說，我領兵北進，只有強行的突破四道雄關，兵臨建康，然後要和梁興、向寧會師以後，才能夠有把握將建康拿下，但是建康拿下後，我又該怎樣來面對東京這座堅城呢？高飛在這段時間裏面不斷的向東京集中兵力，想來目的就是要和我在東京城下一決雌雄，我真的能夠將他打敗嗎？我心裏有些迷茫！

甩甩頭，我繼續看著眼前的地圖，起兵北進，我將有兩個困難，第一，我要想辦法突破四道雄關以後，有足夠的兵力來面對建康守軍，第二，三方面合兵作戰，首先講究的是一個默契，時間上一定要配合好，這一點也是十分重要，不然就要孤軍深入，面對的困難決不少。我再次低頭沉思。

「報！主公，天京青衣樓急報！」巫馬慌慌張張地跑了進來，他看著我，神色間有些焦急。

我微微一皺眉頭，低聲說道：「巫馬，發生了什麼事情，你竟然如此慌張？」

「天京青衣樓密報，天京自三個月前開始集結兵力，大批玄武、青龍兩大軍團回駐京師；朱雀兵團調離了鐘祥、復、盧一線，前往安西平亂；原駐守在天京的黑龍軍團已經被派往鐘祥一線，接替朱雀兵團與拜神威作戰！」巫馬喘息著說道：「天京青衣樓因爲無法探測飛天的目的，所以以十萬加急將情報送交給主公，請主公定奪！」

我一愣，這個調防好生奇怪呀！朱雀軍團連年和拜神威作戰，經驗豐富，將拜神威的名將陸卓遠阻擋於蘭婆江以南，難以北進。如今突然將他們調往安西這個山地，那不是以己之弱，攻敵之長？黑龍軍團多年拱衛天京，不擅水戰，讓他們前往鐘祥一線，簡直就是笑話；玄武和青龍兩個軍團放棄東面防線，雖然那裏沒有什麼戰事，但是卻……

我感到有些頭疼，這樣古怪的調動兵馬所爲何也？我苦笑著看著巫馬天勇，他正睜大眼睛看著我。

沉吟片刻，我疑惑地說道：「巫馬，這個調動我著實也無法猜透，說是整備軍馬和高飛等人裏應外合，攻擊開元？我看不像；說是正常的調動，卻古怪異常；練兵？更是不可能！這一時我也無法猜透。」

我撓撓頭，低頭看著桌上的明月地圖，好半天才說道：「這樣吧，巫馬，你命令青衣樓繼續監視，不要有任何的動作，看看飛天下一步的打算！」

點點頭，巫馬轉身離去。看著他離去的背影，我的心中更加的迷惑，飛天這究竟是在唱哪一齣戲呀！搖搖頭，我暫時將飛天的事情拋開，繼續看著桌上的地圖，研究行軍路線。

時間過得很快，轉眼間已經到了初夏，天氣已經漸漸地熱了起來，明月的局勢也每一天都在發生著變化。高飛已經完全的將東京控制，並且在南宮飛雲的幫助下，許多的勢力已經向高飛表示臣服。高飛不斷地從各地調來兵馬，以加強東京的防衛，他也十分清楚，下面的戰爭才是真正的序曲。

自我制定好了作戰計畫，發信給梁興和向寧已經有了一個月，約他們同時在六月初五起兵，並且於兩個月後在建康城下會師。我根據炎黃大陸的說法，六月初五是一個起兵的好日子。這一個月來，我依舊秘密指揮著修羅兵團的整備，一切都已經辦好，現在就是等待六月初五的到來。

我吩咐招賢館中的書生，為我精心纂寫了一篇討逆書，準備在那一天詔告天下高飛的劣行！同時，我命令孔方秘密尋找工匠，準備將開元城池擴大，當然，這是以後的事情，開元涼州是我的基地，如今的面積有些狹小，這些工作我必須現在就開始準備，這也是我對眾人表現我的信心的一種方法。不過直到現在，我還沒有想到一個辦法來突破那四道雄關，這使得我徹夜難眠！

就在我秘密準備的同時，涼州、開元兩地的各種勢力也開始緊張的行動著，每天都有無數的密報傳來，溫國賢、程安等人活動猖狂，不斷地散發謠言，以煽動民心。好在有向家兄弟平定，才沒有鬧出更大的亂子，我知道他們是想將我逼出來，嘿嘿，這不會是他們這幾個草包的主意，一定是其他的人！

使我有些奇怪的是，我一直極為注意的華清，在這段日子裏面十分安靜，他沒有任何的舉動，完全不跨出宅院大門一步，他越是這樣神秘，我就越是感到有些不對，於是我命令雄海等人加緊對他的探查，連梅惜月也每天不停地忙碌，分析各種送上來的資料。

炎黃曆一四六四年六月初三，我還是坐在書房之中，眉頭擰在一起，看著梁興給我送來的回信。趙良鐸等人已經來到了通州，但是他們沒有救出來鍾離勝，鍾離勝在那天晚上沒有在紫心閣中，只有一個替身。這也就是說，鍾離勝還在高飛等人的手中，武威的大軍依舊無法歸我所用，甚至將會是我一個非常大的敵人，在高飛的威脅之下，為了鍾離勝的安危，他們很有可能成為高飛的一大助力。如此一來，我與梁興和向寧會師建康後，與武威大軍前後夾擊東京的想法就成為了泡影，不但如此，我們很有可能會和武威大軍對峙東京！對於武威的兵馬我倒是不很擔心，但是我卻擔心梁興的夜叉兵團中有十萬武威大軍，如果兩方對峙，出現臨陣倒戈之事，我們就真的是危險了！

我坐在椅中，揉了揉突突直跳的太陽穴，已經有三天了，我已經有三天沒有合眼了。這個高飛果然是一個難纏的人物，我這次可能會偷雞不成蝕把米！仰天長嘆一聲，我閉上了眼睛，一陣強烈的眩暈襲了上來，我感到有些疲憊！該怎麼辦？

時間已經不再等待，我不能再等下去，梁興已經同意在六月初五起兵，還有向寧，我也無法及時通知他。而且，時間也無法讓我再次來調整我的計畫！高飛的勢力一天天的膨脹，如果讓他將明月的局勢穩定，即使我手中有血詔玉璽，再加上那個太子和顏少卿，我也無法再去撼動高飛的根基。

猛然起身，我焦慮地在屋中來回走動，一時間無法想出一個好的辦法。

「砰」的一聲，書房的門被撞開，梅惜月臉色蒼白地衝了進來，她看著我，嘴唇蠕動半天，卻沒有說出一個字！

「師姐，發生了什麼事情？」我奇怪地看著她，從來沒有見到他如此的失態。

「正陽，天京出事了！」梅惜月看著我，緩緩地說道。

「哦！出事了，那就讓它出吧！呵呵，和我們有什麼關係！」我聽了不由得笑道，毫不在意的回到桌前，繼續看著地圖。

「正陽，是天京出事！」梅惜月看我沒有反應，大聲地喊道。

我抬頭看著她，覺得好生奇怪，天京出事就出吧，只要不是前來攻打開元，我管他出什麼事情！不過看到梅惜月那焦急的面龐，我只好問道：「出什麼事情了？」

「十五天前，飛天太師翁同突然調集玄武和青龍軍團，將天京的防務兵力接收，將皇城控制，然後將黃家滿門誅殺！」

「什麼？」我猛地直起身來，看著梅惜月，有些結巴地說道：「師姐，妳，妳，妳再，再說一遍！」

「黃元武被召進皇城，被翁同手下的高手當場格殺；黃家被圍，高權戰死，黃風揚點起大火將黃家置於大火之中，化爲灰燼！同天，黃夢傑所在朱雀兵團發動兵變，黃夢傑在他的鐵衛護衛之下，身受重傷，逃離安西，目前下落不明！」

我突然腦子裏面嗡地一聲，感到一陣天旋地轉，我連忙扶住桌子，緊張地看著梅惜月，緩緩地問道：「那，那秋雨呢？」

「不知道，火場中都是被燒焦了的屍體，沒有一個生還！」梅惜月的眼淚順著臉頰流下，她看著我，緩緩地說道。

我腦子裏面一片空白，撲通一聲呆坐在椅上，半天沒有說出話來。就在這瞬間，我和黃家的點點滴滴湧上了心頭：黃風揚和我徹夜長談；黃元武對我的關愛，颯爽英姿的黃夢傑，還有和我定情三柳山的秋雨，在天京的一幕幕景象閃電般劃過。

「正陽，你不要難過！並沒有發現小雨她的屍體，想來黃老先生已經有了安排！我已經著令青衣樓在飛天所有的分舵尋找她和黃夢傑！」梅惜月走到我的身邊，輕聲地說道。

「生要見人，死要見屍！」好半天，我咬著牙說道。猛然扭頭對梅惜月說道：「師姐，一定要找到小雨，我知道，她沒有死，我知道的！」說著說著，我說不下去了……

梅惜月輕輕拍拍我的肩膀，「正陽放心，這個師姐明白的！我不惜一切力量也會將小雨找到！」

我緩緩地坐下，神情有些呆滯。突然間，我笑了，用有些沙啞的嗓子說道：

「師姐，爲什麼好人都不長命？黃家一心爲了飛天，幾代的忠良，卻落得如此的一個下場！我許正陽滿手的血腥，卻數次活了下來，這到底是爲了什麼？」

沒有回答，我知道，這個世界本來就是一個惡人的世界！好人是無法立足的，我許正陽一定要把這個世界扭轉過來，我要看看，究竟我能夠鬥得過天，還是失敗在老天的安排下！我咬牙切齒地說道：「飛天，你又欠了我一筆債！」

晚上，我依舊坐在屋中，沒有動一動。我感到自己的心都是涼的。緩緩走到屋中的銅鏡前，我好像一下子臉上添了許多皺紋。我怎麼會這麼老？我才二十四歲呀，我怎麼能夠這麼頹廢！我甩甩頭，走出門外，深深地呼吸了一口新鮮的空氣，精神在轉眼間好了許多！

小雨生死未卜，我不應該這樣頹廢！只要有一線的希望，我就不會放棄！我剛要轉身進屋，錢悅匆匆的從外面走了進來，一見到我，他立刻搶上兩步：「主公，涼州來報！」

「什麼事情？」

「涼州探馬在東北發現一批兵馬，正在向涼州火速趕來，估計兩天後就會到達！」

一皺眉，我問道：「是哪一路兵馬？」

「根據觀察，好像是來自於粟陽的兵馬，據探馬報，領軍的好像是粟陽兵馬副守備蘇寶衡！」錢悅小聲說道。

「一共有多少人馬？」

「大約是兩萬輕騎！」

我腦中不停地在分析這股人馬突然到來的原因，突然間，一道靈光閃過，我仰天哈哈大笑，「真是上天助我！哈哈哈，粟陽已經在我手中！哈哈哈！」

我轉身走進了書房，提筆伏案急書。寫完以後，我將這封信封好，並在封口處蓋上印章，遞交給錢悅。我慎重地說道：「錢悅，連夜派心腹之人將這封信秘密送交給向東行和向北行兩位將軍，讓他們連夜準備，不得耽擱！」

錢悅拱手領命向外走去，走到門口的時候，我突然將他叫住，「順便將梅樓主、幾位老神仙、傅將軍、冷、孔兩位先生一起請來，就說我有急事要與他們商議！」我沉吟著說道。

再次應是，錢悅匆匆的在我的視線中消失。

低頭看著桌案上的地圖，我心中想道：粟陽出兵恐怕是已經聽到了一些風聲，最有可能的就是溫國賢等人發信求助，試圖打我一個措手不及，趁機佔領涼州，將我修羅兵團阻擋在涼州之南！不過他們此次出兵增援，也給了我一個機會，我心裏暗暗地盤算著！

沒有多久的時間，梅惜月等人匆匆來到，我起身先請他們坐下，並命令巫馬天勇和錢悅在門外警戒。沉吟了一下，我看著眾人淡淡地說道：

「各位，我剛收到了一封來自涼州的快報，粟陽秘密發兵兩萬輕騎，正向我涼州接近，預計在兩天後到達涼州！」

我說完看著眾人，但見他們面色如常，沒有半點的波動，看著我，樣子十分的平靜。我不由得笑了，「各位，你們都看著我做什麼？我想請各位拿出一個主意，也好將來犯之敵退去！」

大家都笑了，梅惜月看著我緩緩地笑道：「正陽，這裏都是自己人，你就不要賣關子了，看你心平氣和的樣子，我們就知道你已經有把握了！」

我嘆了一口氣，在這些人面前，沒有半點的樂趣可言，總是能夠將我的心思看透。我咳嗽了兩聲，對著大家說道：

「各位，我這些日子以來一直在思考出兵的各種問題，傅將軍，修羅兵團整備的如何了？」

「啓稟主公，修羅兵團如今連帶新兵，共三十萬人，已經做好出兵準備；軍械、輜重等各項事宜，也已經就緒！隨時等待出發。如今只是等待六月初五的到來！」

我滿意地點點頭，這時冷鏈突然插口道：

「主公，涼州、開元兩地之間已經建立起一個龐大的牧場，屬下和孔內史已經著令收購駿馬，放牧升平大草原，這樣一來，可以讓我開元和涼州兩城的無事之人有事可做，同時涼州糧田今年的長勢不錯，看樣子到了秋季，會是一個豐收之年！所以主公不必爲糧草等事項煩心；還有，如今開元涼州兩城的人口也不斷增多，主公，我們後備絕沒有半點的問題！」

「另外，主公說想要將開元城擴大一倍，屬下也和冷內史帶著楊琪前往周圍一探地形，發現了很多的問題，開元乃是一個征戰之城，當初建立的時候，主要是從戰略角度出發，城牆堅實高厚，城裏的格局也是爲了戰爭考慮，如果擴大改造，將會增加不少的支出。屬下和傅將軍還有冷內史商量多次，都認爲如果主公想要擴建，倒是不如緊依開元修建一座新的開元城，這樣，以舊開元城爲外城，做戰略之用，抵禦飛天的攻擊；以新開元爲內城，做發展之用，憑藉三十六寨爲防衛，南北兩線無憂。更重要的是，如果主公建立一個新開元城，所用費用遠遠低於擴建之用，但是面積和規模不會低於東京！」孔方看著我緩緩地說道。

我一邊聽，一邊不住地點頭，朗聲笑道：「孔內史此議甚好，正陽對此本來就不是十分明瞭，那麼此事就交給兩位內史和楊琪了！」

冷鏈和孔方同時起身應命。

我點點頭，示意他們坐下，環視了眾人一眼，揚聲說道：「讓我們進入正題，粟陽發兵來犯，按照時間上來講，就是在我們起兵的日子到達，在這之前，我們要將一切不穩定的因素抹去，我已經命令向東行兩兄弟在涼州明晚行動，其餘的各種非我勢力一定也要同時除去，所以，明天我將讓巫馬天勇和錢悅帶領兩千鐵騎，將開元一帶的所有敵對勢力剷除，傅將軍一方面帶領修羅兵團向招賢台集結，另一方面協助巫馬等人，務必將敵對的所有勢力全部剷除，我不希望有任何的麻煩在我起兵之後發生！」

「末將遵命！」

「師叔！」我欠身向天風等人施禮說道：「我想請天風師叔帶領亢龍山的弟子在開元帥府中護衛，開元即將會有一場大的風雨，帥府安危極為重要，請師叔在此守衛至明日，後日凌晨，我會著人前來迎接，到時師叔還要安排人手，將我師姐、太子和太后送往招賢台！」我恭敬地說道。

天風拈著花白的鬍鬚，呵呵笑道：「正陽此事不需擔心，就交給我們來辦理好了！」

我微笑著說道：「另外，我還想請天一師叔和正陽一起今晚辛苦一趟，不知天一師叔意下如何？」

微微欠身，天一笑著說道：「天一聽候吩咐！」

「我今夜將率領血牙前往涼州，請師姐吩咐雄海，讓他做好準備，我們在子時出發！」我扭頭對梅惜月說道，接著回身對天一開口道：「當然師叔也請一起！」

梅惜月和天一同時起身向我說道：「屬下遵命！」

「主公，那粟陽來犯之敵？」傅翎見我沒有提起粟陽的敵軍，連忙提醒道。

「傳將軍放心，我已經著向家兩個兄弟前去處理此事，粟陽之敵必然爲我起兵之後的第一批祭旗之人！」我滿臉的笑容，緩緩地回答道。

「主公，還有一事，就是如果在起兵之後，飛天之敵來犯，我們該如何是好？」孔方也問道。

「這個內史不用擔心，飛天如今歷經大亂，翁同奪政，哪裡有那麼大的精力來對付我們？此次飛天黑龍軍團被調往蘭婆江一線抵抗拜神威的進攻，估計很難有所作爲；朱雀軍團主帥黃夢傑不知所蹤，沒有了他的朱雀軍團，不過是一個病貓，我估計一年之內不可能恢復實力！玄武、青龍兩大軍團，一方面要回防飛天東線和支援黑龍軍團，一方面要拱衛天京安危，又怎麼分的出身來？其餘的小軍團，不足爲慮！呵呵，沒有了黃家的力量，飛天已經像一個百歲的巨漢，徒有身形，而沒有力量，等我將高飛收拾了以後，就是他飛天滅亡之時！」我說著，語氣越來越低沉，斗室中瞬間被我森寒的語氣籠罩，頓時一片沉靜。

「那你出兵之後，開元的防務將怎麼辦呢？」梅惜月輕輕地說道。

「此次出兵，我只帶走二十萬兵馬，開元將留守十萬大軍，我會安排合適人選著手防務，到時師姐還有兩位內史要多多的協助他呀！」我緩緩地說道。

看到大家都沒有話語，我起身說道：「好，既然大家都沒有問題，那麼就請各自前去安排，我和天一師叔子時前往涼州，然後直接到達招賢台，六月初五，我們在招賢台卯時點兵，發兵東京！」

眾人也同時起身，恭聲說道：「謹遵主公命令！」

我緩緩的笑了。

炎黃曆一四六四年六月初四。

涼州帥府，張燈結綵，燈火通明，人聲喧嘩。向東行站在帥府之前，臉上洋溢著愉快的笑容，他不停地拱手和前來向他祝賀的涼州名紳打著招呼，此刻他一身大紅吉服，一派名流風采，蒼白的臉上也帶著紅潤，今天是他納妾之日。向東行生活一向嚴謹，從不拈花惹草，平時最大的愛好就是在書房中看書，如今突然納妾，並且宴請涼州所有的名紳，大家都覺得這是一個好機會，一個巴結向東行的好機會，畢竟向東行身後還有他的老子向寧在那裏，手握兵權，將來的發展難以估量。

「修羅兵團監軍，涼州行府總領李英，李公公到！」

「涼州城守溫國賢，溫大人到！」

隨著兩聲高喊，李英身穿紫色宮裝，和溫國賢兩人下了轎子，兩人一胖一瘦，並肩站立一起，甚為顯眼，身後還跟隨著一個年齡在三十左右的壯年男子，看他的模樣身材魁梧，雙眼精光暴射，雙手一層厚厚的繭子，向東行一眼就看出這個人是紫雲手！不敢怠慢，他連忙起身，滿臉笑容地迎了上去，口中恭敬地說道：

麼人一樣。

「李公公，溫大人，兩位怎麼來了，向東行真是有些不敢當呀！」

「怎麼，向將軍不歡迎我們？」李英尖著嗓子，哈哈說道，一旁的溫國賢左顧右盼，像是在找什

「哪裡！哪裡！公公這樣說就是折殺小將了，小將只是一個粗人，公公和城守大人這樣的貴客，小將請還請不來呢！呵呵！」向東行笑著說道。

「今日向將軍納妾，我們同是鎮守涼州的同僚，怎麼能夠不來呢？向將軍真是客氣了！」溫國賢在一旁開口：「怎麼，向四將軍和其他兩位將軍不在嗎？」

打了一個哈哈，向東行笑道：「西行和南行身在軍營，不能輕易出來，如今形勢不穩，他們要在軍營之中應付突變，北行今日一早就去了青州，家父要他回去，有事情商議，呵呵，向某只是納妾，又不是什麼名門閨秀，他們也不是十分在意！」

「原來這樣！」李英和溫國賢笑著互相看了一眼，眼中露出詭異的笑容。

「兩位，請！」向東行拱手相讓，三人在門外謙讓一番，攜手走進帥府大廳。

早有人通報了進去，大廳中人都起身相迎，一番寒暄之後，各自落座。酒菜上席，自然少不了一番推杯換盞，時間就這樣悄悄的過去。

酒過三巡，菜過五味，溫國賢略帶醉意地看著向東行說道：「向大將軍今天納妾，不知道是哪家

的閨秀，我們酒已經喝了，是不是也讓我們見見新娘子呀，呵呵呵！」

醉眼朦朧中，向東行大聲笑道：「溫大人玩笑了，只是一個普通女子，既然大人想見，這樣吧，在下去將她叫來，哈哈哈！」說著就站了起來，向後堂走去。

眾人依舊一番說笑著，猜測新娘子究竟是什麼樣子，突然從外面響起一陣整齊的腳步聲，轉眼間，無數的兵士手執刀槍，自門外湧了進來，將大廳團團包圍！

向東行一身素白盔甲從內堂走出，臉上的酒意全無，手中捧著一把赤紅寶劍，威風凜凜，殺氣騰騰，他大聲喝道：「來人，將李英、溫國賢等一干人等給我拿下！」

軍士一聲大喝，上前將李英、溫國賢、程安等人拿住，此刻，他們的臉色蒼白，顯然還沒有將情況明瞭，大聲地問道：「向將軍這是何意？」

「嘿嘿，高飛弒君殺父，你等不斷和他聯繫，罪同謀逆，我奉太子之命將你等擒拿，明日一早祭旗！」冷笑著，向東行看著幾人，「來人，將他們給我拉下去！」

軍士一聲吆喝，押著幾人就走，這時，從人群中飛起一道人影，閃電般向向東行撲去，掌掛風雷之聲，發出厲嘯，聲勢好不驚人。眾軍士一直注意著李英幾人，根本沒有想到這席中還有人敢襲擊向東行，一聲大喝，但是卻為時已晚。

臉上帶著嘲諷的笑容，向東行冷笑著看著撲向自己的人，正是跟在李英身後的那壯漢。就在那大漢雙掌快要擊到身前之時，向東行右手抬起，一拳向那大漢打去，沒有半點的威勢，但聽空中一聲輕微的嗤聲響過，大漢如同身受雷擊，慘叫一聲，跌落在地，臉色頓時鐵青，嘴唇烏黑，渾身不停地打顫，在地上縮成一團。

「國公大人知道本將軍不能習武，只擅長這暗器，所以將他的十柄鏇月鍘煉化成玄冰針，這玄冰針乃是以千年玄鐵所製，陰毒無比，嘿嘿，破你這種外家的紫雲手最爲簡單！」冷笑著，向東行看著那大漢蜷縮成一團的身體，心中對這玄冰針的威力驚嘆不已。他轉身對大廳中其他臉色蒼白、渾身發抖的那些名紳說道：

「各位今晚最好在帥府中待上一晚，今晚大人有令，對溫國賢等一干叛逆清除，嘿嘿，如果各位沒有做什麼虧心事，最好待在這裏，不然，不要怪向某無情！來人！」說著，向東行大吼一聲，客廳廳中的軍士一聲震天回應，緩緩地說道：「好生招呼這廳中眾位，有人想要走脫，就地格殺！」

沒有人出聲，一個個驚恐地回到了原位，向東行大步走出客廳，扭身對身後的軍士說道：「放響鈴箭，全城清洗！」

一聲淒厲的鬼嘯，響鈴箭一飛沖天，霎時間，涼州城籠罩在一團殺氣之中。

請續看《炎黃戰神傳說4》

天下炎黃 卷3 威名千里（原書名：炎黃戰神傳說）

作者：無極
出版者：風雲時代出版股份有限公司
出版所：風雲時代出版股份有限公司
地址：105台北市民生東路五段178號7樓之3
風雲書網：http://www.eastbooks.com.tw
官方部落格：http://eastbooks.pixnet.net/blog
Facebook：http://www.facebook.com/h7560949
信箱：h7560949@ms15.hinet.net
郵撥帳號：12043291
服務專線：(02)27560949
傳真專線：(02)27653799
執行主編：朱墨菲
美術編輯：許惠芳

法律顧問：永然法律事務所 李永然律師
北辰著作權事務所 蕭雄淋律師

版權授權：蔡雷平
初版日期：2013年9月
初版二刷：2013年9月20日
ISBN：978-986-5803-13-1

總 經 銷：成信文化事業股份有限公司
地　址：新北市新店區中正路四維巷二弄2號4樓
電　話：(02)2219-2080

行政院新聞局局版台業字第3595號 營利事業統一編號22759935

定價：280元　特價：199元

國家圖書館出版品預行編目資料

天下炎黃 ／ 無極著. -- 初版-- 臺北市：風雲時代，
2013.07 -- 冊；公分

ISBN 978-986-5803-13-1（第3冊；平裝）

857.7　　102012853